木挽町《こびきちょう》のあだ討ち

永井紗耶子

新潮社

木挽町のあだ討ち　目次

木挽町のあだ討ち

木挽町の仇討

睦月晦日《みそか》の戌の刻。辺りが暗くなった頃、木挽町芝居小屋の裏手にて一件の仇討あり。雪の降る中、赤い振袖を被《かず》き、傘を差した一人の若衆。そこに大柄な博徒が歩み寄り、女と見違え声を掛けた。すると若衆、被いた振袖を投げつけて白装束となる。

「我こそは伊納清左衛門が一子、菊之助。その方、作兵衛こそ我が父の仇。いざ尋常に勝負」

朗々と名乗りを上げて大刀を構えた。対する博徒作兵衛も長脇差を抜き放つ。道行く者も固唾を呑んで見守るなか、堂々たる真剣勝負の決闘。遂に菊之助が作兵衛に一太刀を浴びせた。返り血で白装束を真っ赤に染め、作兵衛の首級《しるし》を上げた菊之助、野次馬をかき分けて宵闇に姿を消した。

この一件、巷間にて「木挽町の仇討」と呼ばれる。

鬼笑巷談帖

第一幕　芝居茶屋の場

とざい、とーざい。赤穂浪士も曾我兄弟も、仇討《あだうち》物語は数多《かずおお》かれど、まことその目にしたという人はさほど多くはございますまい。かく言う私、木戸芸者の一八《いっぱち》は、間近に見たのでございます。木挽町《こびきちょう》の仇討は芝居も敵わぬ見事さで、この界隈では知らぬ者のない一大事。

って、それにしても旦那は何だって手前なんかを芝居茶屋に招いて、そんな話をしろっておっしゃるんで。芝居茶屋といったら大抵、羽振りのいい旦那がご贔屓《ひいき》役者と一杯やるのが相場でございましょう。ぱっと見たところ、お若いのになかなか堅物な……いや失敬、ご立派な御武家様とお見受け致しますが。いえいえ、詮索をしようってことじゃございません。けちな芸人でございますからね、お招きに与《あずか》ればいくらでもお話し致しましょう。お座敷を取っていただき、こうして初鰹までのったお膳にお酒まで頂戴しておいて、黙る阿呆はおりません。

それで旦那、御年は十八とな。こう背筋がぴんと伸びて勇ましくていらっしゃる。ほう、参勤交代で参られた。此度が初の江戸番ですか。そろそろ六月になれば御国にお帰りになると。江戸を離れがたいでしょう。そうでもないとは残念だ。楽しい所に行ってないんでございましょう。今度、お越しの時には、江戸をしっかり楽しめるように案内させて下さいよ。あ、そんなことは後にして。では、仕切り直して一つお話し致しましょう。

あれは忘れもしない二年前の睦月の晦日。雪の降る晩のことでございます。

そこの芝居小屋、森田座の裏通りに、唐傘を差した人影がありました。その下に鮮やかな振袖が覗いていて、こいつは役者と逢引をするいいところのお嬢様かな、という風情。芝居小屋から漏れ聞こえる三味線の音と相まって、何やら色恋の芝居の一場が始まるような有様で。

するとそこへ一人の博徒が三下男《さんした》を一人率いてやって来た。その名は作兵衛《さくべえ》。身の丈六尺はあろうという大男。やれ、やくざと喧嘩をして刃傷沙汰を起こしたとか、若い娘に無体をしたとか、とかく賭場の界隈で悪い噂の絶えない三十路ほどの強面でございます。

その作兵衛、一人で佇む娘の姿に邪《よこしま》な心持を抱いたと見え、にやけた顔で近づきます。

「若い娘がこんな時分に一人でいちゃあ、危ないぜ」

なんて言って、袖に手を伸ばしやがる。芝居の帰りで路地を覗く野次馬もありましたが、娘を助けようって気骨のある者は誰もいない。それをいいことに作兵衛めがぐいっと娘の腕を引きます。

するとと娘は唐傘を落とすと共に、ひらりと振袖を脱ぎ捨てて作兵衛に投げつけた。ややっと思うとそこに現れたのは、白装束を纏った前髪の若衆。年のころは十五、六。雪の中でもなお分かる白皙《はくせき》の美少年だ。それが大刀をすらりと抜き放ち、さっと正眼に構えて前を見据えるその佇まいの凛々《りり》しいこと。

「我こそは伊納清左衛門《いのうせいざえもん》が一子、菊之助《きくのすけ》。その方、作兵衛こそ我が父の仇《かたき》。いざ尋常に勝負」

その声は朗々と響き、すわ仇討だ、と、先ほどとはまた違う筋書きの一幕が始まった。続々と集まった野次馬もさすがに刀に怯え、遠巻きに人垣が出来た。ぽっかり空いたところに上手い具合に芝居小屋の窓から零《こぼ》れる明かりが差して、向き合う二人を照らしている。作兵衛は衆目の中で逃げるわけにもいかないと覚悟を決めたらしく、すっと長脇差を抜き放つと、険しい顔で若衆を睨む。しばし時が止まったように静かに雪が降り積もる。

いざ若衆が気合と共に斬り込むと、作兵衛も振りかぶる。一合、二合と刃を合わせる音が辺りに響いた。しかしこの二人、何せ体がまるで違う。このままでは華奢な若衆菊之助がやられちまう……と、思ったが、その身軽さでひらりひらりとかわすうち、作兵衛の息が上がってきた。

こいつは菊之助の策か、と思った矢先、

「やあ」

と一声高く上げ、菊之助は勢いよく刀を揮《ふる》った。

「ぐわああ」

断末魔の声が辺りに響き、ぶわっと真っ赤な血飛沫《ちしぶき》が白い雪の上に飛び散り、菊之助の白装束も瞬く間に紅に染まる。作兵衛がどうと倒れ込んだ。三下が、

「親分」

と叫び駆け寄るも動きはない。菊之助は怯《ひる》むことなく足を進め、倒れた作兵衛に馬乗りになって止めをさした。立ち上がった菊之助の手には赤い塊が……

「父の仇、作兵衛。討ち取ったあり」

高らかに謡い掲げたそれは、なんと作兵衛の首級《しるし》。こうして首を抱えた菊之助は闇に駆けていき、降り続く雪が静かに赤い血痕を消していった。

〽天晴、若衆菊之助、見事仇を討ち果たし、これが世にいう「木挽町の仇討」ィィべベンっと、ここで鳴り物の三味線でも入れれば、良いんですがね。今日の御座敷には芸者のお姉さん方はいらっしゃらないので、口三味線で失礼を。

見ていたのかって。ええ、もちろん。

手前は森田座の木戸芸者でございますからね。芝居が五つに跳ねてから、小屋で仲間と片付けなんぞしておりましたら、戌の刻時分に、

「おいおい、えらいことが始まったぞ」

って小屋の仲間が騒ぎ出したので、ひょいと裏手の小窓から覗いて驚きましたよ。

おかげさまで、それからしばらくはこいつをネタにあちこち話し歩いておりました。

やや、お気遣いなく。手酌で勝手に頂きますんで。

え、手前の年でございますか。当年とって二十八でございます。見えませんか。存外、顔が丸くて可愛らしいって評判でしてね。あ、そんなことないですか。それは失礼。

で、木戸芸者なんかを呼んだ理由をうかがいたいんですがね。え、木戸芸者って何かって。御武家様は木戸芸者をご存知ないんですか。それどころか芝居もからっきし……と。

まあ芝居町なんて、江戸においては悪所と呼ばれるところですからね。品行方正な御武家様なんぞはそうそう足を踏み入れないとは聞いていますが、こちとら生まれも育ちも悪所でございますからね。世間様とは色々ずれているんでございましょう。

芝居町とはどんなところかって、まあ見ての通りの悪所でございますよう。まあ、ざっくり申しますとね、江戸にはお上からのお許しを頂いている芝居小屋が三つございます。この木挽町にある森田座と、堺町の中村座、葺屋町《ふきやちょう》の市村座の三座です。そこにそれぞれ控櫓《ひかえやぐら》ってのがございましてね。中村座には都座《みやこざ》、市村座には桐座《きりざ》、森田座には河原崎座《かわらさきざ》っていうんです。今は木挽町は控櫓が立っているんですが、通りがいいんでついつい森田座って言ってます。興行主の河原崎の旦那に知られた日にゃあ叱られちまいますけど……

それで、どの芝居小屋にどの役者が出るのかを決めるのが霜月十一月の吉例《きちれい》顔見世でして。役者たちは、それぞれの芝居小屋と一年の契約をする。毎年、顔見世の時にどこの小屋に出るのかをお披露目するんですよ。ご贔屓の役者が今年は中村座だけど、来年は市村座ってことになれば、見に行く小屋も変わりましょうから、人気役者を取り合って三座の旦那は毎年話し合うんです。もちろんお客の方でもご贔屓だけではなくて、

「おや、今年の中村座には新顔がいる。これもまたいいねえ」

なんて、目移りするのも当たり前。芝居狂いの連中は、それこそ三座まとめて顔見世を見て、今年のご贔屓をどこにするかを決めるってなもんでございます。で、そこで大事な役目を果たしているのが私ども木戸芸者ですよ。

木戸ってのは、芝居小屋の入り口のこと。あそこで木戸銭を払って中に入ると、初めて芝居を見物できるんでございます。

御武家様も今日、芝居小屋の前を通りましたでしょう。今、木挽町では市川團十郎に名女形の岩井半四郎、瀬川菊之丞《きくのじょう》に片岡仁左衛門って、いずれも名の知れた役者たちの大看板が立ってますからね。芝居好きはそれだけでもう、心浮き立つもんなんですが……どうも、さ

っぱり分からねえってお顔でいらっしゃる。無理もありません。何せ、芝居を見たことないってんですから。
しかしまあ、どれほど芝居好きだとしても、お馴染みの演目以外は何をやっているのか分からねえ。新作なんかかけた日には、小屋の前でああでもねえこうでもねえって噂話で盛り上がってますよ。で、私ら木戸芸者は、そうやって小屋の前で入ろうかどうしようか迷っているお客相手に芝居の見所や面白さをお伝えするのがお役目で。
まあ、こんな具合に紫の単衣《ひとえ》に黄色の羽織、頭にゃ手ぬぐいを巻いて派手な格好をして、扇を片手に語るんで。大抵は二人か三人かで並んで立って語るんですけどね。何せ手前は声が大きいんで時には一人で立つこともございます。それで、芝居の中身を語るのはもちろん、時には看板役者の台詞を真似て口上して見せる。それこそ曾我兄弟の仇討となりますれば、例のあの、外郎売《ういろううり》の長台詞なんてのをさらりとやってのけるわけですよ。え、今、ここでやるんでございますか。では、失礼して……
〽来るわ来るわ何が来る
高野の山の御こけら小僧
狸百匹　箸百膳　天目百杯　棒八百本
武具馬具武具馬具三武具馬具
合わせて武具馬具六武具馬具
菊栗菊栗三菊栗、合わせて菊栗、六菊栗
麦塵《むぎごみ》、麦塵、三麦塵、
合わせて麦塵、六麦塵

いや、そんな見事でござるなんて言われるほどのこっちゃありません。こりゃ木戸芸者ならば誰でも言える台詞の一つでございますよ。こういうのをね、その時の役者の口ぶりを真似るんで。團十郎みたいに見得を切って見せたりすると、おおって歓声が沸こうってもんですよ。もちろん手前は真似てるだけの鸚鵡《おうむ》でございますから。本物は金を払って小屋に入らなければ見られないっていうことも、皆さん重々ご存知で。

中には、自分でやってみたいって酔狂な方もいらっしゃるので、名台詞だけを集めた「鸚鵡石《せき》」なんて本もあるんですよ。私らなんかもそいつをしっかり頭に叩き込んでおります。しかしまあ、けちな御仁も多くございますよ。一度も芝居小屋に足を踏み入れたことはないけれど、木戸芸者だけ評して回って、

「あそこの木戸はなかなか芸達者だが、こっちの木戸は今一つ」

なんて勝手なことばっかり言いやがる。まあ私は中でも腕がいいって評判でして。

そんなことはさておき、そうそう、それで「木挽町の仇討」でございますね。

初めてその話をした時にはまあ、やんややんやの大騒ぎでした。江戸っ子ってのは噂話が好きでございますからね。しかしこれは噂じゃあない。すぐそこであったことなんですから。

しかし人様というのは、時が過ぎれば忘れ去るのも早いもの。この往来で仇討が行われたというのにあっという間に飽きちまう。

「ああ、そんなこともあったかね」

「あの話はもう手垢がついちまっていけねえ」

「赤穂浪士ほどは面白くない」

って、世間の口ほど勝手なものはございません。でもね、私なんぞのようにこの目でそれ

を見た者からするとなかなか忘れられるもんじゃありません。骸《むくろ》を見たかって。まあ……足元くらいは見ましたよ。首を落とされた骸をしげしげと見たんじゃ、後々までも夢見が悪そうで。小屋の連中も気味悪がってとっとと焼き場へ持ってっちまった。今でもぶるるっと震えらあ、南無阿弥陀仏っと……

若衆菊之助さんについては、よく覚えていますよ。何せ、一時は森田座にいらしたんですから。

御武家様には釈迦に説法でしょうが、仇討ってのは、それこそ御国を出るためにまず、これこれこういう理由で誰を仇として討ちますよって御国からの免状を取らねばならない。更には奉行所にも届け出なければなりません。そして、その仇を見つけて討ち果たすまでは御国に帰ることさえままならないそうでございますねえ。

芝居なんかでは仇討が成った話が多いですし世間様でもそちらがもてはやされますけど、この江戸には仇を見失って御国に帰ることもできず、浪人のようにふらりふらりと長屋住まいしている連中もおりますよ。そうなるとなまじ武家の生まれが恨めしくもなりましょうなあ。

それで、肝心の仇討を成し遂げた菊之助さんの話でしたね。

ええ、初めて会った時のことは今でもはっきり覚えていますよ。何せ絵草紙から抜け出て来たかのような見目麗しい若衆でしたからね。でもねえ、長旅のせいでくたびれ果てて、路銀も底をついていたらしく、途方に暮れたような顔してましたっけ。しかも芝居小屋の前にわざわざ来たってえのに、芝居のことなぞ何も知らない様子でした。

いつものようにこうして木戸口で芝居の口上などを話しておりますとね、ついと私の前に

進み出て来られて、

「そこもとは、かように弁が立つところを見ると名のある役者とお見受け致す。ここで働かせてはもらえぬか」

そう言うじゃありませんか。はじめのうちは揶揄《からか》っているのかと思ったんですがね。どうやら心からそう思っていた様子。そうなるってえと、こちとら根が単純ですからね。嬉しくなっちまって、あれやこれやと世話を焼くことになったんでさ。

あの仇討の夜もね、少し前まで一緒に芝居小屋にいたんですよ。そうしたら菊之助さんが、ひらりと一枚の古びた赤姫の振袖を持って、小屋の裏口へ歩いていくのを見かけましてね。

「どうしたんです」

って声を掛けたら、

「何でもない」

と。若様がいくらきれいな顔立ちで振袖だって似合いそうだからって、持って帰るわけでもあるまいし。でもまあ、何でもないってのを問い詰めるのも野暮だから、

「そうですかい」

って言ったんです。どこかの娘さんにでもあげようって話かと思いましてね。

結局、あれは博徒の作兵衛めをおびき寄せる小道具だったんだってことは、後になって知りました。いやはや、やはり若くても武士は武士。勇ましいものでございますよねえ。

それで、御武家様はあの木挽町の仇討の何について知りたいんですかい。もしや菊之助さんに文句でもあるって言うんですかい。そいつは聞き捨てならねえなあ。え、そういうわけじゃないんですか。菊之助さんからのお文をお持ちなんでございますか。おや旦那、菊之助

さんとお知り合いで。お親しい間柄で。そういや年のころも同じくらいでしょうか。ふむ……ちょいと拝見しましょう。

「この者は某《それがし》の縁者につき、事の次第やそこもとの来し方など語って欲しい」って書いてございます。確かに菊之助さんの手蹟《て》ですけどね。

手蹟が分かるのかって。分かりますよ、そりゃあ。こちとら元は「中《なか》」の者ですからね。

え、「中」もご存知ない。はあ、また見たこともねえくらいの堅物が来たものだ。

中って言ったら吉原遊郭のこと。さすがに女郎は知っているでしょう。あそこで誰から誰に宛てた文か分からない奴は食いっぱぐれること間違いなし。もしも宛先間違いなんてした日には、縄で縛られ庭木に吊るされようってもんですよ。食っていくためにもまずは歌を覚えて、手蹟を覚える。それが当たり前ですよ。

ま、吉原と芝居町ってのは縁が深いんですよ。いずれも悪所。どちらに住まうも人外《にんがい》ってやつで、人別帳にのらない有象無象が行き交っているんで。なのにいずれも当世風の風上ってやつで、流行りの唄から着物や髪形、化粧まで、町の連中はこぞって真似してる。見下されているやら見上げられているやら、手前どもも何処に立っているのか分からなくなる有様で。

そなたのことをもそっと詳しく……って。一体、何をお知りになりたいんですかい。

確かにここには「来し方」って書いてありますけどねえ。手前の来し方なんざ、聞いたところで土産話にもなりゃしない。それに菊之助さんは先刻ご存知ですからね。菊之助さんと同じことを知りたいっておっしゃるんですか。

参ったなあ。まあ御武家様のような御人からすりゃあ、手前みたいな野郎はそうそう見たことのない類でしょうから、面白がるのも分かりますよ。ふきだまりに棲む妖怪かなんかだと思ってらっしゃるんじゃありませんか。そうじゃないって、そんな真っ直ぐな目をして見られても話すことが増えるわけじゃありませんけど……今更、恥ずかしがることでもないんで、面白おかしく聞いてくれりゃあそれでいいや。手前の人生なんて、丸ごと小噺みたいなもんですからね。

生まれは悪所の吉原田んぼ。ええ、手前の御母上様は遊郭の女、「女郎」だったんですよ。吉原はその店の格によって呼び名が違うんで。総籬《そうまがき》ってのが大店《おおみせ》で籬格子がしっかりついている。中店《ちゅうみせ》ってのが四分の三くらいの半籬、一番小さいのが惣《そう》半籬って言って値段も安い安女郎屋ですよ。まあ、花魁《おいらん》なんて世間様で話題になるのは総籬の中でも御職《おしょく》花魁と呼ばれる稼ぎ頭の二、三人ってところですな。

おっ母さんは中店の女郎でした。その中ではまあ売れている方だったそうですが、それこそ総籬の大店に比べると客筋もあまり良くありませんからね。回しなんて言って、一晩に何人ものお床を回ることもよくある話でした。そうしているうちに腹に赤ん坊ができちまったことに気づかずに、中条流とやらで堕ろすにも子が大きくなりすぎて、仕方ないから生んだってのが実のところだったらしいです。大きくなるうちに周りのお節介な連中に聞かされた話ですけどね。

おっ母さんはその頃にいい仲だったお客がいたそうで、薬種問屋の手代でしたかね。一、二度、旦那に連れられて来た男前が私の父親だって言い張っていました。でもそう度々来られる身分の人じゃありませんから、置屋の女将《おかみ》さんは違うんじゃないかって。まあ、所詮は遊里《ゆうり》の徒《あだ》な恋。私にとっても父親が誰かなんてことは今となってはどうでもいい話です。

女郎の子に生まれて来るなら女に限るってよく言ったもので。女の子ならばそれこそ金になるから、遊郭の女将さんやら女衒《ぜげん》、男衆《おとこしゅ》、店主らがみんなそろって可愛がってくれる。綺麗に着飾って、小さい頃から手習い、踊りに、琴、三味線と覚えてね。禿《かむろ》に仕立てて花魁のところに出入りしては、菓子や小遣いをもらったりできる。でも残念ながら手前は野郎でしたからね。そりゃあもう、イチモツついていたってことにおっ母さんは泣いたそうですよ。それぱっかりは泣かれたからってどうすることもできやしませんが。

しかしまあそこは業突張《ごうつくば》りの女郎屋でございますから、ただ飯食わせておくのは勿体ないと思ったんでしょうな。

「禿ったって見目良い子がすぐに入って来るわけじゃないからね。この子だって化粧をすれば可愛く見えるし丁度いい」

って女将さんが言うんで、物心ついた時には赤いべべを着て、禿の代わりに女郎の横にしゃんと座っていたもんです。するってえと置屋のお姉さんたちもお客も可愛がってくれるから、私もすっかり気をよくして女の子みたいに振舞うようになっていたんで。とはいえそんなことも長続きしやしません。十を過ぎる頃になると、気の早いお客が禿だっていうのに寝所に連れ込もうとする。

「下手をして男だって露見しちまって、店の評判を落とすといけないから、禿はやめさせよう」

ってあっさり御役御免になりました。私が無体をされそうになったなんてことは、大した話じゃないんでさ。これが女だったら大騒ぎですよ。水揚げとなれば御足が弾むんですから。しかし野郎だったら、金もとれない上に店の評判に傷がつく。

まあ、それからは中途半端な立場ですな。

どこかに養子に出しちまえば良かったんでしょうが、それにはちょいと遅すぎる。とはいえ小僧が働くところはこの遊郭にはありゃしない。行く当てのない私は、吉原の外から来る芸者さんの三味線の箱持ちなんぞをして暮らしていたんです。

そんな塩梅ですから、先のことなんて考えたこともない。とりあえず明日のおまんまを食えるかどうか。置屋の布団部屋で寝る場所があるかどうか。そんなことを考えるだけで毎日が過ぎていく。

おっ母さんは毎夜忙しいから、手前のことなんざ何も構っちゃくれません。朝になってお客が帰った後に布団部屋に入ってくると、寝ている私に腹が立つんでしょうな。腹を蹴り上げられるのはいつものこと。おや今日は足の上がりが悪いってことは調子が良くねえな、ってなことを思うくらい。時々、私が肩なんか揉んでやると喜ばれることもありましたけど、逆に肩を摑んだ途端に、

「痛いじゃないか」

って張り倒されることもあって、女心はよく分からねえ……って、そりゃあ女心じゃねえか。癇《かん》の虫の居所だな。

そんなおっ母さんは、二年に一度くらいは男に岡惚れしましてね。付文《つけぶみ》届けに走らされたこともありました。客ならまだいいんですけど、御店の男衆やら髪結いやらに惚れてしまうとろくなことはねえ。朝になって客が引けてから部屋に男を引きずりこんじまうから、私は追い出されるし後になって女将さんには叱られるし。それに男が、私の顔を見るなり殴ったこともありました。悋気《りんき》なんですかね。昔の男との間の子なんて、放っておいてくれればいい

いのに。

そんな風に暮らしていましたけど、十二になったある日、ふいと置屋の女将さんが私に、

「お前さん、これからどうするんだい」

と聞いてきました。

「どうするも何も、どうしたもんでしょうね」

そう応えると、女将さんは笑ってました。

吉原の中にいますと、お客以外で大人の男に会うことはあまりありません。お客を差配したりする男衆の他は、髪結い、幇間《ほうかん》、用心棒、按摩……くらいですかね。堅気の商売なんざ見たこともないし、できる気がしない。女将さんもそうしたところに小僧奉公に出そうっていう気はまるでないようでした。

するると女将さんがふと、

「お前さん、そこで踊ってごらん。住吉踊りでいいからさ」

宴会を盛り上げる滑稽な踊りの一つですよ。女将さんは三味線を引き寄せて小唄を唄います。私は踊りも好きですから、その場でひょいと踊って見せた。すると、ふむ、と何かを思案するように首を傾げてから、

「ちょいと今日、暮れ六つ時にここにおいで」

と。言われた通りに女将の部屋に顔を出すと、火鉢を挟んで女将の向こうに幇間の左之助師匠がいらっしゃった。年の頃は五十ほどでつるんと頭は禿坊主。さる大店《おおだな》の旦那について、吉原を歩いているのをよく見かけていた人ですよ。うちみたいな中店じゃなくて、いつも総籬に行く客をもてなすために引手茶屋にいる。

「左之助さん、この子、お前さんのところで可愛がってやってくれないかい」

女将の言葉に私の方がびっくりしましたよ。左之助師匠は、ほう、と頷くともなく頷いて、首を傾げて私を見まして、

「何ができる」

「住吉踊りを少し……あと、三味線と琴も弾けます」

禿の真似事をしていた頃に仕込まれたおかげで、ちょっとした芸ならば身についていたのでそう言いました。やって見せようかと立ち上がろうとしたんですが、師匠は首を横に振って、

「見たって仕方ねえや」

と一蹴されましてね。何だ弟子にするってわけじゃねえのかと、半ばほっとした気持ちでいたら、

「いいよ。うちで面倒見るよ」

ってね。

いやいや待ってくれ。私は幇間になるつもりなんかこれっぽっちもない。女将さんが勝手に決めちまったんですよって言いたいけれど、どうにも言えない。ここに留まっていたからって、これから図体が大きくなってくればいよいよ、居場所がなくなるのは分かっていたんです。仕方がないと腹をくくるしかなかったんで。

「じゃ、お前さんは左之助師匠のところに行きな。おっ母さんには言ってある。女将さんのよろしいようにって言ってたよ」

まあ薄情な話もあったもんです。今さらおっ母さんに挨拶っていっても何を話せばいいか

分からねえし、泣きながら「達者でね」なんて言われても嘘くせえ。あっさりしたものです。おっ母さんは化粧しながら「行くのかい」って。こっちも顔も見ずに「おう」って返事して。わずかな荷物をまとめて左之助師匠の後にくっついて、その日のうちに大門の外へ追い出されちまいました。

ところで御武家様、幇間はご存知ですかい。ご存知ない。そりゃあそうか、御座敷遊びなんかも無縁でございましょうからなあ。時たまお忍びでさるお殿様が幇間を呼んで御座敷遊びした、なんて話もあるんですけどね。

幇間は太鼓持ち、男芸者なんて呼ばれる商売ですよ。着流しの絹の柔らかものを着て、白足袋雪駄。派手な色目の紋付羽織に手ぬぐいをちょいと頭にのっけて、吉原やら深川、新橋のお茶屋辺りで遊んでいる旦那のご機嫌をとる。宴席を盛り上げて、時には花魁と旦那の恋の橋渡しなんかもやるってのが、幇間の役割でございます。

私も幼い時分から吉原におりますからね、幇間にはそれこそどれくらい会ってきたか分かりません。

「よ、旦那。流石《さすが》は旦那だ。花魁も放っておきませんよ。あちらのお姉さんがつい先だっても、あちきはあのお人がいないと寂しゅうござんす……って泣いてました。隅に置けないなあ」

これが幇間の決まり文句。でもその実、その花魁はこれっぽっちもその旦那のことなんか待っちゃいません。置屋の女将さんから、

「そろそろあそこの金回りのいい旦那を連れてきておくれよ。お足ははずむよ」

って言葉に釣られた幇間の嘘っぱちでさ。でも旦那としては、幇間におだてられて気分よ

くなっちゃって。

「そうか……それじゃあ、久しぶりに花魁に会いに行ってやるとするか」

鼻の下伸ばしてひょこひょこついてくる。その旦那たちのカッコ悪いことったらない。私はそういうのをいつも見ていたもんですからね、何ともまあ、下心ってのは、どれだけ粋に見せようとしたところで、どうにもこうにもカッコつかねえもんだって、可笑《おか》しくって仕方なかった。でも門前の小僧ってやつで幇間の真似事はすぐにできるんで。

「お、旦那。いやいや粋な着こなし。そんな風にしてひやかしで歩いていたんじゃいけません。そこらの格子の中のお姉さん方が、さっきから旦那のことばっかり見ちゃって商売にならない。ここらで一人、決めてもらえませんかね」

こんな具合に、置屋暮らしの子ども時分に真似してまして、面白がったお客から駄賃をもらえたこともありました。

こちとら中生まれの中育ち。幇間なんざそんな難しい商売でもねえ。そこらの若造なんぞよりも上手くできるだろうと、なめていたんですな。伊達に禿ごっこをしていたわけじゃない。お座敷を盛り上げる芸事だって器用にできますからね。

左之助師匠のところには、遊びが元で勘当されたような若旦那崩れもいましたし、これで本当に幇間になれるのかってくらい、大人しい男もいました。そこへ来ると、私は弁も立ちますしね。まあ、顔も愛嬌があるってね。でも、幇間ってのは見目が難しいんですよ。顔が良すぎても悪いんで。何せ旦那に華を持たせる商売なのに、こちらがあまり男前ではいけません。また顔が悪すぎても、花魁に文を届ける時に受け取ってもらえない。悪くないけれど良すぎない私の顔ってのは丁度いい具合だったようで。

それからというもの、私は左之助師匠の後にくっついて色んな宴の席にお邪魔しました。

「とりあえず、何もしなくていいから、大人しく私のやりようを見てな」

師匠の言う通り、ただ黙って後をついて回るだけ。師匠はご贔屓頂いている旦那と共に宴席を回っては、時にはお昼を御馳走になったりして、その都度、旦那のことを、

「さすが旦那」

と言っては褒めそやす。嘘くせえなあ……と思いもしましたが、さほど難しいことでもねえ。

とりあえず覚えておくのは、宴で酒をきらさないこと。できるだけ高いものを注文させること。お茶屋の方から言われていますから、そこはきっちり守らなければいけません。あとは、三味線上手の芸者さんを何人かすぐに呼べるように、日頃からお菓子や化粧を差し入れたりしておくこと。場合によっちゃ、恋の橋渡しなんぞも引き受ける。

正直なところ、幇間という商いをさほどやりたかったわけじゃありません。ただ居場所がねえからここにいる。だから独り立ちしたいと思ったこともないし、幇間として稼ぎたいと思ったこともない。師匠の家にいりゃあ飯も食えるし寝ることもできる。蹴られることも殴られることもないし、時々、美味いものもご相伴できる。嘘でも人を褒めそやすだけで生きられるってのは極楽だなあと思っていたわけで。

そんな調子ですからね。なかなか一人で座敷を任せてもらえねえまま、五年も過ぎました。若旦那崩れは早々に親族に引き取られて師匠のところからは去って行きました。もう一人の大人しい男は私よりも三つほど年かさで、名前を弥助《やすけ》って言いました。元は商人の子だったそうですが、親が身代潰して死んじまったそうで、幇間になろうって流れ着いてきた。そい

つはもうしっかりご贔屓までついている。芸もなければ口も全然達者じゃねえってのに。

「弥助は大したもんだ」

師匠がしばしば言うんですよ。私はそれが気に食わねえ。あいつの何が大したもんなのかさっぱり分からない。それが口に出さなくても顔に出てたんでしょうな。

「一回、弥助の席を手伝ってこい」

渋々行ってみたんですけどね。私に言わせりゃ、これでもかってくらい退屈な宴でした。年増の芸者が長唄を朗々と唄って、もう一人がゆっくりと踊る。酒の減りも少ないし盛り上がることもない。

「何なら私も踊りましょうか」

そう言うと、旦那は、

「いや、いらないよ」

弥助はってえと、これと言って話をするわけでもなく、小声で喋る旦那を褒めるでもなく、ただ、

「ええ、ええ」

と頷いているだけ。

これで太鼓持ちだの男芸者だのって言えるのか。弥助を大したもんだと言う左之助師匠はどうかしている。

これまで、独り立ちしたいなんぞと思ったことはありませんでしたが、急に闘志が湧いてきましてね。

「私も一人で座敷を回りたい」

って直談判したんですよ。そうしたら師匠がお茶屋さんに掛け合ってくれましてね。しかし、いざお座敷に行ったはいいものの、どういうわけかあちこちでご不興を買っちまう。酒が空になりゃ気を利かして注文し、静かになっちまったら三味線や唄で盛り上げて、話を聞いたらすぐさま旦那を持ち上げてって……師匠と同じようにやっているつもりなんですけどね。

一度、さる大店の大旦那の御伴をさせていただいたんですが、

「さすが旦那でございます」

と言った瞬間、酒を頭からぶっかけられましてね。それで旦那がずぶ濡れの手前を見てけらけらと嘲笑うんで。

「うるせえなあ。媚《こ》びた口を利くんじゃねえ。出てけ」

とこう言うわけです。師匠の言いようを真似ているだけなのに何が違うのか、まるで分からない。

結局ご贔屓といえるお客もつきゃしねえから、またしても芸者のお姉さんたちの使い走りや、三味線の箱持ちをして日銭を稼ぐ暮らし。子ども時分に吉原でやっていたのと同じことですな。弥助より上手いことやっているはずなのに……と、思い悩んでおりました。

そんなある日、師匠に呼び出されましてね。

「出掛けるぞ」

どちらへって聞いても何も言わない。仕方ないからついて行きますと、

「さてと、これからどうしようかね」

なんて、ぼんやりしたことを言う。夏のことで、蝉がうるさいくらいに鳴いていて、じっ

としてても汗が出るような暑い陽気に行く当てもなく川っぺりを歩いていた。まあ、こんな日は舟遊びってのが常道だけど、師匠が何をしたいか分からねえ。とりあえず、

「何処へなりともお供しますよ」

ってえと、

「じゃあ、鰻《うなぎ》でも食べるかい」

言われるままに豪勢に鰻を頂きましてね。それからまたふらりふらりと歩いていく。

「湯にでも浸かって帰るかい」

「それもようござんすね」

ということで、背中を流して湯に浸かって帰る。それから通りすがりのお稲荷さんにお参りして、川辺で麦湯を飲んで帰って来た。一体、何で一緒に出掛けたんだか分からない。で、家に帰りますとね、

「今日は楽しかったねえ」

言われてみれば、一緒にふらふらとあちこち歩いて、のんびり過ごしていたのは確かに楽しかった。もちろん相手は師匠ですから、気を遣いはしますけれど、他愛ない話をぽつりぽつりとするのがなんとも居心地が良い。

するとと師匠が、

「お前さん、これが幇間ってもんだよ」

と言うんです。

「いやいや今日は座敷に上がったわけじゃないし、酒の席もないじゃありませんか」

「幇間の務めってのはね、何も酒の席に限ったことじゃない。要は、目の前にいる旦那を気

持ち良くすることだ。今日お前さんといて大層気持ち良かったよ。それが何でか分かるかい。お前さんがね、始終私を気に掛けてくれていた。慮《おもんぱか》ってくれた。それが気持ちが良かったんだよ」

そういうもんなのかって思いましてね。

居場所のなかった私に居場所をくれた師匠が、一緒に出掛けようと言って下さった。それが思いがけず嬉しくて。だから師匠に楽しんで欲しいと、精一杯心配りをしておりました。

「お前を呼んで下さる旦那方にも、そういう風にすればいいんだよ」

すとんと腑に落ちるってのはこういうことなんですかね。頭で分かってるってのと、腑に落ちるってのでは話が違う。

私はこれまでお茶屋にいる旦那たちに、今日、師匠に思ったような心持になったことはついぞございませんでした。旦那たちは金を払って遊びに来ている。その分しっかり盛り上げて、しっかり金を取らねばならない。そればかり考えていたんです。だから、旦那がどんな人であろうとも、同じように芸者衆を踊らせて盛り上げる。言うなれば、これまで私が幼い時分から見て来た大騒ぎの宴席の真似事をしていただけだったんですな。

一言で「旦那」と言ったって騒々しいのが好きな人もいれば、年増の芸者の爪弾《つまび》く三味線の音《ね》が好きだという人もいる。そういうことをちっとも分かっていなかった。その点、弥助は物静かな旦那衆が粋に遊べるようにと心配りをし、静かな茶屋、大人の芸者を選ぶことに長けていた。ああ、それが違いであったのかと、ようやく幇間という仕事が分かったんでございます。

そうなるってえと、私は弥助のご贔屓のような物静かな旦那よりも、大騒ぎが好きな陽気

な旦那たちの方が相性が良さそうだ。出入りのお茶屋の女将さんにもそう言うと、

「なるほど、ようやっと分かってきたらしいね」

と言われました。

そうしてようやく私にもご贔屓の旦那がついたんです。中でも私を可愛がってくださっていたのが、古物商の河内屋《かわちや》さんと乾物問屋の駿河屋《するがや》さん。いずれも豪快な方たちでね。大笑いして騒ぐのがお好きで三味線のお姉さんたちも多少は下手くそでも明るい人がご贔屓。花魁だって美人っていうよりも、酒の飲みっぷりが良くてよく笑う女郎が好きだった。そういう方たちとの宴はともかく楽しくて、私も次第に幇間をするのが面白くなってきました。

やっと手前も一人前になれたかなっていう頃に、久方ぶりにおっ母さんの所に会いに行ってみたんです。同じ中にいますから何度か通りで顔は合わせていましたが久しく見ねえな、と思ったら大分前から病みついておりましてね。まあ、女郎にありがちな瘡《かさ》ってやつで。置屋の女将さんの話では、いよいよどうにも枕が上がらないってことでした。

置屋に行くと、瘦せちまって横になってましてね。

「来たよ」

って声を掛けたら、

「正《しょう》さんかい。会いたかったよ」

って、知らない男の名前で呼ばれました。

「お前さんの息子だよ」

って言ったら何だかびっくりしたような顔をしていました。瘡の毒が頭に回って手前で子を産んだことも忘れちまったんですかね。最期の最期で分かり合えるとか、そんなことを望

んでいたわけでもなかったんですが……ちっとはあったのかもしれません。会いたかったよ。達者かい……なんて言われていたら、少しは気分も違ったのかな。ま、今となっては仕方ねえ。それからほどなくして逝っちまいまして、女将さんとあっさりした弔《とむら》いを済ませてそれで御終い。からりと晴れた冬の朝、浄閑寺《じょうかんじ》に行きまして。あそこは女郎の死体を投げ込んでも弔ってくれるって、有難い御寺でね。投込寺なんて呼ばれてますよ。そこの供養塔の前で置屋の女将さんと並んで坊さんの読経を聞きながら、ぼんやりといい天気だなあ……って思ってましたっけ。

悔いなんざござんせん。ただ、ぽっかりと穴っぽこが手前の胸に空いたような、奇妙な心地がありました。

でも次の日にお茶屋に行って、唄い、踊り、酒を飲んでいるうちに、胸の穴のことも忘れちまう。ああ幇間で良かった。おかげでおかしな気分でふさぎ込んだりしなくて済むんだと思っておりました。

そんな時、河内屋さんの紹介である若旦那が私をお茶屋に呼んで下さったんです。そのお人は代々続く味噌屋の若旦那ということで、岡田屋さんとおっしゃいました。まだ若くて私よりちょいと年かさの二十半ばといったところ。河内屋さんがおっしゃるには、

「私なんかが連れ歩くと、引っ込み思案で大人しい人でね。遊び慣れていないようなのさ。少し遊びってものを教えてやって欲しい」

ということでした。たまに旦那衆に連れられて、不慣れなお茶屋遊びに右往左往している若い方がいらっしゃいますが、そうした御一人だと思いましてね。少し慣れた芸者辺りを呼んで楽しい宴にすればいいと思ったんです。それに河内屋の旦那が、

「払いについては気にしなくていいよ。岡田屋さんも羽振りがいいし、勘定をこっちに回してくれて構わないから」

そうおっしゃるということは、大分、可愛がっていらっしゃるんだなと。いっそお会いするのが楽しみだったんです。

引手茶屋には三味線のお姉さんも、舞上手な芸者さんもお呼びしておりましてね。花魁は、ご自身でお見立てになると思いまして、待っていたんでございます。すると、いざおいでになった岡田屋さんは、細身で色白の品のいい若旦那といった風でございました。

「これは岡田屋の若旦那」

私が出迎えますと、岡田屋さんは、ふん、と鼻を鳴らしただけでございます。あれ、河内屋さんのお話とは違うなと、ふと不安になったくらいに無愛想な方でね。

「花魁はどの子に致しましょう」

って言いますと、

「松葉屋の朝霧《あさぎり》」

総籬の花魁の名前をさらりと出す。遊び慣れていないって話は聞き違いであったかなと。しばらくして、朝霧さんが来ましたよ。素朴で大人しい雰囲気の人で、なるほど、これは通好みだなと思いましてね。それから若旦那は、黙って酒を飲んでおりました。

朝霧さんは、

「お久しぶりです、若旦那」

と、お馴染みの様子でした。しかしその実、朝霧さんは若旦那のことを好いていないのが分かります。とはいえ毛嫌いしているとか、あえて嘘を言って媚びているというのではない。

何というか……怯えているようにさえ見えたんで。

三味線のお姉さんは場を読んで爪弾きで静かにかき鳴らし、踊りの芸者さんは余所《よそ》のお座敷に行って頂きました。

「河内屋さんからは、大層お堅い御方だとうかがいましたが、なかなかどうして、粋な若旦那でございますね」

沈黙に耐えかねて言いますと、若旦那は、ふん、とまた鼻を鳴らします。

「河内屋か。古物商の成り上がりが偉そうに口を利きたいばっかりに、私を呼びつけて。遊びを教えてやるって、いつだって手前《てめえ》の騒ぎに付き合わせやがって、挙句に幇間を世話してやるって、なんの真似だか」

私は、はあ、と言葉を失いました。お世話になっている旦那さんのことを悪く言われているんですから、ちゃんと言い返さなきゃいけません。でも今のお客は目の前の若旦那ですから、こちらにも気を配らねばいけません。

「河内屋さんは、若旦那のことを可愛がっていらっしゃるんですね」

私が言いますと、若旦那は、

「聞こえなかったのかい。私はね、あの旦那のことが嫌いなんだよ」

と、低い声で言いました。すると酌をしていた朝霧さんの手が震えて、お銚子から酒が零れて若旦那の膝にかかってしまいました。

「あいすみません」

朝霧さんが謝るよりも早く、

「何しやがる」

若旦那がその手で朝霧さんの頬をひっぱたきました。それもちょっとの力じゃありません。朝霧さんの体が横っ飛びに飛んで、頭の簪《かんざし》が床に落ちて髪が崩れるくらいでございます。若旦那はすっくと立ちあがると、朝霧さんの髪を摑んで上を向かせ、鼻がくっつくくらいに顔を寄せ、

「手前は、酌も満足にできねえのか」

と凄みます。その様に私は呆気にとられちまいました。しかしすぐに我に返って、

「まあ、若旦那。この子も悪気はないんで」

「手前は黙ってろ、男芸者」

と、今度は私を蹴り上げたんでございます。それは胃の腑に見事に当たりまして。おっ母さんに蹴られたことを思い出して、手前が急に小さな子どもになっちまったような心地がして、うっと蹲《うずくま》って動けない。三味線のお姉さんが部屋を飛び出して、男衆を呼びに行ったのが見えました。ようやっと顔を上げると、朝霧さんが泣きながら若旦那に「あいすみません」と謝っている姿があった。若旦那はそれを見て、にたにたと満足そうに笑っている。ああ、この男は私がこうして転がっているのも、朝霧さんが泣いているのも嬉しいんだ。

そして若旦那は朝霧さんの上にのしかかり、揶揄うように着物をはだけて首を絞める。朝霧さんが苦しそうに呻くのを見て、ケタケタケタと笑う。

その瞬間、私はカッと頭に血が上った。気合で立ち上がり、近くの膳を思い切り蹴飛ばしました。その音にはっと若旦那が気を取られた隙に、若旦那の股座《またぐら》を勢いよく蹴り上げたんでございます。若旦那は、ぎゃっ、と、声にならない声を上げてその場を転がりまわっている。私は朝霧さんを助け起こしまして、背に庇《かば》いました。

するとそこへ、三味線のお姉さんに呼ばれた男衆がどどどっと三人ほどやって来た。

「一体、どうしたんで」

私が言葉に詰まっていると若旦那が顔を上げて、

「そこの幇間が無礼なんだよ。私がこの女を買ったんだ。何をしたって文句を言われる筋はねえ。それを庇うとはこいつ、その女の間夫《まぶ》なんじゃねえのか」

と、矢継ぎ早にまくし立てました。私はすぐに男衆に目配せをして、違うと首を振りました。男衆は小さく頷いてから若旦那に向き直り、

「いやはや、茶屋の不手際であいすみません。今宵のお酒はこちらでもちます。験《げん》を直して、またのお運びをお願い致します」

怒りのおさまらない若旦那を宥《なだ》めすかしながら、外へと連れ出してくれました。

朝霧さんはその場でおいおいと泣き崩れました。私もまた何でか知りませんが、朝霧さんの背を撫でながら悲しくなって泣きました。その時、泣いている朝霧さんの首筋に男の指の跡が真っ赤に浮かび上がっておりましてね。いつぞやおっ母さんに蹴られた時に見たおっ母さんの首にも同じような跡があったことを思い出したんで。

ああ、こんな風に無体をされていたのかと。おっ母さんに対する恨みつらみや悲しさ寂しさよりも、可哀想だったなあ……守ってやりたかったなあ……と、そんな風に思ったんでございます。

お茶屋でのそのしくじりはほどなく河内屋さんにも知れたようです。無体をしたのは岡田屋の若旦那でございますが、河内屋さんはそんなことはご存知ない。若旦那は、

「一八というのは性質《たち》の悪い幇間で、酒が入ったせいか、宴席で蹴られた」

というようなことを話したそうで。河内屋さんは、

「まあ、何やら事情があったんだろうよ」

と言って下さいましたが、それからはあまりお声がかからなくなりました。

師匠はというと、

「お前さんはその場を立って、男衆を呼びに行く。それ以上はしちゃいけなかったね」

とおっしゃいました。

「あんな無粋な客がいたんじゃ、女郎はたまったもんじゃありませんか。どうにも耐えられなかった」

どういうわけかほろほろと涙が零れて仕方ない。師匠の前でこんな風に泣くなんて思ってもいなくって、手前で手前にびっくりしていたんですが、しまいには嗚咽《おえつ》を上げるほどになっちまいまして。どうにも格好がつかない。

するとするとへ師匠が、

「お前さん、吉原から離れな」

と言ったんです。

「幇間が吉原を離れて何処に行くんです。深川や新橋辺りの茶屋だけで、食っていけるわけがないでしょう」

「だからさ、幇間を辞めた方がいい」

「師匠までそんなことを言うんですかい。確かに今回はしくじりましたよ。でも、あの若旦那はいけません。それに私はあの朝霧って花魁の間夫なんかじゃありませんよ」

「そうじゃあない。そうじゃあないんだ」

師匠は私を宥めるようにそう言うと、ふうっと細い息を吐きました。

「お前さん、本音じゃあ女郎を買いに来る男が嫌いだろう」

何を今さら。男は女郎を買いに来るものだ。中に生きてりゃ知っている。当たり前を嫌がっていたら生きていくことさえままならねえ。好き嫌いの話じゃありません。そう言おうと思ったんですが、どういうわけか喉に痞《つか》えたように声が出ねえ。するとそれを見て師匠が頷いた。

「それがお前さんの胸のドン突きにあるんだよ。おっ母さんが死んだ時、さほど悲しくもねえってお前さんは言っていた。でもね、無体をされる朝霧を見て、金で買うってことを見せつけられて、お前さんは思わず手が出ちまった。そしてね、それは人としては道理だよ。だがそれが許されねえのがこの吉原のしきたりってもんだ。私なんぞは女郎は女郎と割り切れる。それは私が外で生まれて外で育ってきたからだ。お前さんは女郎を身内と思えばこそ、その悔しさに耐えられない。この先もここで耐えていくのは辛かろう」

「たとえそうでも、幇間としてやっていくって決めたんだ。見捨てないで下さい」

「そうするとね、お前さんがお前さんの胸の内を見捨てることになっちまう。分かるかい」

分かる……ような気がする。でも生まれた時から吉原にいる手前にとって、ここから離れるっていうのは、身ぐるみ剝がれるような心細さがある。辛うじてここに留まるための居場所だった幇間って生業《なりわい》を捨てて、全く知らない所へ出て行けっていう。この師匠は鬼かと思いました。だが、それが本当に薄情で言っているわけじゃないことも分かる。

図星だ。

私はおっ母さんを苦しめた男たちが嫌いだし、顔も知らねえ手前の父親も嫌いだ。禿の私を引きずり込もうとした野郎も嫌いだし、端《はな》から幇間を下賤と馬鹿にした態度をとる客たちも大嫌いだ。

それでもそいつらは飯の種だと思えばいい。おだてや嘘に喜ぶそいつらを嘲笑ってやればいい。中にはちょいと優しい人もいる。そう思って奮い立たせてきた気持ちが、萎《しお》れちまってどうしようもねえ。

私は、頑是《がんぜ》ない小僧みてえに泣き続けていましたが、師匠はそれを咎めることもせず、ただ黙って私を見ていました。それで私はもう、ここにいちゃいけねえんだって悟ったんでございます。

それからしばらくは師匠の口利きで、田原町《たわらまち》辺りの裏長屋に住んで、おこしなんかを売っていたんですよ。子ども相手の商売ですから、珍妙な格好をして、太鼓を叩いて節をつけて練り歩くんで。それはまあ、私にしてみると幼い時分から、置屋のお姉さんたちに可愛がってもらうために会得した色んな芸が一度に披露できて、それなりに楽しかったですよ。目の前の子どもたちが笑っておこしを買っていくのが面白くって。しかしまあ、それでは長屋の家賃もやっと。稼ぎということにおいては、幇間をしているよりもはるかに少ない。たまに美味いものを食べさせてくれる旦那もいないし、世情ってのにも疎くなる。

狭い長屋の古畳の上に座り込んでいるってえと、何だか吉原がいいところだったんじゃねえかって思えて来る。苦界《くがい》だ地獄だって言うけれど、私にとっては生まれ育った故郷で白粉《おしろい》の匂いも懐かしい。ふと空しい気持ちになりましてね。おこしを売り歩くのも嫌になって、一歩も外に出ねえ日が何日も続いたんでさ。こうしてここで飢えて死んでも誰も気づかねえんだろうなって思って、わあって叫びたいような心持になったりして。

いい加減に腹が空いて、ようやっと起きてふらりふらりと歩いていたら、道の向こうから乾物問屋の駿河屋の旦那が来た。

「おお、一八じゃねえか」

幇間として可愛がってくれていた旦那に会えたってのに、明るく返そうにも返せねえ。はあって、ため息みてえな挨拶をしちまったら、

「お前さん、ちょいと付き合いなよ」

って、連れてってくれたのが木挽町にある芝居小屋、森田座でした。

これまで、私はあまり芝居ってのに興味がなくてね。観たこともなかったし、どっかで芝居を馬鹿にしていました。

「唄も踊りも舞台なんかで見せるよりも、お茶屋で間近に見せる方が余程難しい」

ってな話を、お姉さん方がしているのを何度も聞いていましたから。

木挽町は、芝居見物のために大勢の人が着飾って集っていました。通りを行く人も華やいではしゃいでる。呼び込みの木戸芸者は、何やら大声張ってたし、菓子やら弁当やらの物売りたちも大騒ぎ。浮かねえ手前と違って景気のいい人が大勢いたもんだ。ひねくれた気分だったから、何だか人の喧《やかま》しさが耳障りでね。

それでもあまりにも腹が空いていたんで、弁当をくれるって話につられてついて来たんですよ。

中には人がぎっしり大入り。何が楽しいんだか、みんな嬉しそうにまだ幕のかかった舞台の方を見ている。私もはじめのうちは弁当の方にばっかり気を取られていたんですが、幕が開くと小屋全体の空気がぴりりと変わる。

演目は『天竺徳兵衛《てんじくとくべえ》』って話でした。主役の天竺徳兵衛を演じている尾上栄三郎が舞台の

上に出てきた時、声の響き、立ち姿……目が吸い寄せられるように見入ってしまいましてね。

異国天竺に渡って帰ってきた徳兵衛が、父親の悲願を叶えるべく日本転覆を試みる。悪い男なんですが、それがまた粋でねえ。妖術を会得した徳兵衛が、飛んで跳ねて早替りする。そしてその徳兵衛が大きな蝦蟇《がま》に乗って見得を切った瞬間、客席がわあって盛り上がり、手前も思わず声を上げちまいましてね。ここが小屋だということも忘れ、弁当も忘れ、隣の旦那のことも忘れちまった。

何と言ったらいいんですかねえ……ああ、こんな世界があるのかって胸が躍りました。手前なんざ、吉原って小さな箱の中できりきり舞いしてしくじって、今また小さな長屋の中で引籠っているってえのに、徳兵衛って男は、異国に行って妖術遣って敵を倒していいなあ、こうなりてえなって。もちろん嘘の話だってことは分かってますよ。そこまで阿呆じゃありません。ただ、いっとき浮世を離れる気持ちよさがたまらなかった。

「どうだい、芝居は面白いかい」

旦那にそう聞かれて、もう何度も深く頷きました。芝居が終わって間もなくすると、先ほどまで舞台の上で天竺徳兵衛を演じていた尾上栄三郎丈が挨拶に現れた。

「駿河屋の旦那。本日はありがとうございました」

そう言う様がまあ凛々しい。男の私が言うのもなんですが、惚れ惚れするようで。旦那はそれから一言二言、芝居を褒めてからご祝儀をやりまして、私の方を振り返り、

「こいつは元は幇間なんだが、茶屋をしくじって今は風来坊だ。今日、初めて芝居を見たそうでね。そうしたらお前さんの天竺徳兵衛を見て、こんな腑抜けみたいになっちまって」

そう揶揄います。でも仕方ねえ。つい今しがた、妖術遣いをやってた御方が目の前にいる

んだ。私はずいと膝を進めたんです。
「いやあ眼福でございましたよ。あの台詞なんざ、耳について離れません。
足手纏《まと》ひの親はなし
一本立の天竺徳兵衛
雲に隠れ水に入る
妖術奇術は心の儘《まま》
あら嬉しや心地よやな
ってね」
ちょいと口真似して言ってみたんで。すると尾上栄三郎の旦那は、おっ、と驚いたような顔をして首を傾げましてね。
「お前さん、今日が初めてだっておっしゃいましたね。それで節も音も覚えちまったのかい」
「ええ。耳で覚えて真似るのは幼い時分から得意でしてね。幇間稼業もそれで何とかなっていたんで」
と答えますと、ふうん、と納得したように頷いてから、
「今度、うちへ遊びにいらっしゃい」
と言われましてね。
こちとら何せ暇をしておりますから、おまんまでもご相伴できればしめたもんだと、早速翌日に尾上の旦那のところに行ってみたんですよ。するってえと、
「この前の台詞をやってくれねえかい」

って。何がなにやら分からないけどやってみた。うんうんと、弟子やら女将さんやらと顔を見合わせて頷いて、切り出した。

「お前さん、木戸に立ってみる気はねえかい」

それが木戸芸者になったきっかけなんですよ。

何せこれまで芸を披露するったって、お座敷で金を払ったお客さん相手です。しかし木戸芸者は尾上の旦那やら森田座さんから金をもらいまして、ひやかしの客を相手にやるわけです。一緒に木戸に立つことになった先達の五郎さんが言うには、

「実はただで見物する客ほど、性質の悪いものはねえ。懐を痛めてねえからこそ言いたいことを言いやがる」

とか。それでもやるしかありません。

人人人でごった返す芝居小屋の前に設《しつら》えられた台の上に上った時には、わっと数えきれない目がこちらを向いています。その目の中に期待がこもっているのが分かると、なんとも言えない心地よさ。

さあいざ、口を開きます。

「とざい、とーざい、

皆々様に案内申し上げますお芝居は『天竺徳兵衛』。この芝居を見逃しちゃあなりません。時の名人鶴屋《つるや》南北《なんぼく》が書き、当代きっての男前尾上栄三郎丈が演じる。正に奇想天外、神出鬼没。ここにおられる皆々様も、徳兵衛の妖術にかかっちまうこと間違いなし。ささア上覧あれエ」

本気で惚れた芝居を語るってのは、こんなにも気持ちのいいものかと。通りを行く人たち

にもそういう心持は伝わるんでしょうな。ふと手前の前で立ち止まって口上を聞いたかと思うと、ぞろぞろと木戸を入って行く。それがまた嬉しくってしょうがない。

「お前さん、森田座でしばらく働きなさいよ」

尾上の旦那のすすめで、森田座の座長、森田勘彌《かんや》さんも認めて下さった。

よく、吉原では「夢を売る」なんて言い方をします。しかし売っている当の花魁のお姉さんたちは、割り切って楽しんでいる剛毅なお人もいますが、その実、体を壊し、心を壊し、泣いている女が多うござんす。それを横目で見ていることが辛い時がありました。

芝居もまた「夢を売る」って言いますが、尾上の旦那をはじめ役者連中を見ていると、なんとまあ清々しく、明るいのかと。大部屋で端役をやっている役者たちも、裏方の連中もみんな、客に夢を見せるためだけど誰より手前が楽しんでいる。それがいい。

ああ、この連中の売る夢をもっとたくさんの人に見てほしい。そして浮世の憂《う》さを忘れてほしい。そう心底から思えたのは、他でもなく手前が浮世の憂さに沈んでいた時に芝居に出会えたからなんでしょうな。そして、そこにやってくるお客たちは、手前と同じ浮世の人なのだと思えたんで。

吉原という悪所から、芝居小屋という悪所へ。

もちろん、芝居小屋にも苦さも暗さもありますよ。色を売る男も少なくない。世間様から見たらそこにいる連中は、吉原と同じく人別帳から外れた怪しい奴ばかりでございましょう。手前もそんなはぐれ者に過ぎません。

ただ左之助師匠が言っていたように、手前の胸のドン突きにしっくりくる生業ってのにたどり着けたような心持がしたんですよ。

……って、つい長々と手前の来し方なんかを語っちまって。御武家様は聞き上手でいけませんなあ。いっそ幇間にもなれちまうくらいですよって、ならねえか。

そうそう、それで若衆菊之助さんに会ったのは、木戸芸者としてはすっかり達者になった頃。木戸に来るなり私に向かって、

「名のある役者とお見受け致す」

って。笑っちまいました。

話を聞けば、この芝居小屋で仕事がしたい、しばらくの間お頼み申すって言うんでね。まあきれいな若衆ですから、

「お前さんなら、女形でもやれれば金を稼げるよ」

ってな具合に誰かに唆《そそのか》されたんでしょうかね。白塗りして紅でもさせば、そこらの女形よりも余程赤姫が似合うだろうって私も思いましたよ。意地悪を言うなら、芳町《よしちょう》辺りで男相手に春を売る陰間《かげま》をした方がもっと儲かりそうだ。それはもちろん言わずにおきましたよ。

「それでお前さんは芝居をご覧になったことはあるんですかい」

菊之助さんは首を横に振りました。一体なんだって、芝居を見たこともないのに芝居小屋で働きたいのか、私にしてみりゃとんと理由が分からねえ。

「まあ一度は見てごらんなさいな」

そう言って小屋の隅っこに入れてやったんで。

その時は『恋罠奇掛合《こいのわなてくだのかけあい》』って話で、私も大好きな本でした。犬神遣いに奪われた宝珠を、女に化けた狐が取り返すという筋で、人気の女形、岩井半四郎が演じる狐が妖艶でいい

って評判で大入りで。

御武家みたいに堅い御家で育った人には、鼻で笑う御伽噺《おとぎばなし》かもしれねえと思いましたが、若様はじっと舞台を見つめていましたよ。そして、

「こんなに面白いものなのだなあ。私もいっそあの狐に助けて欲しい……」

って、しみじみ言うじゃありませんか。

若様にも芝居が上手いことはまったらしい。そうなると手前が褒められたわけでもねえのに嬉しくなっちまってね。それで座長の森田勘彌さんに引き合わせたんでございますよ。森田の旦那もはじめは菊之助さんのきれいな顔を見て、女形にしてえと思ったみたいだけど、まあ、御武家然とした人に、芸事をやらせようってもそれは難しそうだと思ったようで。

「当面、黒子でもやるかい」

って裏方に回したんで。芝居小屋ってのは色んな素性の者が入っていますからね。裏方に入るのは、吉原の大門をくぐるよりも楽ってな具合で。私もそんな次第で救われてきた者の一人です。成り行きで初めに声を掛けてくれた若様については、兄貴面して世話を焼きてえって思っちまいまして。

手前は悪所生まれで悪所育ちのしくじった幇間っていう、ひとっ欠片《かけら》も人様に誇れる者じゃありませんが、物を知らねえ若様になら少しは偉そうに振舞えるんじゃないかってけちな性分もありましてね。手前のささやかな懐であちこち連れて回りましたよ。

町人の風体にさせましたけど、どこか育ちの良さが滲むのかえらく目立つ。芝居町を連れて歩いているってえと、

「おや、何処ぞの御曹司かい」

なんて、芝居好きに声を掛けられることもありました。菊之助さんは、

「畏《おそ》れ入ります」

丁寧に挨拶をする。その姿勢がえらく様になっててね。なかなかどうしてこっちがお付の従者みたいに振舞っちまっていけねえや。

いつだったか、芝居小屋の裏手の屋台で蕎麦を一緒に食ってましてね。

「どういう気まぐれでこんなところにいるんだい」

って、その時に初めて聞いたんですよ。

「仇討を立てて参りました」

思わず蕎麦を噴き出しそうになってむせちまって。

仇討ってのは、芝居では何度も見たことがあります。吉原でもいきり立ったお姉さんが、

「仇《かたき》とってやるんだ」

なんて物騒なことを言っているのは何度も聞きましたが、こんな風に御武家様が仇討を立てて来たなんて話を聞いたのは初めてで、驚いちまいまして。

「いやあ、そいつは豪気だ、男だねえ。さすがは武士ってね」

軽い調子で褒めそやしちまったんですよ。しかし言われた菊之助さんは、丸くて大きい目がゆらゆらと揺れて戸惑っているようで。

「褒められるようなことではない。父を討った男を討つだけで……」

俯《うつむ》いちまった。無理もねえ。父親の仇を探しているってのに、酒の席で揶揄うような口ぶりをしちまって。重い話になると笑い話に無理矢理変えて憂さを晴らす、幇間の悪い癖ですよ。しかし、そうなるってえと次の言葉が見つからなくて手前も黙り込んじまいました。

聞きたいことは山ほどあるが人にはそれぞれ事情がありますし、あまり深入りするのも粋じゃねえ。

「そうかい……がんばりな」

ようやっと返すと、菊之助さんはえらく寂しそうな顔をして笑いましてね。

これは、ちゃんと聞いてやらなきゃいけないんじゃないかって。幇間をしていた時分、

「人をよく見て、話をじっと聞くのも幇間の役目」

と教わったのを思い出しましてね。ちょいと陰のある菊之助さんの横顔を見ながら、ふっと問いかけてみたんで。

「お前さん、仇討したくないのかい」

「いや……やらねばならぬのだ」

答えるっていうよりも、手前に言い聞かすみたいに言ってから、ぐっと唇引き結んで黙っちまった。目頭には涙が溜まっている。それを見ていてふと、それは手前が吉原でしてた顔じゃねえかなって思えて来た。本当の気持ちに封をして、必死で踏みとどまろうとする苦さみたいなもんを勝手に感じちまってね。

その時、師匠に言われた言葉が頭を過《よぎ》りました。

「お前さんがお前さんの胸の内を見捨てることになっちまう」

私もそんな風に、菊之助さんに言ってやりたいと思ったんですが、上手い言葉は見つからねえ。ただ、なるべく重くならねえように、ちょいと心持が軽くなったらいいなって思って。

「逃げちまってもいいんですぜ」

って、蕎麦啜りながら言いました。

全く、仇討なんて雄々しい志を立てている若い御武家様相手に、手前と似ているなんて言うのもおこがましいことなんですがね。道理や筋にがんじがらめに縛られちまった様子が可哀想に思えてね。のっぴきならない事情って奴は、誰より手前がそう決めちまってる。でも道を外れても、存外、逞《たくま》しく生きる術もあるって言いたくて。

私の言葉を聞いて、菊之助さんはえらく驚いた顔をしていました。無理もねえや。こちとら武士道もへったくれもねえ芸人ですからね。

でも、

「そんなことを言われたのは初めてだ。かたじけない」

と。それを聞いて私はぎゅっと胸が締め付けられるみたいな思いがしたんで。何とかしてこの若様を助けてやりてえって思っちまったんですな。

それじゃああの木挽町の仇討の時に、手前が何をしていたのかって……。

ははは、いやはや格好悪い。これから仇討に行こうって出て行ったのを、振袖を手土産にどこかの娘に会いに行くのかって野暮な了見で見送った挙句、仇討を小窓から覗いて知って、ただただびっくり。後になってその話を方々でして回ったってだけの役立たずで、甚《はなは》だお恥ずかしい限りでござんすよ。

あの仇討の後、どれくらいしてからだったか。ご丁寧に芝居小屋に文が届きましてね。菊之助さんは無事に本国に帰られて家督を継いで、母上様も大層喜んでいらっしゃるって話でした。

そうなりますってえと私なんぞとは住む世界が違う。あの時、蕎麦の屋台で身近に感じたことが、遠い昔の御伽噺でもあるかのような妙な心持になりますなあ。よく芝居にあるんですよ。さるやんごとなき若様を、市井の人が助けるなんて一場がね。でも、現《うつつ》では何もできやしない。ただ一緒に過ごして、おまんま食べて寝て起きて……そんな一時が懐しくて慕わしくてね。

え……他にもあの仇討を見た人がいるかって。

そりゃあいますよ。芝居茶屋のお客なんぞもそれは見ていますし、小屋の連中にも、大勢おりますよ。他の誰かにも話を聞きたいってお前さん、私より他に上手く喋れる人がいると思わない方がいい。こちとら喋りで食ってる芸人ですよ。おや、下手でも構わないって。ふむ、上手すぎるから嘘くさいって言うんですかい。そいつは殺生な。

まあそれなら、殺陣《たて》の指南をしている与三郎《よさぶろう》という人をお訪ねなさいよ。

元は御武家だったせいなんですかねえ、喋らせてもかたっ苦しくていけねえし、面白くもねえ。でもむしろそういう人の話が聞いてみたいって言うんでしょ。全く、口が達者なばっかりに信じてもらえないなんて、損ですなあ。

与三郎さんは若様とはよくやっとうのことを話していましたよ。大きな道場の師範だったらしくて、刀の打ち込み方からかわし方なんかも、小屋の稽古場や、そこの裏手の細道で木刀で稽古していました。与三郎さんのおかげで仇討が成ったんじゃねえかって、みんなで話しているんでさ。

今日はもうおりますまいが、明日の朝にでも芝居小屋の稽古場に行けば、大部屋相手にあれやこれやと指南してますよ。

ただ、そう簡単に話してくれるかなあ。まあ、何度か日参なさいまし。お百度まではいかずとも、三度くらいは。それでも喋らないって言うのなら、そうさなあ……ほら、御手合わせ願い申し候とか何とか言えば、御武家同士で分かり合えるってもんでござんしょ。ま、訪ねてごらんなさいな。

第二幕　稽古場の場

いやはや、驚き申した。

ここを何処とお思いか。芝居小屋の稽古場でございますぞ。その戸口に二本差しの武士が仁王立ちして、

「手合わせ願いたく候」

などと大音声《だいおんじょう》で。立ち回りの稽古をしていた大部屋役者の連中も、さて次は何の台詞が続くかと待ってしまったではないか。黙り込んだそこもとを見て、

「ふざけているのか」

と、凄んで木刀にて斬りかかった者をすらりとかわし、見事に素手にて抑え込まれた。これは役者ではなく真《まこと》の武士が来たと気付いて、皆、大慌てで逃げてしまった。全く人騒がせな。

これで某《それがし》に会いに参られたのは幾度目か……三度とな。ふむ、さようであったか。

先日までは階下にて待っておられたものを、本日はよくもまあ芝居小屋の三階まで誰に見

咎められることもなく入り込んで参られた。芝居が跳ねて皆が忙《せわ》しない時とはいえ、役者ではない武士姿の者がいることに誰かが気づいても良さそうではあるが。何せ今は芝居が跳ねたばかりで、舞台裏に皆が集まって混雑しておる故な。

しかし何度参られたとしても、あの木挽町の仇討について某が話すことは何もない。既に木戸芸者の一八氏からあらましを聞いておろう。あの者の話で十分ではないのか。

ははは、話が上手すぎて却《かえ》って信用ならぬとは皮肉なことを。そこもともなかなかの石頭と見える。それにこうして手合わせを願い出たのも、一八氏の差し金であったとは。某が元は武士故に、手合わせを願うと言えば応じ、剣で分かり合えば話をすんなり聞けるはずと申したか。全く、あの御仁は殊更《ことさら》に話を大仰にする。悪戯《いたずら》者の言葉を真に受けてはなりませぬぞ。今頃大笑いしていることであろう。

まあ良い。三顧の礼と申す。諸葛孔明《しょかつこうめい》とて劉備《りゅうび》を三度目には迎え入れた。これを追い返すとあっては某の傲慢であろう。入ってお座りなされ。この三度でそこもとの人となりも少しは知れた。何ともまあ、あの菊之助殿と似通ったところのあるお人だ。ああ、御文を持参なさっているとか。では拝見。

ほう、あの菊之助殿の縁者であられるか。ここには、何事もこの者を信じて包み隠さず話して欲しいと書かれている。菊之助殿がそこまで申されるならば、某もそこもとを信じよう。かの御仁と某の奇縁は、懐かしくも有難いもの故、これも報恩となろう。

まずは某の氏素性か。某はこの芝居小屋で、立師《たてし》というお役目を頂戴している与三郎と申す。当年で三十になったところだ。

それで、聞きたいこととはあの木挽町の仇討の一件であったか。

確かにしかとこの目で見た。二年前の睦月の晦日。菊之助殿は、身の丈六尺はあろうという大柄な博徒作兵衛をその手で見事に討ち取った。それに何の間違いもござらぬ。

しかし某は無骨故に先ほども申した通り、一八氏のように軽妙に語ることなどできはせぬ。……いやいや、手合わせはせずとも良い。剣を交えたところで、疲れるばかりで上手く話せるわけではない。

そも、ここは道場ではない。見れば分かる通りの稽古場。得物となるのは、ここにある竹《たけ》光《みつ》に銀箔を張ったものであるとか、紅白に塗られた木槍、更には花の枝。いずれも得物としては頼りない。これで真の武士と打ち合いなぞすれば、あっという間に折れてしまう。そうなると某が道具係に叱られて、明日の芝居に差し支えることになろう。

ましてさほど広くもない稽古場だ。そこもとが真剣を抜いて振り回せば、刃がついと後ろの壁を突き抜けて、大部屋の楽屋に突き刺さる。さすれば騒ぎは更に大きくなり、修復のために座長に金を求められても面白くあるまい。聞きたいことがあるのなら、早うお尋ねになるがよい。

ふむ、立師とは何かとお尋ねか。芝居の中で戦いの場を演じるに当たり、役者たちに振りをつける役目である。勘違いされては困るのだが、それはいわゆる剣の指南をすることとはまるで違う。某は元より剣を嗜んでおった故、この芝居小屋に来たばかりの時分には、大層、筋が良いと褒められたものだ。それでも立師になるにはなかなかの月日が掛かった。

芝居をご覧になられたことがあるか。ない……それは至極、残念な。いずれはご覧になられるがよろしかろう。

芝居の上での戦いは、何も真剣勝負をしているわけではない。客はかように殺伐としたものを求めていない。それ、そこにある花の枝。これを互いに持って立ち合いをすることもある。山の字を描くように互いに振り下ろし、すれ違いながら回って、再び振り下ろし、背中を合わせて、とんと足を踏み出して見得を切る。この時、囃子《はやし》の三味線や鼓《つづみ》の音に合わせて動き、附け打ちの音でぐっと睨み合う。

ははは……かような顔をなさるな。それのどこが戦いかと、仰りたいのであろう。某もそう思う。これはむしろ、戦いというよりも、踊り、舞に近い。しかしその所作をする上でも、武士のお役を務める役者には、それらしい振舞いができた方が良い。そこで某は、殊更に武士らしく語り、振舞うことで、模範を見せる。それもまた役目の一つでな。

お尋ねの菊之助殿も、あの時分にはこの稽古場によく遊びに来られた。某を剣の達人と思い、

「御指南を願いたく候」

と仰せられ、そこで頭を下げられた。

某も腕に覚えがないわけではないが、今はこうして舞台の上で、舞うように剣を振ることが生業だ。教えて差し上げたい思いもありながら、しばらくはそれを渋っておったのだ。

しかし、話を聞けば仇討を遂げねばならぬというではないか。

仇討については、某も知らぬではない。人殺しは元来罪である。されど、親兄弟を殺された恨みを晴らすことは、その心持も分かる故にお上も認めようという、武士のみに許された仕来《しきた》りだ。無闇な殺生を禁じる為に、事前に届け出をし、討った後にも届を出す。そして武士として一度、その誓いを立てたからには二言はならず、本懐を遂げねば本国に帰ることも許されぬ。つまり討ち果たすことが叶わねば武士の身分を捨てるという、己の生涯を賭けた

誓いである。

　かような悪所に身を置く某が言うのも詮無いことではあるが、身分を失うことの口惜しさは計り知れぬ。ましてやそれが父の仇《かたき》を討ち損じたことによるとなれば、さぞや無念であろう。その志を無下にしたのでは、武士の風上にも置けぬと思い、かつての道場での記憶を手《た》繰《ぐ》り、木刀にて指南を申し上げた。

　それ、そこの裏手、仇討の本懐を遂げられたあの路地において、芝居の後によく立ち合いをしたものだ。菊之助殿はまだ年若く、長旅をして江戸にたどり着かれたばかりであった故、大層痩身でおられた。木刀を握る力も弱く、軽く打ち込むだけで木刀を取り落とすこともしばしば。修練として素振りだけでも毎日なさるがよろしかろうとお伝えしたところ、生真面目に毎朝、毎夜に素振りをしておられた。次第に足腰が鍛えられ、踏み込む足も力強くなられたのを頼もしく拝見していた。

　そうしてあの睦月晦日の夜。忘れもしない、雪の舞い散る中である。芝居小屋から漏れるわずかな光の下で作兵衛を相手に、ひらりひらりと身をかわし、最後にはぐっと足を踏み込んで、袈《け》裟《さ》懸《が》けに刀を振り下ろした。血飛沫を浴びた堂々とした立ち姿は、ご立派の一言である。

　某も武家の生まれで長らく剣の道にあったが、この泰平の世にあって、人を殺めたことはついぞない。御主《おしゅう》の為とあらば戦に臨むだけの覚悟を決めているつもりでも、いざ敵を前にして怯まずにいられるかと言えば、果たしてどうであろう。

　しかし菊之助殿は、あの大男を相手に誠に見事に剣を揮《ふる》った。その上、あの作兵衛めの首級を取って高々と掲げた時には、見ているこちらが身震いをするほどで、某も不覚にも涙が零れた。

正に天晴れの一語に尽きる。

まだ、聞きたいことがあるとおっしゃるか。ふむ……武士であった某が、何故に芝居小屋に来たかと。いやはや初めてお会いした方に、かようなことを尋ねられるとは。堅物な男が悪所と呼ばれる芝居小屋に流れ着いたのだ。問わずとも、訳があってのことと分かるであろう。皆まで言うのは野暮というもの。江戸ではあまり好まれることではない。

さように真っ直ぐな目で手を突かれたとて、困ったものだ。菊之助殿も同じように「何故に」と問われたのを思い出す。お二人共に酷な御仁だ。

無論、今の己を愧《は》じてはいない。が、愉快な話でもないのでな。

まあ……語らでおけば、いずれは全てが忘れ去られるのみ。奇縁故にこそ、某の過去をそこもとにお預けするのも良いのやもしれぬ。かような元武士もいるのだという後学のため、お話し申し上げるとしよう。


某は、与三郎という名の通り、江戸住まいの御徒士《おかち》の三男坊。ご存知の通り御徒士はさほどの俸禄を頂いているわけではない。父と母に祖母もいて三人の息子となれば、役宅は手狭であった。

父は御目見得以下であった故、上様の御顔を拝したこともない。されどお上に仕え、天下に尽くす武士たらんと志しておられた。朝な夕なに役宅から通りへ出て、御城を遠目に仰いでは深々と頭を下げるほど、生真面目で堅物だった。幼い某も手を引かれながら御城に頭を下げたのを覚えている。そして人情に厚く、物乞いがいれば施しをするのはいつものこと。

いつぞやは大荷物を抱えて難儀している行商人を助けて練馬の方まで行き、御礼にもらった青菜を背負って帰って来たこともあった。

思えばその頃は、貧しいながらも幸せであった。

某が生まれた頃、お上では御老中の田沼意次《おきつぐ》様が御役目を下りられ、新たに松平定信様が御老中となられた。

嘘か真か知らないが、田沼様の元では賄賂が横行して商人たちが大手を振っていたという。一方の松平様は倹約を旨としていらしたので、当時、同じ役宅にいた御徒士の者と同様に、父もまた松平様を敬っていた。

「御老中は朱子学を重んじられ、清廉潔白な御方。正に武士の鑑よ」

父は繰り言のように言っていた。その松平様は新たに優秀な者を登用しようと、学問吟味を行われるという。父は元より真面目に勉学に勤しんでいたが、これを受けると決めてからは、文机で書を読むことが増えていた。しかし残念ながら思うような結果にはならなかったようだ。

それからというもの、父は我ら三兄弟に厳しくなった。

「幼い時分より学問を修め、剣を嗜み、人並み以上の努力をせねば出世は望めぬ」

恐らくは、己の叶えられなかった望みを子らに託そうとの想いもあったのだろう。

ご存知の通り、家を継ぐことができるのは長男のみ。次兄と三男の某は、継ぐ家とてない。父は養子縁組の先を探して奔走し、次兄の婿入り先を見つけた。しかし某の縁はどうにも見つからなかった。

「そなたは自ら身を立てねばならぬ。それには精進せよ」

かくして父は、兄たち以上に学問も剣も厳しく修練することを命じた。しかし元よりさほどの才知に恵まれているわけではない。ただ、剣の腕は見どころがあると言われ、御大家への指南番も輩出した道場へと移ることになったのが十三の頃。やがて、同年代や年下の門下生の指南をするようになり、道場主である伊藤先生からは、

「その方は面倒見がよい。指南も的確。師範としてどこでもやっていけるであろう」

と褒められた。父からも、

「いずれ剣の道でお上に忠義を尽くせる武士となれ」

と言われていた。それは某にとって何よりの励みとなっていた。

十八になったある日、さる御大家で指南番を求めているとの話が舞い込んだ。周りを見ても、某よりも腕の立つ者はいない。しかも指南をする術も心得ており、先生もそれを認めて下さっている。当然、推挙されるのではないかと期待していた。

しかし、一つだけ懸念があった。同じ道場に伊藤先生の甥がいたことである。

その浩二郎《こうじろう》という男は某よりも二つ年かさで、三年前に入門した。素振りをする様を見ても上体がゆらゆらと落ち着かず、足腰に力がない。年の近い者が立ち合いを申し出ても受けることはなく、十三、四の少年を相手に指南と称して立ち合いをする。まだ腕の力も弱い少年を相手に闇雲に木刀を振り下ろしては叩きのめす様は、指南と言えるものではなく、痛めつけるようなものである。

「浩二郎殿、少々過ぎましょう」

某が窘《たしな》めると不快げにこちらを睨みつけ、木刀を床に叩きつけて出て行ってしまう。

「あれでは人望もない。剣も弱い。師範として相応《ふさわ》しい人品ではないな」

他の門人らもそう言うほどであった。

ところが御大家の指南番の話が来た時、真っ先に手を挙げたのは浩二郎であった。

「某が参ります、叔父上」

先生は、ふむ、と渋面を見せた。先生も浩二郎の腕前、人品を弁《わきま》えているようであった。

「他に我こそはという者はいないか」

浩二郎に指南番が務まるとは思えぬ。しかし、仮にも長らく恩義ある師の甥である。その人を押しのけてまで志願するのは無礼ではあるまいかという懸念から、一瞬の躊躇があった。だが、某にとっても千載一遇の好機である。

「ぜひ志願させて頂きたい」

「お……おお、与三郎。承知した」

先生はやや戸惑いながらも頷いて下さったが、浩二郎は拳を握って、ふるふると震えていた。

結局、某と浩二郎の二人が、この指南番の座を相争うことになった。腕前を直《じか》に見たいという先方からのたっての頼みで、道場にて立ち合いを行うこととなった。

立ち合い前夜の帰り道。辺りはすっかり暗くなっていた。通い慣れた大川沿いの道を歩いていると、秋の風が心地よい。川沿いに茂る葦《あし》が風に揺れてザワザワと音を立てているのを聞きながら、某は翌日の立ち合いに思いを馳せていた。

勝てる。

それは確信していた。圧倒的に力量が違うことは浩二郎も分かっているはずだ。それにもかかわらず、今日の浩二郎からは焦りを感じなかったことが気にかかった。

その時ふと、どこからともなくびりびりと肌がしびれるような異様な殺気を感じた。暗がりに目を凝らし、耳を澄ます。それは葦の原の中にある。某は刀の柄《つか》に手を掛けて重心を落とした。その殺気はガサガサという音と共に近づいてくる。ここだ、と見据えた葦の隙間から、眼前にぬっと抜き身の刀が勢いよく飛び出した。某が身をかわし、刃は空《くう》を切った。某は刀の主に目を凝らす。それは浩二郎であった。

「浩二郎殿。これは一体……」

浩二郎は何も答えず、ただ口惜しそうに顔を歪める。そして改めて刀を構えなおすと、今度は某に向かって突っ込んで来た。闇雲なその動きは甚だ拙いものであり、刀を抜いて応戦するまでもない。ただ身をかわすだけで、浩二郎は右へ左へとよろめいて、早くも肩で息をしている。某は勢いを失った浩二郎を前に吐息した。

「かようなことをなさっては、卑怯者との誹《そし》りを受けますぞ。道場の名にも傷がつく。師匠にとっても恥となる。刀を引かれよ」

同門相手に抜きたくはない。それにしても、これくらいで息が上がるようでは、やはり浩二郎には指南番は務まるまいと思った。

「今宵のことは他言せぬ。明日、堂々と立ち合い申そう」

言い置いて立ち去ろうとしたその時、再び葦の原がガサガサと音を立てた。およそ殺気を感じないので、猫でも出て来るかと思ったら、一人の老爺がひょっこりと顔を出した。身なりからして、物乞いであろう。某と浩二郎の間に転がり出て来た老爺は、浩二郎が手にした抜き身の刀を見て、ひっと小さく声を上げて身を縮める。

「これは御武家様、ご無礼を」

浩二郎と某に頭を下げながら去ろうとした次の瞬間、浩二郎は刀を振り上げ、去りかけた老爺の背中に振り下ろした。

「ぎゃあああ」

という叫びが河原に響き、宵闇にも血飛沫が上がった。

「浩二郎殿、何をする。血迷うたか」

某の怒声に、浩二郎は刀を振って血飛沫を払いながらにたりと笑った。

「何と言って知れたこと。目障りな物乞いを斬ったのだ」

某が蹲《うずくま》る老爺に駆け寄ろうとすると、浩二郎は刀の切っ先を倒れた老爺に突き付ける。

「与三郎、そなたも斬ってみるか」

まだ息をしている老爺をいたぶるように、刀で突く。

「貴様、正気か」

声は知らず震え、全身が波打つように動悸が速まるのを感じる。浩二郎は笑った。

「そなたは日ごろ、偉そうに剣の道を説いているが、その実、人を斬ったことがないのだろう。刀は人を斬るためにあるのだ。故に私はこうして日ごろから、修練をしているのだ」

刀傷を負った老爺は、何とかして逃れようと腕を伸ばす。助けようと足を踏み出すが、浩二郎は老爺に向かって勢いよく刀を薙《な》いで、首筋を斬った。ぐううっと唸るような呻きと共に、老爺が倒れ、事切れるのが分かった。

某は茫然と立ち尽くし、足元から駆け上がる震えに耐えた。残虐な所業への怒りで、顔が熱をもっている。

刀は確かに人を斬る。故にこそ武士は己を律するのだ。それが剣の道だと信じていた。それなのに、丸腰の物乞いの老爺を斬り捨て、それを勝ち誇るとは……。浩二郎はもはや武士ではなく、人ですらなく、畜生にも劣る。

「浩二郎、何という……」

この男を誅《ちゅう》するべきだ。この男に刀を持たせておいてはならない。

そう思った某は、刀の柄に手をかけてぐっと腰を落として浩二郎を見据えた。すると浩二郎の顔から薄ら笑いが消えた。

「何だ。やるのか」

勇ましく声を上げるつもりが高音で裏返り、腰が引けている。一刀で終わると踏んだ。その時。

「留爺《とめ》さん」

不意に高い声がして、一人の娘が駆けて来た。抜き身を手にした浩二郎が見えていないのか、横たわる老爺の傍らに膝をついて、倒れたその身を抱き寄せる。そこでようやっと浩二郎に気付いたらしく、顔を上げる。

「邪魔だ、娘」

浩二郎が恫喝《どうかつ》する。しかし娘は動かず、怯えた様子も見せない。

「あんたが斬ったのかい」

「ああそうだ」

どこか恍惚と、得意げに浩二郎が言う。

「こんな無体をするなんて、人の道に外れた獣だね」

「小娘の分際で偉そうに」

浩二郎の声が怒気を孕《はら》む。娘は、叶うならばその目で浩二郎を射抜かんばかりに睨んでいる。夜気が張り詰めたような間があった。武器も持たぬ娘の覇気に、浩二郎が呑まれているようにさえ感じられた。浩二郎はそれに苛立ったのか、血走った目で娘を見据え、

「あああ」

という雄たけびを上げながら、ゆらゆらと刀を振り上げた。某は駆け出しながら刀を抜き放つと、浩二郎の首筋に切っ先を当てた。

「動くな」

某の声に、浩二郎は大きく刀を振り上げたまま固まった。浩二郎の額に冷や汗が浮かぶ。

「そのまま下がれ」

某に操られるように、浩二郎はゆっくりと後ろに下がる。浩二郎に切っ先を向けたまま、某は娘と老爺を背に庇うように立った。

「娘の申す通り、そなたの所業は獣にも劣る。剣の腕を磨くではなく、人を殺めて勝ち誇るなど言語道断。明日、思い知るがよい」

某の言葉に、浩二郎は十分な間合いを取って下がった。それを見て、某は刀を下ろした。そして背後の娘と老爺に気を向けようとした時、再び浩二郎が刀を振り上げた。肩先から殺気を立ち上らせるその様は、武士ではない。ただの悪鬼だ。某は刀を構えた。

殺せ。

頭の中に声が響く。が、瞬時に別の声も叫ぶ。

殺してはならん。

何故、ということは分からない。だが、その声に従うように某は手首を返し、そのまま浩

二郎の胴を横ざまに打った。

浩二郎は、ぐう、と声を上げてその場で倒れた。

「殺したの」

娘が不安げに問いかける。見ると浩二郎は目を回しているようであった。

「峰打ち故、死んではおらぬ。それより、その者は如何《いかが》か」

娘は老爺を抱えたまま、静かに首を横に振った。背中を袈裟懸けに斬られており、娘の足元に血だまりができていた。

「哀れなことをした」

某の言葉に、娘はほろほろと涙を流す。

「可哀想に……前は、腕のいい大工だったって。材木の下敷きになって、足を痛めて働けなくなって……私の奉公先のめしやの親父さんが、ここで寝起きしている留爺に、残り物で握り飯をあげていて……」

嗚咽を堪えながら、言葉を絞り出す。

「……こんな風に殺されていい人じゃないんですよ」

その娘は、名をお三津《みつ》と言った。

「弔いは、店の親父さんと一緒にさせてもらいます」

娘が言うので、某は老爺の亡骸《なきがら》を背負って店まで運んだ。小さなめしや「つるや」の親父と女将は、泣くお三津を慰め、同時に留爺の死を悼んだ。

「斬ったのは、同門の者で」

そう告げると、めしやの親父は承知したように頷いた。

「物乞いを斬ったからと言って、お上が動くとは思っちゃいません。酷なことではございますが……仕方ありません。ただ、せめて懇《ねんご》ろに弔ってやりてえ」

大柄な体軀に似合わぬ優しい笑顔で、己を納得させるように言った。某が懐からもち合わせたわずかな金を出すと、親父は躊躇したものの、遂には、

「お気持ち、香典として有難く」

と受け取った。

某は役宅に帰り着き、血で汚れた着物を洗いながら考えた。

このままで良いはずがない。浩二郎には、相応に償わせなければならない。そのためにもまずは明日の立ち合いで勝つしかないと、決意を新たにしたのだ。

しかし、卑怯な浩二郎は思いもかけない手段に出た。

立ち合いに向かおうと役宅を出て歩き始めた某の前に現れたのは、伊藤先生であった。

「与三郎、昨夜、浩二郎に夜討ちをしたというのは真か」

まるで逆のことを言われ、某は驚き目を見開いた。

「そのようなことはございません、むしろ……」

と言いかけて言葉を呑むと、先生は某を制した。

「さもあろう。さもあろう……分かっておる。だが、今日の立ち合いはなくなった」

「何故でございますか」

「浩二郎が今朝早々に、その方に夜討ちを仕掛けられたと御大家に訴えた。推挙されている二人のうち、己こそが指南番に相応しい。立ち合いをするまでもないと申したそうだ」

何を言われているのか、はじめは分からなかった。やがて事の次第を理解すると、体の血

が逆流するような怒りに駆られた。それを見て取ったのか、先生は眉を寄せた。

「某は浩二郎を存じておる。故にそれが嘘であることも分かる。されどそのことを御大家に申し上げれば、道場の格を落とすことにもなりかねぬ。ここは黙って引いてもらえぬか」

「先生、しかし浩二郎殿は某に夜討ちを仕掛けただけでなく、その場にたまたま居合わせた物乞いの老爺を斬り殺したのです。某のことはさておき、かような殺生を許しては余りにも……」

「分かっておる。あやつは人としての憐憫《れんびん》の情に欠ける。されど身内と思えばこそ目を掛けて来た。その方の言うことは分かるがここは某に任せて欲しい。頼む、この通りだ。そなたの仕官先は必ず見つける」

先生は路上で膝を折り、両手を突いて頭を下げられた。大恩ある先生にそこまでされて御大家に直談判に行くことはできない。

「畏《かしこ》まりました。お手をお上げください。先生を信じてお任せします」

しかし結局、先生はそのまま浩二郎を指南番に就けることを許した。そして何日経っても、某が夜討ちを掛けたという汚名も雪《そそ》いでは下さらなかった。それどころか道場で某の姿を見かけると、背を向けて避けるようになられたのだ。

某の中に沸々と怒りが湧く。その源は仕官が叶わぬ故の嫉妬であろうか。或いは武士としての道義故であろうか。幾度となく自問し、やがて己の中で答えが出た。

そも、人の道に外れた殺生をした者を指南番に推挙したことは、御大家への不忠であろう。某こそが相応しいとは言うまい。されど浩二郎をお抱えとするのは改めるように進言するのが忠義であろう。しかし先生へ不義理をすることはできぬ。故に先生に直談判し、聞き届けられねば、たとえ破門されたとて御大家へ上申するべきであろうと決意した。

夜半、狭い役宅の縁側で秋の虫の声を聴きながら、己の紋付に火熨斗《ひのし》を当てていると、父がその様子を見に来た。

「何処かへ仕官の挨拶をするのか」

父はやや高揚した様子で問いかけた。

「いえ、残念ながらそうではございません」

某は父に向き直り、改めて此度の一連の出来事について話して聞かせた。

「明日、先生の元へ直談判に参り、然る後……」

「やめろ」

父は某を遮るように声を張り上げた。思いがけないその剣幕に驚いた。

「先生が仕官先を用意して下さると言うのなら、黙って従え」

「しかし父上、無体な殺生は人としての道理に外れます。かような人品の者を仕官させたとあれば、道場にとっても恥でございましょう」

「些末なことには目を瞑《つむ》れ。さようなことで先生に不義理をすれば、いよいよ仕官先とてなくなろう。浪人にでもなるつもりか」

「しかし、志無くして武士と言えましょうや」

「志だけで武士になれるなどと世迷言《よまいごと》を」

父の声は低く響き、その顔には嘲《あざけ》りにも似た笑みが浮かんでいた。某を見つめる眼差しは暗く、澱《よど》んでいる。父はこちらをじっと見据えたまま、言葉を継いだ。

「忠義を尽くそうにも、天下の為に務めようにも、身分がなければそなたはその物乞いと変わらぬ。斬られたとて捨てられるだけの身上だ。悔しければ、師に頭を下げてでも仕官先を見つけよ。そこで初めて志を語れるのだ。今のそなたの言い分は、所詮は負け犬の遠吠えよ。真の武士になりたくば、甘えたことを言わずに清濁併せ呑む覚悟を持て」

父はそれだけ言うと、某の肩を軽く叩いて立ち去る。その後ろ姿を茫然と見送りながら、胸の奥ににぶい痛みを覚えたが、その理由がすぐには分からなかった。

父の言葉は尤《もっと》もだ。しかし何かが引っかかり、寝床に入るも、なかなか寝付くことができない。

いつものように朝は来た。火熨斗を当てた紋付に袖を通すことなく、いつもの着慣れた絣《かすり》を着て、いつものように刀を差して道場へ向かうべく役宅を出た。

道中、千代田の御城の姿が見えてふと足を止め、かつて父としていたように頭を下げてみた。その瞬間、父が真っ直ぐな眼差しで忠義を語り、御城を仰ぎ見ていた顔を思い出す。あの清廉な父の姿は某の憧れであったのだ。しかし昨夜の父の姿は違った。かつては物乞いに施しをし、行商人を助けて遠路歩いても、文句ひとつ言わずに微笑んでいた人だった。心の底から御役目に誇りを持ち、勤めていた人だった。その父であれば、物乞いを斬った浩二郎を許すはずがない。

「それは不忠の極み。人の道に悖《もと》る。怪しからん」

そう言って共に怒り、浩二郎を懲らしめる義挙を後押ししてくれると思っていたのだ。

或いはそれは、いつしか某の中で築き上げてしまった父の虚像であったのだろうか。

真の父は仕官先のない某を身分のない物乞いと同じと蔑《さげす》み、あまつさえ、斬られたとて捨てられる身上と、人命さえも軽んじる。

自らが蔑まれたことが苦しいのではない。

父のことを、外道だと思ってしまう己の不孝が辛い。

浩二郎への怒りは未だ止まない。師への苛立ちも燻《くすぶ》っている。しかしそれよりも、父が己を抉《えぐ》っていくのだ。これまで父のようになりたいと積み上げて来た学びも修練も、塵芥となっていくような空しさに囚《とら》われた。

そして再び足を止めた。傍らを流れる大川に、日が射して眩《まばゆ》い。

「いつの間にここに……」

そこはあの日、浩二郎が老爺を殺した河原であった。

その瞬間、老爺が斬り殺された様がありありと脳裏に蘇る。刀を振り下ろす浩二郎の醜悪な顔が過るが、それがいつしか暗く澱んだ目をした父の顔に重なった。

「嫌だ……」

あれは大切なものを手放した顔だ。それが何かははっきりとは分からない。しかし今、某が譲れないと思っているものを譲った途端、あの陥穽《かんせい》に落ちるのだ。それだけが分かる。

「武士になりたくば」

繰り言のように言われてきた父の言葉が蘇り、身の内から立ち上る寒気に震え、そのまま、

「あああああああ」

と、声にならない叫び声を上げ、その場に蹲った。

それからどうしたのか、あまりよく覚えていない。しかし、道場に行くこともできず、さりとて役宅に帰ることもできない。当て所《ど》なく歩いて疲れ果てては、路傍で倒れるようにして眠った。

武士たらんと努めて来た十八年という歳月は、なかなか拭《ぬぐ》い去れるものではない。武士になりたくば受け入れるべきと言われるものを、受け入れられない以上、武士にはなれない。さりとて、他に生きる術を知らぬのだ。

となると、道は一つ、武士として死ぬしかないと思い至った。

今となってみれば、何とまあ狭い了見で生きていたものかと思うが、当時の某にとってはそれが唯一の答えであったのだ。死に場所を探して、江戸市中を幽鬼の如く彷徨《さまよ》った。何処で死ぬのが良かろうか。御城を仰いで死のうか。道場の門前で死のうか。或いは、御大家に上申書を認《したた》めてから死のうか。

秋も深まりつつあり、夜ともなれば夜風が冷たい。虫の声を聴きながら月明かりの下を歩くうち、またもや浩二郎が老爺を斬った河原に辿り着いた。己の中であの夜のことがどうにも割り切れぬまま蟠《わだかま》りとなって、腹の奥底に沈んでいるのだ。

あの夜、娘が骸《むくろ》を抱えながら言っていた言葉を思い出す。

「こんな風に殺されていい人じゃないんですよ」

誰一人、手前勝手な刀の前に斬られていいはずはない。どうせ己の道を見失うほどに迷うなら、いっそあの時、浩二郎を一刀のもとに斬り捨ててしまえば良かった。そうすれば浩二郎に汚名を着せられることもなく、己に義があると胸を張れたのではあるまいか。あの時、峰打ちにしたのは浩二郎への恩情などではなく、己の怯懦《きょうだ》であったろう。

「いっそのこと、浩二郎を討とう」

これからでも遅くない。物乞いの弔いにあの河原で立ち合おう。そして浩二郎を斬った暁に自らも命を絶とう。それが私闘の後始末であると覚悟を決めた。

すらりと腰の刀を抜いて見ると、それは刃こぼれ一つしていない。一度も人を斬ったことはないが、日ごろから手入れを怠ったことはない。月明かりに照らされた刃を空に向かって揮うと風を切る音がする。目の前の川霧を斬るように振り下ろしたその時。

「ちょいと」

という声がした。振り向くとそこにはぼんやりと提灯《ちょうちん》が灯っていて、いつぞやの娘が立っていた。確か名をお三津といった。某は慌てて刀を鞘《さや》へ納める。お三津の方も提灯の灯りに照らして某の顔を見て、ああ、と気づいたように声を上げた。

「御侍様、こんなところでどうなさったんです」

「そなたこそこんな宵闇を……物騒ではないか」

「宵闇って言うほどじゃありません。その先に寝起きしている爺様に、握り飯を届けに来ただけでございますよ」

どうやらつるやの面々がお節介を焼いているのは、あの留爺だけではないらしい。

「それで御侍様、先だってと違って随分と草臥《くたび》れたご様子だけどどうなさいました」

某はぐっと唇を引き結ぶ。

ここ数日の放浪で月代《さかやき》も髭も伸び、着物も泥で汚れていた。

何をしているのか、己すらも分かっていない。ただ、死のうにも死ねず……しかし、さようなことを言うことはできぬ。

その時、ぐうううと、地の底から響くような音がした。某の腹の虫が悲鳴を上げたのだ。

お三津はそれを聞くと、ふふふ、と笑った。

「先だってのお礼をしたいから、ついていらして下さいな」

いや、と固辞しようとしたのだが、その声を聞く間もなくお三津は先を行く。

「早く、早く」

何とも落ち着きのない娘だ。某は仕方なく後をついて行った。

宵闇の中に、ぼんやりと「つるや」と書かれた提灯が灯る。

「ああ、お三津お帰り」

出迎えた女将は、お三津の後ろからついて来た某を見て少し驚いたようであった。無理もない。先日とは違い、見るからに浪人といった有様だ。

「ささ、どうぞ」

お三津に手招かれて中へ入ると、女将も笑顔で床几《しょうぎ》に座るように勧めてくれた。某は、

「かたじけない」

と言いながら刀を横へ置きつつ店の片隅に目をやると、戸棚の上に小さな位牌があるのを見つけた。お三津は某の視線の先に気付いた。

「ああ、留爺さんのですよ。いつも店においでって言うのに、迷惑かけちまうからって来なくてね」

某は、お三津と親父、女将の三人に改めて向き直った。

「あの夜、留という老爺を殺めたのは同じ道場の門人である。それが故に某は、己の義理を言い訳に卑怯にもあの男を峰打ちにして逃がした。あの男は一つもそれを悔い改めることなく、安穏と暮らしている。某はあの男を誅殺せねばならんと……」

「やめて」

お三津が低い声で言った。某が顔を上げると、お三津はこちらを睨んだ。

「そんなことしたって留爺が帰って来るわけでもあるまいし。私たちのためだなんて思わないで下さいまし。それは、御侍様の気が済むってだけの話でしょう」

「おい、お三津」

親父が制するが、お三津の口は止まらない。

「武士だとか義理だとか誅殺だとか、まだるっこしいことは苦手。私は多摩の田舎の生まれでここに奉公に来ているけれど、里で通った寺子屋で最初に教わることは一つ。殺生はいけないっていうこと」

そうしてお三津は両腕を組んで仁王立ちした。

「留爺を殺した野郎は大嫌いですよ。許してやることなんざない。でも、御侍様があの野郎を殺すってなると話が違う。私ら町人の道理は、御侍様よりも簡単です。人を傷つけたら謝る。殺生したら地獄に落ちる。あの人殺し野郎は勝手に地獄に落ちる。御侍様が手を下せば、私の理屈で言うならば、御侍様も地獄行きだ」

某は、返す言葉を失ってお三津の顔を凝視した。すると、

「何か私は間違っていますか」

と問いかけられた。某は首を横に振る。

「いや……正しくその通りだ」

年下の娘に見下ろされて啖呵を切られ、誅殺の覚悟さえ自己満足と謗られたというのに、不快ではない。むしろ、すっとこの身に染み入るように心地よい。

世の道理はこの娘の言うように、至極簡単なはずなのだ。それは武士であろうと町人であろうと変わるはずがない。清濁併せ呑むと父は言ったが、呑んではならぬ濁りもある。某の

胸中で、言いたくても言えずにいた思いがはっきりとした。

某は不覚にも目頭が熱くなり、項垂《うなだ》れて黙った。すると黙り込む某を気遣うように、お三津は語り掛ける。

「でもほら、芝居で立ち合いを見るのは大好きですよ。こう、尾上栄三郎が剣を揮う様なんざ、見ていて心が躍るんですよ」

お三津はそう言うと、そばにあったすりこぎを持って、ついついと山を描くようにそれを払った。それを見て親父と女将は、

「お三津、大概にしなさいよ」

とたしなめる。

その三人の有様を見ていて、某は何だか肩の力が抜けて、ははは、と声を立てて笑った。するとと親父はふと思い立ったように手を打って、

「ああ、そうだ。話し込んでいる場合じゃない。腹ごしらえをして下さい。今、竈《かまど》の火を落としてしまってね。冷や飯しかないけれど」

「いや、そういうつもりは……」

そう言う間もなく、親父は奥で支度をし、お三津が運んできた。

「そこにのっているのがね、川魚のそぼろ。この辺りで朝に獲れたのを生姜で甘辛く煮るんですよ。姿のままならお客に出せるけど、煮崩れたのはそうしてご飯にかけると美味しくって」

お三津はそう言って微笑む。某は、出されるままにその飯を食らった。久しぶりに、味のするものを食べたような心地がした。

「美味い」

「良かった。これでもこの辺りじゃ評判の名店なんですよ。番付には載らないけどね」

お三津、と女将が笑った。

空になった茶碗を置き、某が刀を片手に懐から銭を出そうとすると、

「いいんですよ。余りものですから。今度また来てください。そぼろじゃない魚を食べに」

その上、女将が竹皮に包んだ握り飯を差し出した。

「召し上がってください」

某が恐縮して押し戻そうとすると、親父もまた某の手にそれを納めようとした。なかなかの力持ちで抗《あらが》えぬまま受け取ると、親父は静かに微笑んだ。

「お三津が言うほど、御侍様の世は一筋縄では行きますまい。しかし、まずは御身を大切に。腹を満たして笑うこと。それでも割り切れぬ恨みつらみもありましょうが、そいつは仏にお任せするのも、手前どもの処世術というもので」

親父の言葉を聞いて、某は己が恥ずかしくなった。それは浩二郎を討てなかった自分を恥じる心持とは違う。武士としての生き方に拘泥《こうでい》するあまり、それ以外を見下してきた己を恥じる想いだ。

「また難しい顔をしてらっしゃる」

お三津が明るい声で揶揄《からか》う。某は手のひらで己の顔を撫でた。

「もっと笑った方がいいですよ。楽しいことはたんとある。芝居でしょ、祭りでしょ、花火でしょ……」

お三津が指折り数えるそれらを、某は一つとしてまともに見たことがない。何とまあ、狭

い所で足掻《あが》いて来たものか。

「そうさな、いずれは見てみよう。お騒がせして申し訳ない。これにて失礼する」

某は刀を携えて立ち上がる。見送りに立ったお三津がついと歩み寄る。

「御侍様、お名前は」

「某は……」

そこで言葉に詰まった。これまでであれば、御徒士相良《さがらき》喜八郎頼宗《はちろうよりむね》が三男、相良与三郎と申す、と名乗った。しかし最早、あの父上がかように道を踏み外し、逐電《ちくでん》している某を許すとは思えぬ。

「与三郎と申す。ご覧の通り、浪々の身の上でござる」

「では与三郎様、またどうぞ」

店の看板娘らしい、満面の笑みで深く頭を下げた。

腹が満たされ、心が少し温まると、ようやっと「これから」を考えようと思えた。

僅かな手持ちで湯屋に行き、身ぎれいにして安宿に泊まった。

本来ならば役宅に帰るべきであろう。しかし、仕官先もないまま道場に足を運ぶことも億劫になった今、父にどんな顔をして会うべきか、最早分からなくなっていた。

気づけば逐電してから二月が過ぎ、年が明けて文化三年の正月を迎えていた。

お三津に言われたからというわけではないが、それまで避けて来た悪所にも足を向けてみようと思い立った。

木挽町の芝居小屋の前では、新年の熱気の中で木戸芸者が大きな声で呼び込みをやっており、芝居好きの連中がごった返していた。小屋を見上げると、そこには名題《なだい》の役者の名前がずらりと並び、役者絵が掲げられている。それを眺める人々は、好き勝手に良いの悪いのと騒ぎながら、皆、楽しそうに沸き立っていた。

比べるのも妙なことではあるが、朝の静けさの中で御城を仰ぎ見ていたかつてとは大違いだ。俗な喧騒に身を浸しているのが、心地よく思われた。

その時、わっという声が湧いた。

「栄三郎だ」

ざわめきの声の先には、評判の役者がいるらしい。確か、お三津がそんな名を口にしていた。そちらを見やると二十すぎといったところか。涼やかな見目の青年が歩いて来る。通りを行く人々からの憧れと好奇の視線を浴びながら堂々と横切り、芝居小屋に入ろうとしている。その時、

「やああ」

という妙な雄たけびが聞こえた。人垣の向こうから青白い顔をした若い侍が抜き身を手にして駆けて来る。目の血走った侍の尋常ならざる様子に、辺りにいた人々は叫びを上げて道を空けた。刀の切っ先は、真っ直ぐに尾上栄三郎に向いている。栄三郎は不意の出来事に目を見開き、その場で硬直していた。某は咄嗟に栄三郎の前に立ちはだかり、侍を睨んだ。すると侍は、

「どけ」

と、甲高い怒声で威嚇しながら向かってくる。しかし腕の力がないと見え、その切っ先は揺れている。これを刀で打ち返しては刃は野次馬に向かい、大事になる。振り返ってみると、栄三郎の後ろには芝居小屋の看板が立っていた。

某は栄三郎の肩を掴み、

「御免」

と、横へ避《よ》けた。すると侍は、自らの勢いと刀の重さに引っ張られて、看板に向かって突っ込んだ。ガラガラと派手な音を立てて転び、観衆からはどっと笑いが起きる。起き上がった侍の青白い顔は、怒りと恥ずかしさで真っ赤になっている。某は侍を見据えた。

「白昼堂々、私闘をするおつもりか」

「浪人風情が偉そうに、直参《じきさん》に物を申すつもりか。この男が、河原乞食の分際で、某の女を誑《たぶら》かしたのだ」

侍は地団太を踏みながら、栄三郎を指さした。栄三郎は眉を寄せて首を傾げる。どうやらその「女」とやらに心当たりはない様子。この侍が勝手に悋気を起こしているのだ。某は呆れ果てて物も言えず、ため息をついた。が、そのため息が癇に障ったらしい。

「浪人め」

罵りながら刀を振り上げる。しかし相変わらず体の軸は定まらず、ふらふらしている。その有様はあの浩二郎を思い起こさせ、苛立った。

刀の腕もない上に、丸腰の役者相手に狼藉を働く不届者だというのに、この男は直参なのだ。一方の己は、当て所ない浪人。なんと口惜しいことか。某は刀を抜かずにただ睨んでいた。すると侍は、

「ええい」

間抜けな声と共に性懲りもなく突っ込んでくる。斬りかかる前に声を上げるとは、避けてくれと言っているようなものだ。悪態をつきたい心を抑えてついと身をかわし、勢い余った

侍の手首を左手で摑んで、右の手刀で首を打つ。すると侍はその場で膝から崩れ落ちて目を回した。

「口ほどにもない」

某はふうっと息をつく。

次の瞬間、辺りに居合わせた町人たちが、わっと声を上げた。またぞろ何か起きたのかと思ったのだが、どうやら某に対して歓声を上げているらしい。

「さすがだねえ、浪人さん」

よく分からぬ賛辞を浴びせられ、戸惑いながらも目を伏せる。

「そこな侍を、番所へ……」

某の声が届いているのかいないのか、町人たちはやんやと騒ぐ。番所の者が男を引っ立てて立ち去っていくと、そこへ、人垣の中から颯爽と長身の男が現れた。年のころは壮年といったところか。眼力の鋭い隙のない立ち姿。

「いやあ、お見事でござる」

一際よく通る声である。某が思わず身構えると、後ろにいた栄三郎が、

「親父様」

と言った。そして町人たちは、

「松助だ」

と囁き合う。どうやらこちらも役者らしい。松助は某の前に立ち、頭を下げる。

「倅《せがれ》をお助け頂き、有難うございます、御武家様」

「いや、某は浪々の身」

「何を仰る。かように腕が立ち、不穏な刃から無力な町人を守って下さった。ご立派な方だ。ぜひ御礼に、我ら親子の芝居を御覧頂ければ」

某は返事に戸惑っていた。すると、

「折角だから、見てお行きよ」

見知らぬ町人たちが、ぐいぐいと背を押す。その様を見て松助、栄三郎も、

「ささ、どうぞどうぞ」

と唆《そその》かす。

気づけば某は、芝居小屋の枡席に腰を下ろしていた。

当時、森田座は金繰りが良くなかったらしく、控櫓《ひかえやぐら》の河原崎座が木挽町でやっていたのだが、町人たちは通りで森田座と呼んでいた。

何でも、正月には「曾我物」と呼ばれる演目を出すのが習いとか。曾我兄弟の仇討を描いた芝居で『三津謍会稽曾我《みつのほまれかいけいそが》』という題であった。未だ芝居を見たこともない者からすれば、甚だ見当もつかない話である。隣り合わせた町人たちは、某に向かってあれやこれやと説明をし始める。

「お前さん、初めてだろう。これはね、正月には毎年掛かる曾我物だよ。曾我兄弟が父の仇である工藤祐経《すけつね》を討つ話さ。今日の見どころは、先ほどの音羽屋《おとわや》親子が主役さ。尾上松助演じる工藤祐経を、倅の尾上栄三郎演じる曾我五郎が討つ場だね」

さらに、周りの客に聞かされたところによると、あの尾上松助は既に還暦を越えているという。あんなに覇気のある還暦があるものか……と、こちらも驚いた。また栄三郎は実子ではなく、芸養子らしい。

「いずれ劣らぬ、いい役者さ」

幕が開くと、客たちは皆、舞台を食い入るように見つめている。

某もまた、知らぬ間に固唾をのんで舞台を見ていた。しかしいざ戦の場となると、剣さばきは、ゆるりゆるりと舞うようにすれ違うばかり。道場の立ち合いのような鬼気迫るものを待っていた某は、肩透かしを食らった。

やがて栄三郎演じる五郎が、松助演じる工藤を討つ場面となった。すると、舞台の上から殺気めいたものを感じた。動きは舞うように優美なのだが、演じる二人の熱に圧倒された。

浩二郎が老爺を殺したあの夜、某は初めて、人が人を殺める様を見た。それは醜悪で、思い出すだけで苦しい。武士としての威厳の欠片もなかった。

しかし今、ここで繰り広げられている仇討は、なんと美しい武士の姿であることか。

無論、真の殺生ではない。だが空事ではない。ここにいる松助と栄三郎が、己の全てを懸けて向き合っているのが伝わるからだ。

向き合えば良かった、と思った。

誰と、と自らに問う。浩二郎とは、向き合おうにも向き合えなかった。そもあの男は逃げ腰で、立ち合いさえ応じなかった。ならば先生と今少し腹を割って話せば良かったのではないか。しかし、ああして頭を下げられては、口を開くこともままならなかった。

そこまで考えて、はたと気づいた。

某は、父と向き合いたかったのだ。

浩二郎の悪事に「目を瞑れ」と言った父に、「それは違う」と言いたかった。父を敬えばこそ、言うべきことがあったはずだ。それをせずに勝手に父に失望し、失望したことに思い悩んだ。それは某の甘えではなかったか。

　血がつながらずとも芸を通して向き合い、共に演じる松助、栄三郎親子を見ながら、某は羨しいとさえ思ったのだ。

　芝居が終わり、他の客たちが引き上げていってからも、某はしばらく動くことができず、空になった枡席でぼんやりと座り込んでいた。

「如何でございましたかな。やはり、御武家様には下らぬ戯れに見えましょうや」

　声を掛けて来たのは、粋な紬《つむぎ》姿の松助丈であった。つい先ほどまで衣装をつけて舞台上で憎らしくも堂々たる敵役を演じていたというのに、今はスッキリとした顔である。そしてついと某の隣に腰を下ろす。

　某は改めて松助丈に向き直ると、頭を下げた。

「良きものを拝見させていただいた」

「お手をお上げ下さいませ。そのように申されてはこちらが恐縮してしまう」

　照れ笑いする松助丈の温かい眼差しの中で、某は思わず口を開いた。

「御覧の通り、某は浪々の身。忠義を尽くそうにも仕官の先もない、武士とは言えぬ身の上だ。これまでそこもとたちの芝居なぞ見たこともなく、およそ世間を知らぬ。しかし今、そこもと親子の芝居に心打たれたのだ」

「有難いことで」

　松助丈は空になった舞台を眺めながら口を開いた。

「手前ども役者は、河原乞食だの人外だのと言われ……その一方で、ご贔屓下さる皆々様からは、神仏の如く崇《あが》められ、手前で手前が何者なのか分からなくなっちまう時があります。

だからこそ、肚《はら》を据えてかからねえと、あっという間に世間の声に振り回されて堕ちちまう」

それはさながら武士にも似ている。刀を差しながら、それに驕《おご》れば己を見失う。某にとって松助丈の言葉の真っ直ぐさは、心地よく思われた。

そんな某の胸の内を察したのか、松助丈はふわりと笑った。

「御武家様は先ほど、仕官先がないから忠義が尽くせぬと仰った。しかし忠義っていうのは何も武士だけのものではござんせん。手前らにもあるんですよ」

そして空に指で「忠」の字を書く。

「忠っていう字は心の中って書くでしょう。心の真ん中から溢れるもんを、人に捧げるってことだと思うんで。それは何も、御国や御主だけじゃねえ。手前の目の前にいる数多《あまた》の目に、芸を通してしっかり心を捧げる。それを見た人たちが、御国や御主に尽くす力になるって信じているんで。どこが上でも下でもねえ。巡り巡って行くってね……」

芝居を見ていた町人たちの顔を思い出す。憧れ見つめ涙を流し、笑顔で帰って行く。それは確かに、役者たちの心を受けとった証なのだろう。

武士として忠義を尽くすことが己の道だと信じて来たが、仕官すらできず浪人となった。そのことで絶望していたのだが、人外とさえ言われる目の前の役者は、忠義は武士だけのものではないと言った。

仕官でもなく、扶持《ふち》でもなく、その志が武士なのだ。それは、某が父から聞きたかった言葉であった。

口を引き結んで俯く某に、松助丈はついと膝を寄せた。

「もし差支えなければ、手前ども役者に剣の指南などしていただけませぬか。無論、手前のような河原乞食相手に稽古をつけてくれというのも、甚だ無礼なことと存じますが……」

「いや某は……」

固辞しようとして、思わず松助丈の顔を見た。その真っ直ぐな目に吸い寄せられるような気がした。

この尾上松助という人は、下手な剣士よりも余程体ができている。足腰の据わりは浩二郎なぞよりもはるかに確かで、背筋にぶれがない。剣を揮う様は美しいだけではなく逞しさもある。某の中に、この御仁の剣の腕をもっと見てみたいという好奇心が湧いて来た。

そして同時に、芝居の上で武士を演じるこの御仁に、己の理想とする至上の武士を体現してもらいたい。そんな欲が頭を擡《もた》げた。

「某は芝居のことなぞてんで分からぬ無粋者でござる。それでも宜しければ、拙《つたな》いながらも御指南申し上げたく候」

かくして某は忠義を尽くす「仕官先」として、松助丈を選んだのだ。

松助丈のことは以後、音羽屋の旦那とお呼びしている。その後、松助の名跡を栄三郎丈に譲られ、自らは松緑《しょうろく》と名乗られた。既に他界されたが、二代目松助丈をはじめ、音羽屋の役者たちの面倒をよく見ておられた。某にとっては真の恩人でもある。ある時、何故にあの日、某に声を掛けて下さったのかと旦那に尋ねたことがある。

「栄三郎を守った立ち回りの見事さもある。だがそれ以上にお前さんの目さ。舞台の上に立っていると、思いのほか客の顔ってのが見える。中でもお前さんの目がじっとこっちを見ているのが分かった。他の客とは目の付け所が違う。こいつは動きを具《つぶさ》に見ているな……と。

それだけだよ」

そう言って下さったが、恐らくはそれだけではあるまい。己が迷いの淵に深く沈んでいることを、旦那は見抜いておられたのであろう。

それからというもの、某は裏長屋に住まいながら芝居小屋に通った。芝居のことなど何も分からず、ただ武士の御役をする役者たちに剣の指南をしていただけだ。やがて、

「お前さんも、出てみるかい」

旦那に言われて、大勢の立ち回りの端役で出るようになった。体だけは頑強であったので、とんぼ、いわゆる宙返りをすることもできたし、型を決めて止まることもできる。初めは下座の三味線と合わせて動くことが難しく、しばしば兄弟子たちに叱られもしたが、それも次第に慣れて来た。囃子の音色は耳に心地よく、いつしかそちらも覚えるようになり、舞も身につけた。

「なかなか筋がいい。いつかは立師になれるよ。精進しなさい」

旦那の言葉が励みになった。

舞台の上に出ると、いつか剣道場の門人に見つかるやもしれぬと思ったが、皆、剣ばかり揮う無粋者。芝居小屋を悪所と忌み嫌っていた。それはかつての己が誰よりよく知っている。

そんなある日、木戸番に呼び出された。

「お前さんに会いたいと、若い娘が来ているよ。隅に置けないねえ」

誰のことかと訝《いぶか》しく思いながらも出向くと、愛らしい薄紅色の小花柄に黒の付け襟、紫の帯を締めた娘が立っていた。

「与三郎様」

明るい声を聞いて、それがお三津と分かった。

「驚きましたよ。舞台の上で大立ち回りしているんですもの。役者になったんですねえ」

きらきらした目を向けられて、某も甚だ面映《おもは》ゆく、ああ、と苦笑した。

「そなたが芝居が面白いと言っていたのを思い出し、足を踏み入れたのが縁で、音羽屋の旦那のところでお世話になっている」

「それは良かった。今度、お店に来て下さいましよ。話が聞きたいです」

それから芝居の帰りにつるやを訪れるようになり、その頃には旦那から禄を頂くようになったので、評判の川魚をそぼろではなく、姿煮で食すこともできるようになった。

そんな歳月を二年ほど過ごした後、いつものようにつるやを訪ねると、親父が酒を支度していた。たまたまお三津は近くの宴席に仕出しを届けていて留守であった。

「与三郎さん、確か今日が楽日でございましたねえ。一杯どうです」

親父に促されるままに座敷に上がり、その日の残り物をつまみに酒を馳走になっていると、親父が不意に、

「そろそろお三津を貰ってやってくれませんか」

と切り出した。某は思わず酒を噴き出し、え、と問い返す。しかし親父は狼狽《うろた》える某を面白そうに眺めながら、にこにこと笑っている。

「誤解があってはならない故に申し上げるが、某とお三津殿は何も……」

「そりゃあ知ってますよ、なあんにもないってことは。じれったいったらありゃしない。それならいっそ、さっさと夫婦《めおと》になっちまえって思いましてね」

「やにわにかようなことを申されても……」

するると親父は神妙な顔で、改めて某に向き直る。

「お三津の里には既に親もなく、兄夫婦が後を継いでいるんですよ。帰らせるのも寂しいし、うちは子もいないから、私らは親代わりみたいなもんです。お三津は本当に可愛い。その子を任せるのに与三郎さんがいいって、うちのかかあも言ってましてね。所帯を持って、この江戸に家を作ってやりたいんですよ」

「しかし、お三津殿の想いもあろう」

「お三津にも聞いたら、それもいいねって」

拍子抜けするほど随分と気楽な答えである。もう少し、味のある返しはないものだろうかと思いつつ盃をあおると、いつから聞いていたのか知らないが、女将がひょいと台所から顔を出した。

「あれは照れ隠しだよ。本音じゃ気があるんですよ」

身を乗り出して言う。そこへ折悪しくお三津が帰って来た。

「あら、与三郎さん、来てらしたんですね。珍しく随分と御酒を召し上がって、顔が真っ赤じゃないですか」

からからと明るく笑う。その様を見た親父と女将は愉快そうに某を眺めていた。

武士として生きていくことを捨てた身で、所帯を持つことなどないと思っていたのだが、このつるやの夫婦が、娘同然のお三津の相手として某を選んでくれたことは嬉しかった。そしてお三津が傍らにいてくれたら、この先は人としての道を外すことなく生きていけるように思われた。

とはいえ即答はできぬ……と、その日は逃げるように店を出たのだ。

しかしその数日後、お三津が芝居小屋の稽古場に弁当を届けに来た。見送りに出た騒がしい楽屋口で、ふと足を止めたお三津がくるりとこちらを振り向くと、まるでめしやの品書きでも読み上げるような口ぶりで、

「それで、私と一緒になりますか」

と、問いかけた。お三津が真っ直ぐ見上げるので、いよいよ逃げることも出来ず、某も腹をくくった。

「某で良ければ、末長く」

こうして所帯を持ち、今では子にも恵まれ、騒々しい暮らしだ。

音羽屋の旦那と、お三津、それにつるやの夫婦がいなければ、今頃、どうしていたことか。いずれも大恩人であり、得難い縁である。

……とまあ、来し方と言って、長々と話してしまった。これほど話したのは菊之助殿以来か。何というか、そなたも菊之助殿も聞き上手であられる故、ついつい、要らぬことまで話してしまったようだ。

かくして菊之助殿と会う頃には、某は立師を務めていた。

迷いの淵に沈んでいる者の顔というのは、かくも明確に分かるものかと思うほど、菊之助殿は迷うておられた。

某もかつて音羽屋の旦那に救われた。某もまた誰かを救うことができる男でありたいと願っていた故、菊之助殿のことは気にかかっていた。剣の指南を頼まれた時、一旦は渋ったものの引き受けてからというもの、一日と置かず、そこの芝居小屋の裏手で稽古をした。元よ

り、国元でも修練していたとあって、剣はみるみるうちに上達した。しかしそれを褒めたところで、菊之助殿はさほど嬉しい顔をなさらぬ。

一度、腹を割って話をしようと、つまらぬこととは思いながらも、己が武士としての暮らしを捨てるに至った経緯をそれとなく話して聞かせた。

すると菊之助殿は苦悶の表情を浮かべておられた。

「何故に、与三郎殿は浩二郎を誅殺なさらなかったのですか」

某は言葉に詰まった。

討たなかった理由はひとつではない。お三津が言うように「殺生してはならぬ」という人としての道理を守ったと言えなくもない。しかし武士として思いとどまったのはそれだけではない。

「某は俗物故、己の中に私怨もあった。それを捨てきれずに斬れば、それは士道とは言えぬ。それに浩二郎は某が手を汚すまでもなく、自ずから堕ちていった」

指南の腕もなく、素行不良が目立った浩二郎は、一年足らずで指南番のお役を解かれた。以来、道場の評判も落ち、浩二郎は門下から疎《うと》まれて追われることとなったという噂を耳にしていた。

菊之助殿はじっと聞いていたが、やがて深い吐息と共に話し始めた。

「私は、作兵衛を怨《うら》んでおりませぬ。作兵衛は元々、当家の家人でした。身分こそ違えども父は内々では友とさえ呼んでおり、私も幼い時分はよく遊んでもらっておりました。それ故にこそ、仇とても討つには忍びないのです」

仇討を立ててまで来られたからには、さぞや憎い相手であろうと思っていたのだが、かような経緯であったのかと驚き申した。菊之助殿が苦悩なさるのも無理はない。

「しかし、さすれば何故に仇討を届けられた」

仇討は私怨を晴らすことではない。お上に届け出をして、それを成し遂げなければ国に帰ることさえ叶わぬ厳しい道である。しかも相手が武士だというならばまだしも、家人であったというのであれば尚のこと。改めて届を出すのも妙な話だ。

「父上の弟である叔父上が、きちんと弔いをしてくれなければ困ると、仇討を届けられたのです」

作兵衛は家人であったが、折に触れて御父上が刀を持たせていたことから、士分に当たるとし、作兵衛にはわざわざ急ごしらえの苗字までつけて届を出したのだという。

或いはその叔父は、甥である菊之助殿を体《てい》よく追い出して己が家を継ぐために、仇討を立てさせたのではあるまいか。生憎《あいにく》と某は、長男ではない者の倦《う》んだ思いも分かってしまう。口には出さなかったのだが、菊之助殿は某の意を察したようであった。

「与三郎殿のお考えは分かります。母上も……」

そこまで言って、菊之助殿は御母上のお顔を思い浮かべられたのであろう。ぐっと言葉に詰まったのか、涙を堪えるように幾度か瞬いた。そして再び顔を上げて言葉を続けられた。

「出立の時に、人目を避けておっしゃったのです。これは叔父上の企み故、従わずとも良い。仇討は遂げずとも構わぬから、達者で暮らせと。しかし私が戻らねば、母上は叔父上に役宅を追われ、身の置き所とてないでしょう。それでも母上は、案ずるなと送り出して下さいました」

何処においても武士の風上にも置けぬ輩《やから》というのはいるものだ。そして、菊之助殿の御母上のお気持ちも痛いほどに分かる。

「某は、武士とは身分ではなく志だと思う。故に御母上の仰せの通り、仇討を遂げられずとも、武士であることに変わりはあるまい」

「だからこそなのです」

と、菊之助殿は言った。

「父上には貫きたい志がおありで、それ故に亡くなられたのだと思います。だから私はそれを継ぎたい。父上の御為にも、逃げたくないのです」

苦悩する菊之助殿の想いを感じる一方で、「父上の御為」と衒《てら》いなく言える菊之助殿が羨ましくもあった。某にとって父上は既に、仰ぎ見ることが叶わぬ御人であったから。そして同時に、志の為に命を削ったという、菊之助殿の御父上に、己にも似た不器用さを感じた。ならば、是が非でも仇討を遂げてもらいたいと思えばこそ、剣術の指南をさせていただいた。

しかし同時に、菊之助殿が作兵衛を討つことに迷いを抱いているのも存じていた。それは人を殺めたくないといった怯懦や臆病ではない。

「作兵衛には恩義がある。私の仇討には、真に義があるのでしょうか」

菊之助殿はそう口にされることがあった。長らく親しんだ情もあればこそ苦しかったであろう。

しかし、ようやっと姿を見せた仇の作兵衛は、博徒として名を馳せているではないか。全く零落《おちぶ》れたものだ。だが作兵衛の有様は、他人事とは思えぬ。某がお三津やつるやの夫婦に会わず、音羽屋の旦那にも会わず、絶望したままで悪所に堕ちていたら、無頼者になっていたやもしれぬ。もしそんな風に迷いの淵に沈んだままで生きながらえるくらいなら、いっそ己を慕ってくれていた少年に討たれるのは本望ではないだろうかと、作兵衛にも思いを馳せた。

かくして全ての葛藤を乗り越えて、あの夜、菊之助殿は雪の舞い散る中で首級を上げた。その姿を見た時に、某は己の貫くことのできなかった武士の姿を見た気がした。あの菊之助殿は私怨に振り回されたりせず、本懐を遂げられた。某はそれが嬉しく、誇らしい。

某の拙い話はこれまででござる。

これ以上、木挽町の仇討について話を聞いたところで新しいことなど何も出ては来ますまい。

このままここに長居をされたのでは、皆が稽古できずに困る。そも、この板の間に座り込んでいたのでは、そろそろ足も疲れて参られたであろう。

御里に帰られましたならば、菊之助殿によろしゅうお伝え願いたく……ん、他にもかの木挽町の仇討を見た者はいないかとお尋ねか。

おらぬではない。楽屋で衣装の支度や繕《つくろ》いをしている者がいる。

話を聞きたいとな。まあ、それは好きになさるがよろしいが、なかなか難しかろうと存ずる。何せ、武家だからといって畏れ入ったりするような御仁ではない故、それ相応の対価がいるのだ。いや、金子ではない。むしろ金などちらつかせたりしようものなら、口が裂けても喋るまい。時にそこもと、裁縫は不得手か。さもあろうなあ、その袖口の縫い目を見れば、御身で繕われたのがよく分かる。何とも大らかな縫い目であることか。

まあ、ひとまず訪ねてみるがよろしかろう。某同様、幾度か足を運ばれるがよろしい。気難しくもあるが、その分、人を見る目は確かだ。そこもとに悪心《あくしん》がないことが分かれば、色々と話をしてもくれよう。亡き芳澤《よしざわ》あやめ丈の部屋子《へやご》で、名をほたると言う。時折、女形として舞台にも上がる。確かに男ではあるわけだが、男に対するように話をすると、少々機嫌を損ねることもある。女人……とりわけ厄介な女人に接するように挨拶をされるがよろしかろう。

第三幕　衣装部屋の場

ちょいと、とっとと入って、そこの引き戸を閉めなさいよ。戸口で武士に両手を突いて頭を下げられたらこっちが叱られちまう。

全くお前さんもしつこいねえ……これで何日目だい。ひのふの……五日くらいかい。御武家ってのは余程、暇なのかねえ。御国への土産でも買いに出たり、茶屋で遊んだり、他にもするこたあるだろうに。こんな小太りの女形と、狭い衣装部屋に鎮座ましましているんじゃつまらないだろう。

ああ、いいよ、もう手伝ってくれなくて。一昨日だってお前さんが、

「お手伝い申し上げる」

なんて、きりりと眉を吊り上げて言うもんだから、余程、裁縫の腕に覚えがあるかと思いきや、まあ、見事な荒業《あらわざ》で。あれじゃあ、袂《たもと》から岩がすり抜けるってもんさ。おかげで一回解いて縫い直さなきゃいけなくて、却って仕事が増えちまった。

そんな、悄気た顔をされたって困るよ。何だかこっちが悪者みたいじゃないさ。

はあ……もう分かった、分かった。何だか知らないけれど、話をすりゃあいいんだろう。木戸の一八や、立師《たてし》の与三郎から話を聞いてるよ。あの若衆菊之助さんに所縁《ゆかり》の御仁なんだってね。それで、あの「木挽町の仇討」について聞いて回っているって。

「悪い奴じゃないから話してやってくれ」

って一八に言われた時には放っておこうと思ったけど、与三郎まで、

「某に免じて、少し話に付き合ってやって欲しい」

と言うものだから、仕方ない。お前さん、なかなか人たらしだね。別に騙してるわけじゃないのは分かっているよ。もう少し器用に狡《ずる》いことが出来る人ってのは、あんな雑な縫い方しないものさ。そも、こんなところに足を運んで来やしない。

この二代目芳澤ほたるさんがきっちり話をしてやるさ。って、大層なもんでもないけどね。見ての通り、美女の役回りは回ってこない、四十路の女形さ。尤も女形の端役もやるけれど、本職はむしろここ、衣装部屋。この女のなりは手前が落ち着くからってだけ。くすんだ木綿の縞格子は、いつぞや『野崎村』の婆さんの着物として誂《あつら》えたもののお古でね。着心地いいし、似合うだろう。

そこの蔵は何かって。覗いて御覧よ。山程、色んな衣装が入っているだろう。とはいえ、ここにあるのは端役のものばっかりだ。

いわゆる名題の役者が着るお衣装はね、その役ごとにご贔屓の方々から頂戴したり、呉服問屋が下さったりするのさ。それこそ、團十郎が着たとか、岩井半四郎が着たなんて言えば、その着物が着たい、帯を締めたいなんて言う人がいるからね。呉服問屋にとってみてもいい看板になる。だから、おいそれと芝居小屋になんて置いちゃいないよ。ちょっとした繕いく

らいはここでやることもあるけどね。直したり洗い張りをするのは、大店《おおだな》にお願いするものさ。そして名題の役者の家に、きちんと仕舞ってあるんだよ。いらなくなったお古はここにあるけどね。

だから端役の連中の衣装を整えるのが私の仕事。何せ大部屋の役者連中は金がないから衣装蔵にあるものを着る。台本が出来上がったところで、その衣装を揃えて支度するのさ。まあ古着屋を巡って買ってきたり、安い木綿の反物で拵《こしら》えたりする。

そうさねえ、例えば『娘道成寺《むすめどうじょうじ》』でずらりと並んだ坊主だとか、『天竺徳兵衛《てんじくとくべえ》』で蝦蟇《がま》を相手に立ち回りする討手だとか、大勢の揃いを作る時なんて大忙しよ。何せ、背丈、裄《ゆき》丈、違うからね。ずらりと並べて採寸して、さっさと待針挿して、その場でかがっちまう。

立師の与三郎なんていい男だけど、融通が利かないのが玉に瑕で、立ち回りにも容赦ない。大部屋連中なんてまだまだ動きが下手な若手がいるから、与三郎の言う通りに動こうったってそうはいかない。おかげで転んで衣装を汚して破いてこの有様。繕うこっちの身にもなっておくれって言うんだよ。今日は一日この作業さ。足が痺れて仕方ない。

それで、お前さんの話ってのはあれだろう。木挽町の仇討で名を成した若衆、菊之助さんのことだ。覚えているよ。全く勿体ないことをしたもんだ。

何がって、仇討なんか成し遂げちまったばっかりに、芝居小屋を出て行ったじゃないさ。私はあの子を三代目芳澤ほたるにしようと思っていたんだよ。なんで……って、いい役者になると思ったのさ。役者ってのは、もちろん見目も大事だよ。でもそれだけじゃない。周りの人を惹きつけて、それでいて嫌味がないってのが肝要さ。あの子は、ひょっこり芝居小屋に現れて、見る間に色んな人を味方にした。この私でさえ、あの子の為に何が出来るか考えちまったんだから。

肝心の芝居ができるのかって。それは稽古と場数次第さ。そうそう、菊之助さんも一度は舞台に上がったことがあるんだよ。頭数合わせで、討手の役。でも衣装を着けて立っていると他の大部屋連中とは違う。すっと背筋が伸びて、首筋なんか白くてね。華があるのさ。

「あんた、女形になりなさいよ」

って言ったら、えらく驚いた顔していたわ。筋書《すじがき》の金治《きんじ》さんなんて、乗り気になっちゃって。

「菊之助のために一本書く」

なんて言っていたくらいなんだから。残念ながら本人にちっともその気がなくて。

でも、あの仇討の日。ひょいとここに現れた菊之助さんが、しみじみと衣装を見ていてね。

「おや、着てみたい心地になったかい」

そう言ったら、ふと小首を傾げるじゃないか。

「華やかな女物の衣装で、もう捨ててもいいようなものはありますか」

おかしなことを聞くもんだと、思ってねえ。

まあ、ないわけじゃない。稽古用にしまい込まれたものの中でも、とりわけ派手で綺麗な赤い振袖があったからね。それを見せてやったよ。

「これ、もらってもいいですか」

何だか申し訳なさそうに言うじゃないか。

「構やしないけど、何に使うんだい」

するってえと、ぐっと俯いて黙っちまって。これ以上聞くのも野暮かと思ったんで、

「持っていくのは構わないけど」

って言ったら、ぎゅっとそれを抱え込んでね。その時、色白の顔に赤がよく映えて。ああ、やっぱりこの子は女形にしてみたいと思ったくらい。

赤い衣装っていうのは、歌舞伎の女形にとっては特別だよ。「赤姫」って言葉を知っているかい。赤い振袖を着た御姫様役のことさ。とりわけ有名なのが、『本朝廿四孝《ほんちょうにじゅうしこう》』の八重《やえ》垣《がき》姫、『金閣寺』の雪《ゆき》姫、『鎌倉三代記』の時《とき》姫。いずれも舞台に出るなりぱっと花が咲いたような佇まいがあって、それでいて切ない愛らしさ。

赤姫になれる女形というのは、そうそういるもんじゃない。顔つきがきついと赤が似合わないし、体がしっかりしすぎると儚さがない。とはいえ、足腰がなければ衣装の重さで舞台の上でしゃんと立つこともできない。

菊之助さんならば正に赤姫ができると思ったんだよ。だからね、

「羽織って見ておくれよ」

って、そう言ったのさ。そうしたら、

「私がでございますか」

と、硬い口調で言うじゃないさ。でも渋々と羽織ってくれたんだよ。

「きれいだねえ」

私がしみじみ眺めると、すっと後ろを向いて見せてくれた。

「こうして立っていると、女に見えますか」

妙なことを聞くものだと思ったけれど、後ろ姿もきれいだったから、

「見える、見えるよ」

私は思わず手を叩いて喜んじまってね。そうしたら菊之助さんは、何かを確かめるようにうん、と強く頷いて、

「ありがとうございました」

って、出て行っちゃった。で、その後にあの仇討だよ。

見たのかって……見たよ。

何だか、様子が気にかかったからね。振袖を抱えて出ていった菊之助さんの後をこっそりついて行ったのさ。そうしたら、木戸芸者の一八が菊之助さんに、

「どうしたんです」

って声を掛けたけど、会釈だけして戸口へ向かった。私は追いかけようと思ったんだけど、一八に止められてね。

「野暮するもんじゃないよ。気になる娘にでもあげるんじゃないのかい」

って言うじゃないか。あんな古い振袖なんざ、人にあげるような代物じゃない。もしそうならもう少しマシなものを私が拵えてあげたのに。でも、多分そうじゃない。あんな暗い顔は恋した野郎じゃないよ。

「お前さんは黙ってな。私は気になるから」

一八は、へいへい、って軽い返事をしてそのままどっかへ行っちまった。

私は一八が行ったのを見計らってひょいと外を覗いた。そうしたら菊之助さん、どういうわけか芝居小屋の裏手で足を止めて、振袖を被《かず》いて傘を差して佇んでいるじゃないさ。

そこから先は一八が、したり顔して節までつけて語ったろう。あのまんま、芝居みたいな仇討だったたよ。それでも念のために聞きたいって、何のための念入りなのさ。

雪の夜でね、辺りは白く染まっていて、芝居小屋から漏れて来る明かりに照らされている。その中に赤姫が立っている。その姿がまるで一幅の絵のようでね。

芝居ならば、ここで登場するのは姫と道行《みちゆき》をする二枚目役者じゃなきゃいけないってのに、そこへあの博徒の作兵衛が来た。嫌な野郎が来たもんだ。何だか一幅の絵を汚されたみたいな気分になって、作兵衛に文句を言ってやろうかと足を踏み出しかけたその時、菊之助さんが振袖を脱ぎ捨てて放り投げ、刀を抜き放ったのさ。ひらひらと雪の中を舞う振袖が華やかで、それにもまして白装束で刀を構える前髪の若衆、菊之助さんの凜とした様が目を引いて……。

でも聞こえて来たのは不穏な声だったよ。

「その方、下人作兵衛こそわが父の仇。いざ尋常に勝負」

仇を探しているって話は聞いていたよ。でも、まさか評判の悪い、あの博徒の作兵衛が仇だったなんて思いもしなかった。そこから先は、芝居じゃ見られないような様子で、刀同士が打ち合う音が甲高く辺りに響いてた。そうして遂に作兵衛を倒した菊之助さんが、血飛沫を浴びながら振り返った。その手には、血だらけの首級があるじゃないさ。

怖かったよ。怖かったけど……やっぱり綺麗だなあと、しみじみと思ったねえ。見目はもちろん、佇まいも生き様も。

でもね、なまじあんなに凄いものを見ちまって、私はあれから仇討ものの芝居を見ても、心がはずまなくなっちまったんだ。そういう意味では菊之助さんを恨んでいるくらいだよ。

さ、話はおしまいさ。とっとと帰っておくれ。こんな狭い所に膝突き合わせて座っていたって仕方ないし、長居されたら手が止まっちまって仕事にならないよ。

え、私のことを話せって言うのかい。

悪趣味だねえ。お前さんのように折り目正しい御武家様からしたら、こんな端役の女形なんざ、下手物《げてもの》みたいに見えるんだろう。だから面白がっているんだね。

いやいや違うって、そんな躍起になって頭を振られたら却って気が悪い。

冗談だよ。お前さんがそんなに性悪じゃないってのは分かって来たから。

菊之助さんが、江戸でどんな奴らに関わったのかを知りたいってのかい。

とはいえ私なんざ、元より氏素性なんてあってないような身の上さ。何せ生まれたところからよく分かっちゃいないんだから。申し訳ない……って何だいそりゃ。そもそも、人に尋ねておいて、そんな憐れむような顔をするんじゃないよ。こちとらご陽気に生きているんだからさ。それでも聞こうって言うんだから、遠慮深いんだか図々しいんだか。生憎と、御武家様がいらっしゃるからって気を遣っている余裕はないよ。手仕事ついでに話すから、そこでぼんやり座ってな。


今から三十年くらい前になるのかねえ……天明の頃、信濃で山が火を噴いたって話、聞いたことがあるかい。あれで灰が辺り一面降り注いでね。江戸の辺りも真っ暗になったそうだけど、私の里もひどい有様だった。

親は小作人だったんだけど、灰をかぶった土地を耕したってどうにもならない。ひもじい思いをしていたことだけ覚えているよ。それからどうしたのかよく分からないけれど、覚えているのは母親と二人で街道をずっと歩いていたこと。あばら骨が飛び出すくらいに痩せているのに腹ばっかり膨らんで。ほら、地獄絵によくある餓鬼っていうのかい。ああいう見目だったよ。

　木の根っこをしがんで、街道筋の宿の残飯を食らって、ようやっと江戸に辿り着いた。それからしばらく道端の筵《むしろ》に座って、物乞いしていたのさ。

　飢饉の最中だったから、江戸の町中には私らみたいな餓鬼がうろうろしていたよ。道端で蹲《うずくま》っている私らを、艶々した町人たちが横目で見て、顔を背けていたっけ。

　秋の終わり頃ともなると、どうにも寒さが堪《こた》えてきてね。ましてやお腹も空かしてる。眠るというより、気を失うように道端に寝ころんでいた。ある朝目が覚めたら、隣で母親が冷たくなってた。前の晩に干し飯《いい》を全部私にくれたから、おっかさんは死んだんだって思ったらもう、悲しいというよりしんどくってね。腹に力が入らないから泣く力もないし、空しくて声も出ない。

　骸《むくろ》の傍らで、ほろほろと涙を流す餓鬼みたいな子どもは、さぞや人目を引いただろうよ。とはいえ誰も何もしちゃくれない。

　その時、不意に私の目の前にひと際華やかな一行が通りすがった。

「おや、おっかさんが死んだのかい」

　顔を上げると、えらく真っ白い化粧をして、紫のべべを着た人がいた。女というには声が低いし、男というには綺麗すぎる。仏様のお迎えが来たんだと思ったから、私は黙って手を合わせた。するとその人の取り巻きが、ははは、と声を立てて笑った。

「ほたる兄さんのことを、観音様か何かだと思っているんじゃないですかい」

「およしよ」

　ほたると呼ばれたその人は、ついと私の前に屈んでくれた。

「お前さん、幾つだい」

聞かれたところで、年なんてはっきり覚えちゃいない。多分、七つくらいにはなっていたはず……と、首を傾げて黙っていると、その人はふうっと一つ息をついた。

「仕方ないね。手伝ってやるよ」

ほたるって人は私の手を引いた。取り巻きの人らが戸板を持って来て、母親を菰《こも》にくるんで、町のはずれの小塚原《こづかっぱら》っていうところにある焼き場まで連れて行ってくれた。その人は焼き場の親父に金を払ってくれた。そして戸板の上の菰をめくって母親を見ると、少し寂しそうに笑ってから私を見た。

「お別れをお言いよ」

菰から覗いた母親の顔はカサカサに乾いて、老婆のようだった。こんな顔をした人だったけって。親不孝な子もあったもんだよ。するとその人が不意に、懐から板紅を出しておっかさんの唇に指で紅を引いた。ぱっと光が差したみたいに明るく見えた。いつかよく晴れた日の畑仕事の最中に見上げた顔がそこにあって、私はようやっと、わんわんと声を上げて泣いた。

その間、その人は私の傍で黙って背を撫でてくれていた。

「私はここまでしか出来ないけどね。いずれ縁があれば会うだろう。芳澤ほたるっていうのさ、覚えておいで」

その人はそのまま小塚原の焼き場を後にして行っちまった。

私はってえと、焼き場の片隅で力尽きて眠っちまって。ここで死んだら焼く手間も省けていいやって、ぼんやり思ってた。でも次の日も目は覚めて、人が焼かれていくのを見てた。

その頃は何せ飢饉のせいで私ら親子みたいな連中が、大勢行き倒れていたからね。焼き場も忙しかったらしい。誰も私がいることなんか気にも留めやしない。

私はそこでかびが生えて緑色になった供え物の餅を食らって、熱を出して倒れちまってね。

「なんてこった。ここで死なれちゃ敵わねえ」

って助けてくれたのが、たまたまその日に焼き場で火の番をしていた米吉《よねきち》って隠亡《おんぼう》の爺さん。

「お前さん、先だっての物乞いの子かい。じゃあ、仕方ねえから俺の小屋にいりゃあいい」

爺さんが住んでる小さい小屋に招き入れてくれた。寝床を手に入れ、ささやかだけど、おまんまにもありついた。

「名前はなんていうんだ」

母親にはいつも「坊」って呼ばれてたって答えたら、えらく困った顔をされたっけ。他にもあるはずだって言われて、ようやっと思い出したのが「六」。六郎か、六助か、兄弟の六番目だったのかもしれない。兄弟姉妹もいたんだけれど、何人かは死んだのは覚えてる。生き残ったみんながどこへ行ったか、おとっつぁんがどうなったか……おっかさんと二人になるまでの経緯は、思い出そうとすると靄《もや》がかかったみたいになって、何も思い出せない。

その日から、爺さんは私を「六」って呼んだ。

毎日、毎日、運ばれてくる棺桶を焼いていたけれど、その暮らしには何の不満もなかった。おまんまさえ頂ければそれでいい。残り飯までたらふく食べたおかげでふくふく太っちまってね。

「お前さん、そんなになっちまったら頭抜け大一番でも入りゃしないよ」

って、爺さんは、入る棺桶の心配してた。全く失礼な話だよ。

二年くらい、そんな暮らしをしていたんだけどね。ある日、爺さんが倒れちまって。看病していた時に、爺さんが言ったんだよ。

「お前さん、隠亡の子でもないんだ。ここから出ていった方がいい」

隠亡がどんな仕事か、私もよく分かっちゃいなかった。ただ、来る日も来る日も棺桶を火にくべた。火の番をして夜を明かし、幾ばくかの銭を貰う。それだけじゃなくて時折、弔いに来た人から餅やら菓子を分けてもらえる。爺さんはいつもにこにこ笑ってそれを受け取って、私はその隣で同じように笑ってた。不幸だと思ったこともない。でも爺さんは、私に隠亡になるなって言う。

「俺は手前の生きざまを悔いているわけじゃねえ。ちゃんと弔うために、なくてはならねえ役目だって思ってる。でも他人はな、隠亡を下賤の者だって蔑む。そんな風に人を見下す野郎だっていずれ焼かれて骨になるって笑っていれば、俺はどうってこたねえ。だが、先のある子どもを同じ道に引き入れたいかって言ったら、そうは思わねえ」

下賤という言葉の意味さえ分からなくてね。私はただ爺さんにここにいちゃ駄目だと言われたことが辛くてさ。

「俺が死んだら、弔いに千住《せんじゅ》の坊さんが来る。その坊さんについて行きな」

それからほどなくして、爺さんは死んじゃった。他の隠亡のおじさんたちがあれやこれやと世話を焼いてくれて、千住の坊さんが御経を上げた。私は泣くってことができなくてね。

「薄情な子だ」

って、おじさんたちに言われたっけ。

でも泣くことなんてできないよ。爺さんは狡い。一人だけおっかさんのいるところに行っちまった。その時はそうとしか思えなかった。

それからは、爺さんの言う通りに千住の坊さんについて行った。坊さんは、面倒見のいい人で、寺の中には私みたいな親なし子がぞろぞろいた。一通りの読み書き算盤《そろばん》を教えてくれたおかげで、後々に随分と助かったよ。

子どもが集まりゃ喧嘩をしたり、泣いたり暴れたりする子もいたけど、私はそういうのはあんまり得意じゃない。お堂の端っこでじっとして、草鞋《わらじ》を編んでる小坊主を手伝っていた。そうしていると周りの音が聞こえなくて、知らないうちに日が暮れている。おまんまも食べられる。寝る場所もある。それだけあれば十分だったけど、暇ってやつは苦手でね。でも手仕事をしていると何となく時が過ぎていく。こりゃあいいやって、ひたすら草鞋を編んでいた。すると坊さんたちが、袈裟の綻《ほころ》びを縫ってくれとか、守り袋を作ってくれとか、いろんな仕事をくれた。それが楽しくって私はせっせと縫物していた。

好きとか嫌いとか、そんなことまで考えちゃいないよ。後先のことを考えなくていい。それだけのことさ。

それなのに十歳を過ぎたある日、坊さんが言ったんだ。

「お前さん、これからどうする」

って。私は聞こえないふりをして縫物してた。考えるなんて面倒なことはしたくなかった。隠亡でいれば、そのまま焼き場にいられれた。爺さんが先に逝っちまったから、こんな面倒なことを言われるんだって恨めしく思った。

「御職人に、弟子入りするかい」

坊さんが、仕立屋の職人に弟子入りする話を持って来てくれた。何がいいとか悪いとか、そんなことは考えたこともない。ただ、おまんまが食えて、屋根の下で眠れたらいい。そう思ったんだけどね……流石に、奉公となるとそうはいかない。

仕立屋なんていうと女の針子が多いと思うかもしれないけど、男の方がずっと多い。とはいえ、奉公したばかりの小僧にできることなんざ、掃除やらお茶出しくらいなものでね。針仕事なんてまるで回って来やしない。

同い年くらいの小僧は他にもいて、それなりの農家の三男坊だとか言っていたっけ。手代さんに針を教わると、私の方が遥かに上手かった。それはやっぱり嬉しくてね。二年くらい過ぎた頃に、ようやっと仕事らしい仕事が来るようになった。

白い帷子《かたびら》を縫うのさ。経帷子、死に装束だよ。

同い年の小僧の所には、襦袢《じゅばん》や浴衣なんかが回って来ることもあるけれど、私のところにはいつも白い帷子ばかり。どうしてだろうと思ったけど、それについて聞こうとしたことはない。何せ職人たちは気難しい人ばかり。いつも眉間に皺を寄せた顔をしている。少しでも分からないことを聞けばどやされる。だからただ黙って縫っていた。そうすりゃ時は過ぎるし、おまんま食って寝ればいい。

そんなある日、奥の仕事部屋の前を通りかかったら、襖《ふすま》の隙間から光が漏れているように感じた。中には人気《ひとけ》なんかありゃしない。何が光ったのか分からずに、中を覗いて見たんだよ。そうしたら、衣桁《いこう》にひと際鮮やかな真っ赤な晴れ着が掛かっていた。金糸で刺繡された鳳凰《ほうおう》に、秋の夕日が差し込んで光っていたんだ。

私は吸い寄せられるようにその晴れ着に近付いた。

一体、どうやったらこんな綺麗なものを作ることができるんだろう……って、手を伸ばしかけた時。

「何をしてやがる」

怒鳴り声がして、次の瞬間、私の身はすっ飛ばされていた。縁側まで転がって顔を上げると、そこには職人の一人、耕吉《こうきち》がいた。耕吉は私よりも十歳ほど年上で、二十五、六といったところ。いい大人だよ。

いつか、親方が私のことを、

「お前は腕がいい。耕吉にも負けない」

と褒めてくれたことがある。

この晴れ着は耕吉の仕事だったのか。

確かに、やりかけた仕事に手を触れられると不快なのも分からなくはない。謝ろうかと手を突いた。すると耕吉はずいと歩み寄り、私の胸倉を掴んでね。

「いいか、これは俺が精魂込めて縫ってる晴れ着だ。手前みたいな奴が触っていいもんじゃない」

「すみません」

謝ると、耕吉は舌打ちをして胸倉から手を放した。そして、ふん、と鼻を鳴らす。

「手前みたいな奴は経帷子が似合いさ。何せ、隠亡から出て来たんだ。穢《けが》れた手で晴れ着なんかに触られたんじゃ、たまったもんじゃねえ」

私は何を言われたのか分からず、茫然としちまった。そして手前の手を見た。

隠亡の穢れた手……晴れ着を触るな……。

そう言われたんだ。やっと分かった。

随分前から経帷子ばかり縫っていた。そしてその仕事を割り振っていたのは、この耕吉だった。親方は縫い目の筋がいいと褒めてくれたし、そろそろ晴れ着もできるくらいだと言ってくれていた。しかし、来る日も来る日も晴れ着はもちろん、襦袢の一つも回ってこない。それはこの耕吉が、私のことを穢れていると思っているからだったのかって、ようやっと気づいた。

そうしてしみじみと、侮蔑の眼差しを向ける耕吉の顔を見上げてみた。

そしたらなんでか急に可笑しくなっちゃって。笑いがどうにも止まらない。

「何が可笑しい」

耕吉は、馬鹿にされたと思って怒鳴ったよ。それでもちっとも怖くない。

だって私の頭の中で、爺さんが言うんだ。

「人を見下す野郎だって、いずれ焼かれて骨になる」

そうだ。目の前の耕吉だっていずれは骨になる。

隠亡の手を穢れているっていうのなら、その穢れとやらは人が背負った業みたいなもんだ。私にも業があるけど、晴れ着を縫ったと威張り散らしている耕吉にだって業はある。

私にとっては、隠亡だろうが職人だろうが、その身は何にも変わりねえ。いずれ人は焼かれて骨になる。それを知っていることが私に力をくれていた。

笑い続ける私に耕吉は殴り掛かった。顔を強《したた》か打たれてまた吹っ飛んだけれど、泣きも喚きも怒りもせずに笑っている様が薄気味悪かったのだろう。

「一体、何の騒ぎだい」

慌ててやって来た親方や他の職人たちが、殴られて腫れた顔で笑っている私と、冷や汗をかいて拳を握る耕吉を見て首を傾げていたっけ。

親方に呼ばれた私は、何をどう話していいか分からなかった。

「一体どうしてこうなった。耕吉は、お前さんが仕事の邪魔をしたって言っているよ」

何だか言い返すのも馬鹿らしい。でも、ちゃんと言うことは言わないと。

「隠亡の手は穢れているから、晴れ着に触ることはできねえって言われたんで」

ようやっと言うと、親方は渋い顔をした。

「そうかい……そりゃ耕吉も悪い。だがお前さんも、兄貴分の仕事に近づいちゃ悪い」

私は、そうですね、と答えてはみたものの、心のどっかで引っかかる。

要は、兄貴分として耕吉を敬ってくれと親方は言っている。それが職人の習いってもんだと分かってる。だから殴られたって泣いたりしないし、殴り返すこともしない。

でも、これから先はどうだろう。

耕吉の顔に髑髏《どくろ》を重ねて笑うことはできる。しかし己の手を穢れていると蔑む人を、兄貴分として敬うのは、どうにも辛い。

「でも……ちっとばかり苦しいです」

そう言うと、親方は黙り込んだ。

親方の立場も分かる。

どう考えたってここになくてはならないのは、ちょっとばかり裁縫が上手いだけで、経帷子しか縫ったことのない小僧ではなく、晴れ着を縫える腕の確かな耕吉だ。それに、親方もまた、私の手を穢れていると思っているかもしれない。親方にとって耕吉の方が大事だと言われるかもしれない。それを親方に言われたら手前の心が崩れそうで怖かった。

「だから親方、私はここを出ます」

一息に言い切った。言われる前に言ってやれって思ったんだ。親方はただ、

「そうかい」

とだけ。

私はそれから三日のうちに、溜まっていた経帷子を縫い終えて、小さな荷を纏めた。

「お世話になりました」

奉公人部屋から出たけど、誰も止めやしないし訳も聞きはしない。

同じ釜の飯を食ったって言ったって、本当に釜の飯を頂いてたってだけで、誰とも親しく話をしたこともなかった。そんなことはその頃の私にとっては何の意味もなかったから。

でもその分、ここから出て行くことに何の未練もなかった。これまでの僅かな給金を携えて、さて、どうしたものかと思っただけさ。

まあ、そんな具合に勢いこんで奉公先を出てしまったものの、まだ前髪の、ちょいと縫物ができるだけの小僧なんて、どこにも勤め先なんてあるもんじゃないよ。まして親元もないからね。口入屋《くちいれや》に行ったって困った顔をされておしまいさ。辛うじて子守なんぞをしたこともあるけど、元々子ども相手に話したこともないから懐かれなくてね。おしめを縫うのは早いって褒められたっけ。

ここぞという居場所が見つけられずにいたある日のこと。ちょうど木挽町の芝居小屋の裏手を通りすがった。

そこに一人の人影を見つけて、驚いたんだ。

ああ、あの人だ……って。

おっかさんが死んだ朝、声を掛けてくれたあの人がいた。確か芳澤ほたるって言ったっけ。ほたるさんは、ご贔屓さんと思われる男たちと何か話をしていて、丁寧に頭を下げて見送っていた。その男たちが去った後に声を掛けようと思って駆け寄ったけど、ほたるさんはふいっと物陰に隠れてしまった。どうしたんだろうって気になって覗いたら、天水桶の陰で蹲っているじゃないか。

「どうしなすったんですか」

「ああ、何でもないよ」

そう言って振り返った顔が青ざめて見えた。

「ほたる」

誰かに呼ばれてほたるさんはついと立ち上がると、先ほどみたいにしゃんとしていた。そして私の頭を一つ撫でるとにっこり笑った。

「ありがとうね。でも今のことを誰にも言っちゃいけないよ」

そのまま、背を向けて芝居小屋に入って行った。

あの人は何か患っているんじゃないかと思うと、居ても立っても居られない。

今にして思えば、よく知りもしない人の心配をしている場合じゃない。手前の明日の暮しの方がよっぽど大変だってのにね。

ただじっとしていられない、何かしたいって、浅草の観音さんに行って御札を貰って来たんだよ。古着屋の端切れで小さな守り袋を作ってね。それを届けようって、芝居小屋の裏手で待ち構えていた。

来る日も来る日も待っていたんだけど、なかなかあの人は出てこない。そうしているうちに芝居小屋の用心棒に目をつけられてね。

「おい、汚ねえ小僧が一体ここに何の用だ」

そりゃそうだ。町外れの廃墟みたいな毘沙門堂に寝起きして、風呂にもろくに入ってない。そんな手前の有様なんざ、気にしてもいなかった。

「ああほんとだ。汚ねえなあ……」

手前でもそれに気づいて思わず呟いたんだけど、その言いようがまた、用心棒の癪《しゃく》に障ったらしい。

「ふざけているのか」

言うが早いか、拳で殴られて横に吹っ飛んだ。天水桶にぶつかって派手な音を立てて転んじまって。ざまあねえなって見上げると、用心棒が鬼みたいに睨んでる。その顔にまた、いつかの耕吉みたいに髑髏が重なって見えた。どうせ骨になるのに威張ってるなぁと思うと、可笑しくなって笑った。そうしたら用心棒は眉を寄せた。

「殴られて笑ってやがる。気味の悪い小僧め」

また拳を振り上げた。

「およしよ」

声に振り返ると、ほたるさんが立っていた。

「ほたるか。こいつはな、このところこの芝居小屋をうろうろしてやがって……」

「私のご贔屓さんだよ」

そう言ってくれた。驚いて目を見開いていると、ほたるさんは私を助け起こしてくれた。

「会いに来てくれたんだろう」

私は何も言わずに何度も頷いた。

「顔が腫れているじゃないか。手当してやるから、こっちへおいで」

手を引いて芝居小屋の中へ入れてくれた。その時、ほたるさんの背中に向かって、用心棒は舌打ちをした。

「芳町上《よしちょう》がりが」

吐き捨てるような言葉がどんな意味を持っているのか、その時の私には分からない。でもそれが悪口であるということ。そして、ほたるさんはそれに慣れているのか、聞き流しているってことだけは分かった。

芝居小屋の中には大勢の人が行き交っていた。ほたるさんは、狭い部屋の隅っこで、私の顔に軟膏を塗ってくれた。昔、おっかさんが虫刺されの手当をしてくれた時のことを思い出す。そうしたら不意にぼろぼろ涙が出て来た。

「おや、痛むかい」

そう言われて、私はふるふる首を横に振った。

「いつか……おっかさんが行き倒れた時、助けてくれたことがあったんで」

ようやっと言葉を絞り出すと、ほたるさんは、おや、と声を上げた。

「そんなことがあったねえ……あの時は痩せて餓鬼みたいになっていたけど、随分と肥えたねえ。まん丸じゃないか。良かったよう」

ころころと鈴を鳴らすように笑う。その顔は現《うつつ》の人ではないように見えた。ほたるさんは懐から手ぬぐいを出すと、涙を拭ってくれてからふと首を傾げた。

「そう言やお前さん、さっきはどうして殴られて笑っていたんだい」

「どんなに威張っていたって、焼いたらみんな骨になる。そう思うと相手の顔が髑髏に見える。それが可笑しい」

するとほたるさんは黙って目を見開いてから、ははははと大きな声を立てて笑った。

「そうかい、そりゃいい。そうすりゃ偉そうな御武家様も、金を持ってる旦那衆もみんな同じに見えらあね。私も髑髏に見えるかい」

ほたるさんにずいと寄られて思わず目を閉じ、さっきよりも勢いよく首を横に振った。

「優しくしてくれる人は仏に見える。そうじゃない奴はみんな髑髏だ」

するとほたるさんはそっと手を伸ばして、私の頭をぽんぽんと撫でた。

「いいなあ……お前さんの世間は、平ったくていい」

私はその意味が分からず、気まずくなって視線を逸らした。その先には無造作に脱ぎ捨てられた華やかな紫の衣装があった。金糸の刺繍がほどこされていて、きらきらと光って見えた。恐る恐る手を伸ばして触れようとした時、

「気になるかい」

と聞かれて、慌ててその手を引っ込めた。また、私の手が穢れていると言われるんじゃないかって怖かった。

「羽織ってみたいかい」

そんなことを聞かれるなんて思ってもみなくて、驚いて固まっちまった。でもなんとか口を開く。

「し、仕立ての職人のところにいたので、どういう風に作ってあるのか気になって」

するとほたるさんはぱっと顔を明るくした。

「おやお前さん、仕立てができるのかい。それなら都合いい。ここで働いたらいいよ」

思いもかけないことを言われた。

丁度、衣装部屋に元々いた人が辞めた後だったそうで、二つ返事でここで働くことになった。名前は変わらず「六」って名乗ってた。六助とかお六とか、そんな風に呼ばれていたっけ。

当時、この木挽町は森田座が休んでいて、控櫓《ひかえやぐら》の河原崎座が興行していた。ほたるさんは橘屋《たちばなや》の門下だったけど、その旦那である四代目芳澤あやめ丈が亡くなったばかり。河原崎座には橘屋から芳澤万代《まんよ》兄さんが出ていて、ほたるさんはその下についていた。衣装はお仕着せじゃなくて、手前で支度するから何かと物入りらしい。

「お前さんが、古着も安い反物も上手に仕立ててくれると嬉しいね」

ほたるさんに菩薩《ぼさつ》みたいな笑顔で言われて、私は有頂天だった。ほたるさんの芝居のために縫物ができるっていうのは、本当に嬉しくてね。それでもどこかで貴重なお衣装に触れるのが怖かった。耕吉が言った「穢れた手」っていうのが、抜けない棘《とげ》みたいに心の中に刺さってたんだと思う。

そんなある時、市川男女蔵《おめぞう》って大物役者が衣装部屋に駆け込んできた。打掛の裾がほつれたって話だった。

「繕っておくれよ」

そう頼まれたんだけど、他の衣装部屋の者は出払っていた。

「私でいいんで……」

「他にいないだろう」

苛立った調子で言われたけど、駿を担ぐ役者に、後になって怒られたくない。

「私……隠亡に育てられたから、その……験が悪いんじゃ」

すると男女蔵丈は眉を寄せて、ふん、と鼻を鳴らした。

「それがどうした。ここは悪所だ。験なんざ手前の芸で吉に転じらあ。お前さんもさっさと繕ったら験がいいぜ」

って絢爛豪華な錦の打掛をばさりとこちらに向ける。私は慌てて金糸で裾のほつれを縫った。

「ありがとうよ」

と打掛を翻して、そのまま舞台へ向かって行った。これまで触ったこともないような高価な衣装に手が震えそうになったっけ。

その話をほたるさんにしたら、ほうっと感嘆したようにため息をついた。

「男女蔵お兄さんは立女形《たておやま》ってのさ。女の役だけじゃなく立ち回りもできる。主役を張れる人っていうのは器も大きいねえ」

私に言わせりゃ男女蔵丈は大した役者だけど、ほたるさんも負けてねえ。でも、いつもほたるさんは舞台の端っこに立っていた。

「私は名題になれなくてね」

って、ほたるさんは笑ってた。

名題っていうのはいわゆる看板役者。芝居小屋の外にずらりと並ぶ名前を書いた看板があるだろう。あれに入れるかどうかは、役者として生きていく者にとっては大きな分かれ道さ。

ほたるさんは名題になれなかった。名題下の「相中《あいちゅう》」という立場で、大部屋の中では出世していて台詞もちょいとあるけれど、主役にはなれない。私は芝居の詳しいことは分からないから、姫役の女形より、女中のほたるさんの方がよほど綺麗に見えるのに。

「そいつはお前さんの贔屓目さ」

ほたるさんは私が纏っていた赤い振袖をすっと合わせて見せた。

「私は赤が似合わない。赤姫が似合うのは、そこに立っているだけで場を明るく照らすことができる人だけさ。私は違う」

確かにほたるさんは、紫や青といった寂しげな色がよく似合う。顔形がいいだけに、余計にそれが儚く見えて綺麗なのだけれど、舞台の真ん中に立つと沈んじまう。

「私はね、生まれはお前さんと似たようなものなのさ」

私と同じように食い詰めて、母親と江戸に流れて来たらしい。それで、母親を亡くした。

「だからあの時お前さんを見て、他人事だと思えなかったんだね」

お役人がほたるさんの母親の亡骸を焼き場まで運んでくれたそうだ。それから町の路傍で寝ていたところ、親切にしてくれた人がいたのでついて行ったら、そこは芳町だった。

芳町ってのは陰間茶屋の町。男が男に春を売る町さ。見目の良かったほたるさんは、そこで坊主やら御武家やら、お客を取っていた。

「嫌もいいもないさ。ただ生きるためにそこにいたんだけどね。次第に手前が食われて空っぽになっていくみたいな毎日で。そこへ橘屋の旦那……亡くなった四代目芳澤あやめが来たんだよ。呼ばれて座敷に行ったらね、触りもしないでしみじみ私の顔を見て、お前さん芝居をやらないかいって声を掛けてくれた。芝居なんて見たこともないから分からないけど、ここから出られるならやるって答えたら、あっさり落籍《ひか》してくれた。それで芝居小屋に連れて来られたのさ」

　橘屋の初代芳澤あやめは、同じように陰間茶屋で色子《いろこ》をしていたって話もあるらしい。芝居小屋にはそうした芳町上がりの連中がまあまあいてね。逆に女形として売れないからって、再び色街に戻って行く者もいる。芝居町にとっては遠くない場所なのさ。

　でもほたるさんは、芝居小屋の用心棒にさえ芳町上がりと馬鹿にされる。贔屓客がついても下心を持った連中も多くて、芝居茶屋で口説かれるなんてしょっちゅう。しかもそれでお足を貰えるからって羨ましがる連中もいたくらい。

「それでもあのまま陰間として年老いて、何の芸もなく棄てられていくのに比べれば、芸を身につけられただけ幸せさ。悪所だなんだと言われても、芝居小屋は極楽だ」

　男とも女ともつかない美しい横顔は、惚れ惚れするようだった。私にとってはこの人に会えたことが極楽への道しるべだったから、たとえどんな地獄を這って来たのだとしても、やっぱりほたるさんは一番だった。

「赤が似合わなくてもほたるさんは綺麗なんで、それでいいんです」

　力説すると、ほたるさんは少し寂しげに笑う。

「ありがとうね。お前さんの世間は平べったいから、私はここにいるのが気楽でいい」

　相変わらず、私の世間が平べったいと言う。その意味が分からなくて首を傾げると、ほたるさんはからからと声を立てて笑った。

「私はお前さんより性根が悪い。世間ってのは、階段みたいになっていて、上の連中は下の連中を見下している。だから這い上がらないといけないって、手前を追い立ててここまで来たのさ。でもお前さんの言うように、這い上がろうがずり落ちようが、焼けばただの骨になる。そう考えたらいっそ気が楽になっちまったよ」

そうして赤い衣装を優しく撫でた。

「私は手前が辺りを照らす赤姫にはなれやしない。でもね、赤姫をほんのり照らすほたるにはなれるのさ。それを、お前さんに教えてもらった気がするよ」

私はなんだか面映ゆい心地で、小さく頷いた。するとほたるさんがふと言ったのさ。

「そうだお前さん、舞台に上がってみないかい」

私はお世辞にも見目がいいとは言えない。慌てて首を振ったけど、ほたるさんは懐に入れていた板紅を取り出すと私の口に紅を差した。

「おや、可愛い」

ほたるさんが鏡を見せてくれる。覗いてみるとそこにいたのは可愛いなんて言えた代物じゃない。なんだか口だけ赤くって可笑しな化け物に仕上がっている気がした。でもほたるさんはそのまま私の手を引いて、橘屋の万代兄さんのところへ連れて行った。すると万代兄さんまでも、

「おや、いいじゃないか。お多福みたいで」

ってさ。居合わせた他の役者さんたちも面白がって、踊りを教えてくれたり、唄を教えてくれたり……いつしか一端《いっぱし》の女形みたいに所作ができるようになってきた。

「お前さんのその肥えた丸っこい見目は、それだけで物を語るねえ」

橘屋の旦那だけじゃなくて、主役を張ってる成田屋《なりたや》の旦那まで言い出す始末。

初舞台はね、すずめ踊りを踊ったよ。知っているかい。褌《ふんどし》締めて奴《やっこ》のなりをして、大勢

でずらりと並んで滑稽な踊りを踊るのさ。いわゆる名題でも外題《げだい》でもない、幕間の賑やかしだよ。それでもわっとお客が沸く。

踊りを終えて戻ってきたら、旦那たちが私の顔を見て、頷いた。

「お前さん、度胸があるね。それなら舞台に立てるよ」

度胸ってもんじゃないよ。元々、恥って感覚がないんだろうね。おかげでちょいと舞台の端っこで笑いの取れる女中役なんかをするようになったのさ。

そうなると面白くなっちまってね。私なんざこれまで生きているだけで精いっぱいで誰かを好いたこともなかったし、手前のことを「男だ」とか「女だ」とか考えるのさえ億劫だった。そんな空っぽの私には、男も女も型で覚える芝居は性に合ってたみたいだ。

衣装部屋だけじゃなく、舞台の上にも居場所ができた。それがどうにも嬉しくて。だから舞台に出ない時でも、こんな風に女のなりをしてここで針仕事をしているのさ。

そんなこんなで私が芝居小屋に来て三年が経った頃のこと。ほたるさんが舞台を降りるなり倒れちまった。元々心の臓が弱い人でね。季節の変わり目なんかにはしょっちゅう調子を崩していた。

「いつものこったよ」

って言っていたけど、私は心配で心配で……何とか治って欲しいからって、また浅草寺まで御札を貰って来た。ほたるさんはそれをしみじみと見てから、私を見上げた。

「お願いがあるんだ。前みたいに守り袋を作っておくれよ」

もちろん、と答えると、そこに一つ加えた。

「刺繍もできるかい」

「はい」

「そしたらさ、髑髏を縫っておくれよ」

髑髏なんて縁起でもねえって言ったんだけど、ほたるさんはお願いだからって笑顔で言う。私は、ありったけの金糸を集めて、小さな袋にきらきら光る髑髏を刺繍した。そこに御札を入れて、病の床についているほたるさんに渡したのさ。そうしたら嬉しそうに手に取って、私を見つめて笑った。

「お前さんと私はよく似てるよ」

鏡を見れば一目瞭然、まるで似ちゃいない。首を振る私を見て、ほたるさんは言葉を継いだ。

「お前さんはよく私のことを綺麗だ、綺麗だと言ってくれるけど、所詮は皮一枚の話さ。こいつが剝《む》けて、髑髏になったらみんな同じ。そうだろう」

何だろう……爺さんが言った時には、まったくその通りだと思っていたのに、今はなんだか違う気がする。手前の心がどうにもざわつくんで。

「上手く言えないけど、ほたるさんが綺麗なのは皮一枚だけじゃないです。ほたるさんのおかげで私はここにいるんです」

私の目からぽろぽろ涙が零れた。するとほたるさんは静かに笑う。

「ありがとう……この皮一枚で芳町に行き、芝居小屋に来た。皮一枚にしか値打ちがねえ手前の人生だったけど、お前さんにそう言われたら救われる。お前さんを助けたことが、後世の功徳かねえ……」

ほたるさんは手を伸ばして枕辺《まくらべ》の文箱から小さな書付を取ると、それを守り袋に詰めた。

「私が死んだら、これを私の形見と思って受け取っておくれ。後生だよ」

髑髏の守り袋を捧げ持ち、私に向かって手を合わせる。返す言葉もなく、ただ、分かりましたと答えたのさ。

それからほどなくして、ほたるさんは逝っちまった。

焼き場に行って経を上げてもらいながら、隠亡に棺桶を預けた。私は帰る気にもなれず、他の連中が焼き場を立ち去った後も、そこに居座った。

「変わった人だねえ。焼き場に長居をしたい人なんざ、そうそういるもんじゃねえ」

私にとって焼き場は不吉な場所でもなんでもない。かつての手前の寝床だからね。

宵闇の中、煙が上がっていく様をただじっと見ていた。

守り袋は懐にあった。煙を見上げながら私はそっと開けてみた。

中には、私があげた浅草寺の御札と一緒にほたるさんの書付が入っていた。それを開いてみるとそこに拙い文字で、

「二代目芳澤ほたる」

って書いてある。

ほたるさんは二代目だっけ。いや、亡くなった四代目芳澤あやめがつけた名で、初代だって言っていた。

まさかこの名を私に……。

私は手前で縫った髑髏の刺繍を抱きしめて、声もなくほろほろと一晩中、ただ涙を流し続けていた。

翌朝、再びやって来た橋屋のみなさんと一緒に真っ白い骨を拾った。

骨っていうのが、こんなに綺麗に見えたことはない。愛しくて哀しくて、でもその魂はここに……髑髏の刺繡の守り袋と一緒に預かったんだという思いもあって……。

この気持ちをなんて言うんだろうね。

俗世の恋とか、そういうもんじゃないんだよ。ただただ手を合わせ、崇めるような心持さ。

私は初代芳澤ほたるという人に心底惚れていたし、今も尚惚れているんだと思うよ。

だからこそ、この名を私なんかじゃない、相応《ふさわ》しい人に渡すことを手前のお役目と思って、今日に至るまでこの芝居小屋の片隅で踏ん張って来たのさ。


初代のほたるさんを亡くしてから、もう二十年くらいが経っているねえ……。

そこへ現れたのがあの菊之助さんだったんだよ。

菊之助さんがこの芝居小屋に入って来た時には、ぱっとそちらに目が吸い寄せられた。華があるって言うのかねえ。安っぽい美形じゃない、佇まいに凜としたところがある。

これまで名女形と言われる役者はたくさん見てきたけれど、それとはまた少し違う。どこか陰がある風情がまた良くてね。

聞けば仇があるって言うじゃないさ。陰があるのも無理はないし、覚悟を決めた凜々しさもあったんだろうね。

ほたるさんは、赤姫が似合う人はそこにいるだけで周りを照らすって言っていた。それは単に人となりが明るいって話じゃない。暗がりも知っているから、光の尊さを知っている。そういう人じゃないと、しゃんと立ってるだけで輝くことはないよ。

菊之助さんにはそんな稀有な素質が備わっているんじゃないかと思ったのさ。

だってそうだろう。あのお調子者で人に深入りすることを嫌う木戸芸者の一八だって、菊之助さんを見るなり芝居小屋に招き入れた。偏屈で気難しい与三郎だって、菊之助さんに剣の指南をしていた。あの連中を引き付けるなんてただの若手役者じゃそうはいかない。かく言う私も、なかなか厄介な性質《たち》だけどね。それでも菊之助さんには何かしてやりたいって気になったのさ。

初めてちゃんと話したのは、与三郎と剣の稽古をして袖を破いた時だったかな。衣装部屋に来て、

「針を貸していただけませんか」

って、言うじゃないさ。

「いいよ、縫ってあげるよ」

って言うと、

「かたじけない」

ってしょんぼりしちゃって。人に頼んだり甘えたりするのが得意じゃないんだろうね。御武家ってのは、そういう風に育つのかねえ。

菊之助さんは、この狭い衣装部屋でずっと黙ったままだった。私は気まずいから何かしら喋っていたよ。

大体が、初代のほたるさんのことだね。良い役者だった。綺麗だったって……。

「その名前を、然るべき人に預けるために私はいるんだよ」

菊之助さんはそれを静かに真面目に聞いていたっけ。そうしたら、直した袖を確かめながらぽつりと言ったのさ。

「きっと初代のほたる殿は今のほたる殿のことを、その名に相応しいとお思いになられたに相違ない。上手くは言えぬが私も今、ここで安らげます故」

そう言って控えめに微笑んだ。その言葉が、とん、と胸に届いてね。

ほたるさんもよくここが落ち着くからって、奥まったこの部屋に足を運んでくれた。体が芳しくないときに人目を避けて横になるのにちょうどいいからだと思っていた。

でももし私がいるこの場所が、ほたるさんにとって安らげる場所だったのなら、こんなに嬉しいことはない。そして、それ故にこそ名を預けてくれたのなら……。思わず目頭が熱くなっちまった。

菊之助さんは、そんな私を見てびっくりした様子だったよ。大したことを言ったつもりじゃなかったんだろうね。でも、預かり物だと思っていた「芳澤ほたる」という名が、私に確かに授けられたものなのだという思いが沸々と湧き上がって、胸に明かりが灯ったようだったのさ。

それまで菊之助さんのことを、御武家の若衆が仇討までの暇つぶしに興味本位で芝居小屋に足を踏み入れたのだと斜《はす》に構えて見ていた。けれど、それからの私は言うなれば菊之助さんのご贔屓の一人みたいなもんだね。今日は何処で何をしているのかって、ついつい目で追っちまう。

そうやって見ているとね、解せないことがたくさんあった。

仇討を立てているという話だけど、仇を探している様子もないんだよ。日がな一日、朝も早くから与三郎と剣の稽古をし、芝居の幕が開いているうちは黒子をしたり、大道具を運んだり、奈落《ならく》まで行って手伝いをしている。上がってきては役者たちのお茶を淹れることまで

やってのけ、成田屋の旦那なんか、

「いっそ、うちの門下におなりよ」

って口説いていたくらい気働きが利いている。

私はどうにも気になっちまってね。また衣装部屋に現れた時に聞いたのさ。

「お前さん、仇討って言っても、仇が見つからなきゃどうにもならないだろう。仇は何処にいるのか知っているのかい」

すると菊之助さんは、少し困った顔をしてから、はい、って頷いた。

「それならとっとと討っておしまいよ。そうしないと御国に帰れないんだろう。仇に逃げられちまったら大変じゃないのさ」

仇討を立てたけれど、仇に逃げられたり死なれたりして、流浪人になっちまった連中なんて、江戸にはごろごろしていたからね。

「ま、仇討なんか止めて役者になるっていうのも、お前さんには似合うと思うよ」

私はこれまでにも何度も言ったことを繰り返してみたけどね。菊之助さんはしばらく黙ってから重い口を開いた。

「実はあちらも、私に見つかっていることを存じております故」

「それなら余計、逃げられちまうじゃないのさ」

「分かっています」

これ以上、余計なことを言ってくれるなと言わんばかりの口ぶりで、眉に力を入れて空を睨む。その顔は、険しくて雄々しい。

なるほど、この子は「男」という枷《かせ》に囚われているんだな、と、そんな風に思ったよ。

私もほたるさんも、物乞いやら隠亡やら陰間やらと色んな枷を引きずって歩いて来た。でも芝居小屋という悪所で居場所を見つけた。その時に「男」とか「女」とかいう枷もまた手放して女形になれた。

この子は世間的に言えば御武家の男で、ほたるさんが言っていた階段の天辺にいる人だ。私らみたいな下賤の者とは格が違う。でも、その高いところで預けられた刀っていう強い力が、却って手前の枷になるってこともある。仇討を立てて来たっていうのだって、御武家で男だから背負わされた重荷ってやつだ。

私はこれまでの人生で、人のことを羨んだり哀れんだりしたことがついぞない。それは端《はな》から手前が何にも持っちゃいなかったから。欲しがるだけ空しいし、裏切られるのも辛いばかりだ。でも、もしもっと豊かな家に生まれ落ちていたらって、思い描いたことがないわけじゃない。だから手前とまるで違う世界にいる武者や姫君が出て来る芝居を、面白いって思うわけだからね。しかしこうして綺麗な若衆の菊之助さんを見ているうちに、ああ、何処に生まれ落ちたって苦しいことはあるんだなあって当たり前のことに気づかされた。そういう意味で、人ってのは等しいもんさ。

「私を育てた隠亡の爺さんが言っていたよ。どんな奴でも、いずれ焼かれて骨になるって。武士だからとか男だからって、要らない気負いは捨てていい。どうせいずれは骨になるって思うと、気が楽になることもある」

菊之助さんは驚いたみたいだった。そりゃ手前が骨になることを考えて生きている奴なんてそうそういるもんじゃない。不吉だって眉を寄せることもあるだろう。でも菊之助さんはそうじゃなかった。私なんかの言葉を嚙みしめるみたいに、

「骨になる……」

って呟いた。それから思い出したみたいに訥々《とつとつ》と話してくれたっけ。

「父上の骨を拾った時、それが白くて立派で……だから余計に悔しくって」

唇を震わせる様を見て、ああこの子は、何より御父上が慕わしかったんだなって思った。

私は胸元にしまっていた髑髏の守り袋を手に握る。そこにはほたるさんの遺言と、少しの遺灰が入っている。

「そうさね……本当に大切な人の骨っていうのは、髑髏になっても光り輝くもんだって、ほたるさんを見送って思った」

菊之助さんは涙を堪えながら、私の話を聞いてくれた。その顔を見ていると何だかこっちも悲しくなった。そして、どうにかしてこの子が明るい顔で笑って暮らせるようにしてやりたいと思ったんだ。

「上っ面の顔かたちも、肩書や生まれ育ちも、焼いてしまえば残らない。囚われるだけ辛い枷さ。それでも、骨になっても悔いのない生き様ってのが、あるのかもしれない。私なんざにゃまだ分からないけどさ。お前さんが骨の髄まで筋を通して生きられるようにすればいい」

私は手前の手の中にある守り袋を見せてみた。菊之助さんは、その金糸刺繡の髑髏をじっと見つめ、

「骨になっても……」

呪《まじな》いみたいに繰り返してた。

今にして思えば酷な話だよね。説教がましく言ったけど、そもそもあの子は手前の親父様

を殺されて仇討をしようっていうのに、口幅ったいことを言ったよ。

でも、そんなに思い悩むほどに苦しいのなら仇討なんか放っていい。御武家の子という肩書を捨てて、この悪所に転がり込んで来たっていいと思っていたのさ。それは、単に「芳澤ほたる」の名前を継がせるためだけじゃないよ。転がる先があるってことが、少しは支えになるんじゃないかって。こんなどうしようもない、私みたいな奴だって生きていける。そういう場所が世の中にあるってことが、救いになりゃしないかなと……。

あの子はそれからも、小屋の中で黒子として立ち働きながら、時折じいっと思い悩んでいる様子だった。やがて覚悟を決めたようにすっきりした顔をして、私に言ったのさ。

「ようやっと、骨の髄まで筋が通った気がします。有難うございます」

きりりと眉を吊り上げた凜とした佇まいを見た時に、ああこの子はこの芝居小屋から出て行くんだなあ、きっちり見送ってやらなくちゃいけないなあと、ぼんやり思ったっけ。

それから時々、ふいっと芝居小屋の中で姿を消すから、何処かへ出て行ったのかと思っていたら、そうじゃない。どうやら奈落の底に入っているんだって言うじゃないか。奈落ってのはね、舞台の上の仕掛けを回す力仕事の連中がいるのさ。芝居が跳ねたらそこには人気もなくなる。物好きな職人連中はそこで弁当まで食べているって話だけどね。日の光も当たらない、湿った土臭いところだよ。そこに足を運んでは、しばらくして戻って来る。多分、そこで静かに自分と向き合う時が欲しかったんだろうね。

そしてあの睦月の晦日が来たのさ。雪の降る中で仇討を遂げて、あの子はそのまま行っちまった。

おかげで私は後継ぎを失くして、相変わらず二代目芳澤ほたるを名乗ってる。芝居小屋の隅っこで衣装を縫ったり、舞台の隅っこで女形をやったりして、三代目を見つけなければならなくなっちまった。

これが事の顛末《てんまつ》さ。

私は首級を掲げた菊之助さんの姿をしかとこの目で見たんだよ。赤姫じゃないけど、白装束が真っ赤に染まって……本当に芝居絵のような若武者ぶり。あの子は骨の髄まで武士として生きていくって決めたんだって、私は心底、感服したんだ。

それで御国に戻った菊之助さんは達者で暮らしているのかい。

ああ、そう。元服もして、嫁取りの話まであるのかい。良かったねえ……。

ほんの一時共に過ごしただけだけど、心に残るお人だよ。ほたるさんには敵わないけど、私が二番目に惚れたと言ってもいいね。末永く幸せであることを祈っているよ。

え、木挽町の仇討のことをもっと詳しく知りたいって言ったって……これ以上の話なんてあるもんじゃないよ。

よし、ついでだから今縫い終わったこの黒紋付を羽織ってみておくれ。おお、やっぱり本物の御武家様が羽織ると古着とは思えない上物に見えるものだねえ。お前さんには赤姫を着せたいとは思わないね。流石に菊之助さんも今はもう似合わないか。あの頃はまだ前髪の子どもだったからねえ。

どうやらお前さんが知りたいのは仇討の真偽というよりも、あの頃の菊之助さんのことなのかねえ。それなら小道具の久蔵《きゅうぞう》って爺さんの家に行ったらいいよ。菊之助さんは芝居小屋に出入りしている間、久蔵さんの家に寝泊まりしていたからね。尤も久蔵さんに話を聞こうったって無駄だよ。あの人は無口を拗《こじ》らせて「ああ、うん」としか答えない。「阿吽《あうん》の久蔵」

ってあだ名されているくらいなんだから。

その代わりと言っちゃなんだけど、久蔵のお内儀のお与根《よね》さんってのは口から先に生まれて来たような人だから、お与根さんが居る時を見計らって訪ねてごらん。世話好きだから時分時に行けばおまんまにも与れるよ。なかなか腕がいいのさ。

まあ何人聞いても同じことだよ。あれは立派な仇討だった。それだけのことさ。

第四幕　長屋の場

ちょいとお前さん、お客様がいらしたっていうのに仕事の手を止めもしないで。すみませんねえ、御武家様。こんな貧相な長屋までご立派な方に足を運んでいただいて。何せうちの亭主の久蔵はあの通りの無口でございましょう。誰が何を尋ねたって、ああ、うん、しか言わないってんで「阿吽の久蔵」ってあだ名されているんですよ。せめて私がいる時で良かったですよう。衣装部屋にいる女形のほたるさんからも言われていました。「お与根さん、明日はお客が訪ねるから久蔵さんを一人にするんじゃないよ」って。全く世話の焼けることで。

あらやだ、勝手におしゃべりしちまって。上がって下さいませ。って言いましてもね、ご覧の通りちょいと覗けば縁側の向こうが見える狭い長屋でございましょう。しかも鑿《のみ》やら鉋《かんな》やらで、私らさえも居心地悪い有様で。上がり框《かまち》ですみませんがお座りを。ああいけない、座布団、座布団。あらやだ薄っぺらい上に木くずがくっついちまっているよ。ちょいとお待ちを、外ではたいて来ますから。

ささ、どうぞ。あちこち散らかっていてすみませんねえ。

うちの亭主の仕事はね、芝居の小道具を作ることなんですよ。舞台の上ではそれこそたくさんの道具がございますでしょう。例えば舞台に出て来る屋敷やら岩場なんていうのは、大道具さんのお仕事ですよ。芝居の演目ごとに道具帳ってのがございましてね。それに合わせて建物を作ったり、襖絵を描いたりします。

小道具ってのは役者が舞台の上で手に持つ物のこと。燭台やら矢立、文や刀なんていうのは最もよく分かるものでしょうねえ。それ以外にも例えば鳥だとか猿なんていう動物も拵えたりするんです。ほらほら、これなんて御覧なさい。『菅原伝授手習鑑《すがわらでんじゅてならいかがみ》』に出て来る鶏ですよ。あらやだ、生きちゃいません。うちの人が作った人形ですよ。でもよくできているでしょう。「道明寺」の場で兵衛《ひょうえ》が鶏を鳴かせて朝が来たのを偽る場面があるでしょう。そこで鳴く鶏をこうして作るんです。

他にもこれ、この石を持ってみて下さい。軽いでしょう。布と紙の塊を作って、その表面を墨やら胡粉《ごふん》で塗って石に見せているんですよ。

他にも江戸には何人か小道具を引き受けている職人がいますけどね。今、木挽町ではうちが古参じゃないかしら。この人、無愛想で無口ですけど腕はいいんです。おかげで森田座だけじゃなく、中村座、市村座からも声がかかって引く手あまた。余所《よそ》の演目のことを喋るんじゃないかって心配もないでしょうからね。

時には私にも内緒で何かを作っていることがありますよ。いつぞや『平家蟹』に合わせて蟹を拵えていたんですけどね。そんなこととこっちは知らないでしょう。

「一体、どこで手に入れたんだい」

なんて言って、うっかり鍋に放り込みそうになったんですよ。

「待て」

って聞いたことのないくらい大声張り上げて止められて。

ああそんなことはいいとして。

御武家様はあの「木挽町の仇討」で名を成した若衆、菊之助さんにご縁がおありの方だって聞きましたよ。菊之助さんはお達者でいらっしゃるんですか。そうですか。それは何よりです。

何せね、ある日突然この人があの菊之助さんを家に連れて帰って来たじゃありませんか。

「おう」

って、いつものように帰ってきて、私がひょいと戸口を覗いたら、その後ろにまあ絵草紙から出てきたような若衆が立っている。

「どちら様で」

って聞いたら、

「菊之助と申します」

そりゃあもう丁寧なご挨拶をして下さってね。私はもうびっくりして、この人を捕まえて、

「どういうことだい」

って聞いたって、

「泊めてやってくれ」

って言うだけ。戸惑っていると菊之助さんが、

「ご迷惑でございましょうか」

か細い声でおっしゃるじゃないですか。

迷惑というか、身に余るというか、驚いているというか……言葉に詰まっていたら、

「さすれば野宿なりと致します」

なんて言うから、とりあえず腕を摑んで引きずり込んで、おまんま食べさせることにしたんですよ。お客様が来るとも思わなかったから、豆腐の味噌汁に糠漬けに飯っていう、まあ、粗末なものだったんですけどね。美味しそうに食べてくれているのを見たら、何だか嬉しくなっちまって。

結局うちの亭主もろくに話もしないし、菊之助さんは人見知りか遠慮か知らないけれど、どういう理由でここに来たのか言わない。

仕方ないから翌日、挨拶にかこつけて芝居小屋まで行ったんですよ。こういう時には一番のおしゃべりに聞くのが手っ取り早いってんで、木戸芸者の一八さんに聞いたんです。

「ひょいと流れ者みたいにやって来た若衆がね、ここで働きたいって言いだしたんで。しかも寝泊りするところもないって言うんで、このところ数日は寝ず番代わりに小屋に泊めていたんだけど、誰かの家に厄介になったらどうだって話になってね。手前は気楽な独り者で、旦那のお声掛かりであちこち悪所に出向いちまう。与三郎のうちは赤ん坊がいて、女房もてんやわんやで大変だ。ほたるは最近、面倒見ている芳町《よしちょう》上がりと暮らしているって話もあるし、まさか大和屋やら音羽屋やらの旦那の部屋子っていうのも大仰だ。金回りの良さそうなのは筋書の金治さんだけど、あの人は面倒見がいいような悪いようなでまともに飯を食わせてくれるか……って話になりましてね。そういや久蔵さんちのお内儀がいつぞや作ってくれた稲荷ずしは美味かった。だから美味しいものが食いたければ久蔵さんちに行くといいって

言ったんですよ。そうしたら小屋の隅っこで与三郎と刀の細工の話をしていた久蔵さんが菊之助さんをちらっと見てから、ああ来るかい、って言ったんで、みんなで送り出したってわけでして」

相変わらずの早口でまくし立てられてね。

成り行きってやつなんでしょうねえ。

その時はまさか仇討をしようとしているって話はまるで知らなくて。少なくともこんな芝居小屋みたいな悪所に流れ着いて来るんだから、わけがあるのは違いない。でも身なりも人品も、ここで長居するような子じゃないんだろうなと思ってね。

ああ……あの仇討を見たかって。

ええ、たまたまあの日、うちの人に届け物があったんでね。日暮れ近くに小屋に行ったんですよ。

「最後の幕だけ見ていきゃいいじゃない。ついでに着物の繕いも手伝って行っておくれよ」って言われてね。久方ぶりにほたるさんともおしゃべりして帰ろうかって考えていたんですよ。そうしたらふいっと小屋の裏の戸口で菊之助さんの姿を見つけてね。

声を掛けようと思ったんです。でも、その横顔がこれまで見たことがないような険しい表情をしていたもんだから、私はついつい息を呑んで立ちすくんでしまってね。そのまま菊之助さんは出て行っちゃった。

でも何だか様子が気になって、しばらくしてから私も小屋を出たんです。

雪が静かに降っていて、ひどく寒い日でしたよ。

その白い雪の中で赤い振袖を被《かず》いた菊之助さんの後ろ姿があるじゃありませんか。

小屋の中から、三味線の調子合わせの音と小唄が聞こえて来てね。まるで芝居の幕が上がった時のような、胸が高鳴るような心地がしましたよ。何かの稽古かと思って見ていると、そこへあの作兵衛が来るじゃありませんか。評判が悪い博徒ですよ。

芝居さながらの早替えで白装束になった菊之助さんは、刀を閃《ひらめ》かせて作兵衛と打ち合いました。私はもう見ているのも怖くて……。だってあんなに体の大きさが違うのに、作兵衛は菊之助さんの脳天を割ろうとするかのように刀を振り下ろすでしょう。

私は思わず菊之助さんを助けに行こうと駆けだしかけたんですよ。そうしたらぐっと腕を引かれてね。見たらこの人が黙って立ってるじゃありませんか。

「なんで止めるんだい。菊之助さんが死んじゃうよ」

私が言うと、この人は、

「行くな」

って。指の跡が残りそうなくらいに私の腕を摑んでね。じっと打ち合いを見つめている。

私は涙で滲んで前が見えなくて。

その時、ぱっと血飛沫が散ったんですよ。

どっちの血だか分からなくて、私は思わず叫んじまって。周りにいた野次馬もみんな声を上げてた。すると、あの大きな作兵衛がどうっと倒れたんです。

菊之助さんの白装束は返り血で真っ赤でね。その上、首級を掲げたんですから、またあちこちで悲鳴が上がってました。

私はね、菊之助さんのことを穏やかで優しい若様だなあと思っていたんです。でも流石は武士ですね。私なんかじゃとてもできゃしない。いくら憎くてもあんな風に人の首を取るなんてこと、怖くって。

でも、それだけ志が固かったってことなんでしょうねえ。芝居小屋で見た横顔が近寄りがたかったのは並々ならぬ覚悟だったからなのかと、後になって思ったんですよ。

ほんの少しの間、寝起きを共にしていたんですっかり近しい気持ちになっていたけれど、ああ、この人は私たちとは違うんだって、少し寂しくもなりましたっけ。

ってことは、久蔵さんも見たのかって。もちろん、目を見開いて一部始終を見ていましたよ。ねえ、あんた。

ああ……って、いつもそれだけなんだから。

この人に聞いたってなんの話も出ちゃ来ません。とりあえず私たち夫婦は、揃いも揃って雪の中で仇討を見ていました。作兵衛の首を取った有様は恐ろしくもあり、頼もしくもあり、悲しくもあり……。

御武家様は、どうして今になってあの仇討のことをお調べになっているんです。私どもは何一つ、隠し事はしちゃいませんよ。確かに若衆菊之助さんは、立派に仇討を成し遂げて、御国にお戻りになられた。そうでございましょう。

話はここまででございますよ。私はもうしゃべり始めると止まらないから。ここらで幕を引かないと、御武家様も一晩中私の相手をする羽目になっちまう。何せ日ごろこの無口と暮らしているもんですからね。話し相手にもなりゃしない。

何でも聞くって言われても、もう話すようなことはございませんよ。

私ら夫婦の話ですか。面白いこたありません。こんな町人の身上話を、御武家様に聞かせることなんて何も。是が非にもって。やだよう、おかしな御方ですねえ。

つまらなくなったら、早めに言って下さいよ。

私とこの久蔵が夫婦《めおと》になったのは、もう二十年……いや、二十五年くらい前のことになりますねえ。

私の父は腕のいい木彫りの職人でね。木片一つで龍やら鳥やら作っちまう。とりわけ得意だったのが、欄間《らんま》の透かし彫り。大店《おおだな》の旦那衆の御屋敷や寮はもちろん、大名家の上屋敷や下屋敷にも品を納めていたくらい。

そこへ弟子入りして来たのがこの人でね。

その時、この人は十七歳になったばかり。私はまだ十歳の子どもでした。元は、うちのおとっつぁんも修業をしたことのある親方の弟子をしていたらしいんですよ。でもその親方が突然亡くなってうちに転がり込んできたってわけでした。

おっかさんは面倒見のいい人で、久蔵、久蔵ってこの人のことを可愛がっていました。この人は、生まれは上越の方だって話だけど、何せ口下手で、はじめのうちは親兄弟のことさえよくよく聞かなきゃ分からないくらい。まあ、子だくさんの小作農の末っ子で、帰るところもないって話を聞いて、

「いいから、うちの子になりなさいよ」

って、おっかさんが。だから私はこの人を兄みたいに思って暮らしてたんですよ。

やがて年頃になるとこんな私にもいくつか縁談があってね。どうしようかって思っていた時に、おっかさんが、

「久蔵と夫婦になる気はないかい」

って言いだして。こちとら考えたこともなかった。何を聞いても、ああ、うん、って言うだけでね、面白くもなんともない人のことなんて。でもね色々と思い返してみると、私が怪我をすると黙って手当してくれるし、おとっつぁんが倒れた時には、お医者様をおぶって走ってきてくれた。何も言わない人だけど、情に厚いし面倒見もいい。それだけは確かだって思ってね。よく知りもしない人のところに行って苦労するのは嫌だし、おとっつぁん、おっかさんが勧めてくれるなら間違いないだろうって。それくらいの気持ちで夫婦になったんですよ。私が十七、この人が二十四でした。

丁度、近くの長屋に空きが出たからって、二人で引っ越しをして住まうようになってね。あの頃は八百屋に「お内儀」なんて呼ばれてはしゃいでたくらい。でもね、やっぱり二人きりで暮らしてみると無口ってのは物足りない。おまんま作っても何も言わずに食べるし、話しかけてもああ、うんって返事をするだけ。つまらない人と一緒になったもんだって思ったんだけどね。毎日よくよく見ていると、機嫌の良しあしも分かるようになってきたし、声を立てずに笑っていることも分かった。怒っている時は、目を合わせずにじっと壁を睨んでいるってこともね。そういう時は私もそっぽを向いてやり過ごす。

一年して、ようやく夫婦らしくなってきたって頃に子を授かったんですよ。男の子。政吉《まさきち》って名前でまあ坊ってね。阿吽の久蔵が「まあ」って言うようになったって、職人仲間によく揶揄《からか》われていたくらい、無口なこの人が可愛がっててね。

そのうち私の両親も亡くなって、おとっつぁんの仕事もこの人のところに回ってくるようになった。家族三人で暮らしていくには十分な稼ぎがあって、羽振りも悪くなかった。唯一の気がかりはまあ坊のこと。ちょっと体が弱くてね。梅雨時には夜中まで咳き込んでぐったりしちまう。この人は、何度もお医者様のところへ走ってくれたっけ。

うちでは時折、頼まれ仕事で芝居小屋の小道具を手掛けることもあってね。座長にお呼ばれして芝居見物に行ったこともありましたよ。丁度まあ坊が物心つく頃で、五つになるかならないかって頃に、市村座の控櫓《ひかえやぐら》だった桐座から仕事をもらったんですよ。

「久蔵さんに手伝ってもらったんだから、お内儀と坊も一幕見て行けばいい」

って言われて足を運んだんです。そこで『菅原伝授手習鑑』が掛かっててね。ご存知ないですか。松王丸《まつおうまる》、梅王丸《うめおうまる》、桜丸《さくらまる》っていう三人兄弟が出て来るんですよ。

その一幕の「車引《くるまびき》」を見ましてね。梅王丸と桜丸はそれぞれの御主《おしゅう》の敵である時平《しへい》を討とうと、牛車に襲い掛かるんです。するとそこへ、時平に仕える兄弟、松王丸が姿を見せる。三人それぞれが、それはまあ華やかな衣装で見得を切る様は見ていて惚れ惚れするようで、うっとり見入っていたんですけどね。まあ坊も私以上に興奮して、ほっぺたを真っ赤にして目をキラキラさせていましたっけ。

家に帰ってきてからも、

「ぜひもなきよの、ありさまじゃなア」

なんて台詞回しを真似たりして……意味なんて何もわかっちゃいないんでしょうけど夢中になってね。

そんなある時、久蔵がさる大藩の御屋敷の欄間を彫ることになってね。直々に御家中の方がうちの人を迎えに来たんですよ。この貧乏長屋の表に立ってね。

「木彫師久蔵、参られよ」

聞けば、御当主様が代替わりなさったとかで、そのお好みに合わせて、建具から欄間から、何から何まで新しくするっていう話でね。手付のお金だっておいて行かれた袱紗《ふくさ》包みの中には、きらきら光る小判が入ってて。私はそれを押し頂いて、

「ありがたいことだねえ」

ってしみじみ言いました。その時もこの人は、うんって言っただけだったかしらねえ。

そうしてこの人は、江戸市中の御屋敷に連れていかれたんです。でも、何処の御屋敷かは分からない。

「畏れ多くも、御当主様の御為である。委細は申せぬ」

それだけ。しかも、

「全ての御用が済むまで、帰ることはまかりならぬ」

それはいつ頃になるんですかって聞いても、さて、と言って答えてくれない。

でも御用を受けられるのは、この人にとっても私にとっても、誇らしいし嬉しいことだったから、

「行ってらっしゃい。気を付けて」

って送り出した。まあ坊は無口なおとっつぁんでも大好きだったから、足にしがみついて、いやいやをして離れない。それを引き離したんだけど、

「おとっつぁん、行っちゃいやだ」

って泣きだしちまってね。仕方なくこの人が抱き上げて。

「おっかさんの言うことをよく聞いて、いい子で待ってな」

木彫りの馬の玩具を渡したんだよ。まあ坊は泣きじゃっくりをおさめて、

「おとっつぁん、早く帰ってきてね」

って、何度も念押しして……。

今でもその木彫りの馬は、あそこの神棚の上に置いてあるんです。

仕事に行っちまってからも、手付のお金があるから暮らし向きは困ることなんて何もない。ただ時々まあ坊が、

「おとっつぁんに会いたい」

って泣くことだけが困ったものでね。あの無愛想な人の何がそんなにいいんだろうって、同じ長屋の女たちと笑っていたっけ。でも子どもにはこの人の温かいところが伝わるのかねえ。言葉なんてあんまり意味はないのかもしれない。

そうしているうちにひと月が経ち、三月が経った。御屋敷の御遣いって人が、追加で手付を持って来てくれたけど、さすがの私も寂しいと思うようになって。

「うちの人はどこにいるんですか。達者ですか」

って聞いたんですよ。

「達者だ。しばし待て」

それだけだった。どうせ言伝《ことづて》なんてろくにしやしないだろうし、久蔵は絵も図面も描けるけど、字が書けないから文もない。

私は何だか怖くなってね……。

梅雨が近くなると毎年、まあ坊は調子を崩す。その時におとっつぁんがいてくれないと、私は不安で仕方ない。

案の定まあ坊は夜中になると咳き込んで、私は何度も泣きながらお医者様へ走った。

「いつものことさ。心配しなさんな」

お医者様はそう言って、いつもの薬を寄越して終わり。この薬は本当に効くのかしら。あの医者は藪じゃないかしらって、私はいっつも不安を口にしていた。そんな時この人が傍にいて、淡々とまあ坊に薬を飲ませていたから少しずつ落ち着いた。でも、今はいない。そう思うとどうしようもなく不安になって、まあ坊を抱えて一人で泣くしかできなかった。

これまでも大丈夫だったんだからって、自分に言い聞かせている矢先、まあ坊が今度は高熱を出した。その熱がなかなか下がらなくて、長屋の連中も心配してくれて……。

熱に浮かされたまあ坊は、

「おっかさん、おっかさん」

ってうわ言を言う。私は、

「ここにいるよ」

手を握ってた。すると、

「おとっつぁんはまあだ」

って、潤んだ目で私を見る。

それを見て胸が締め付けられるように苦しくってね。この子がもしもこのまま儚くなったらどうしよう、あの人に申し訳なくって顔向けできない。なんとかして、あの人に報せたい。でも、この子の傍を離れるわけにはいかないって……。

そうしたら、近しい大工の棟梁のお内儀で、お千さんって人が見舞いに来てくれてね。

「うちの人なら、何かわかるかもしれない。待ってな」

お千さんは早速棟梁に掛け合ってくれた。棟梁は方々に聞いて回って、ようやくうちの人が仕事をしている大藩の御屋敷を探り当ててくれた。

ろくろく食べることもできずに、見る間に痩せ細っていくまぁ坊を見ていて、ああ、この子はもう助からないかもしれないと、掻き抱いて泣いていると、戸口にこの人が駆けつけてくれた。

「まぁ坊どうした」

するとね、まぁ坊は薄っすらと目を開けてね。

「おとっつぁんだ……おかえりよう」

ってこの人の襟にしがみついた。この人はまぁ坊のことを抱きしめて、

「ただいま、ただいま」

って何度も言っていた。その手にはまた、木片で作った小さな鳥の玩具があってね。まぁ坊はそれを手に取ってしみじみ眺めた。

「すずめだねえ」

「そうだ」

「かわいいねえ」

「ああ。今度はもっと大きな鳥を作ろう」

まぁ坊は、うんうん、って何度も頷いた。

それでね、それが最期になったのさ。

まぁ坊はその朝方に、すうっと息を吸い込んだっきり吐けなくなった。小さな体が余計に小さくなるみたいでね。

私はもう、何がなんだか分からない。ずっと声を上げて泣いていて、同時にこの人に、ごめんごめんって謝っていたっけ。

どうしていたら良かったろうって、何度も何度も考える。もっと早くにお医者様に見せれば良かったのかしら。違う薬にしたら良かったのかしら。この人がいてくれたら助かったのかしらって、頭の中が混乱したまま。この人は何も言わずにただまあ坊のほっぺたを撫でていて、ろくろく寝ないし食べない。泣いてもいないけど、息も止めているんじゃないかって具合だった。

その夜、焼き場に運ぶからって、小さな棺桶にまあ坊を納めた。木彫りの雀も一緒に入れてね。夫婦二人で並んで、あの子が焼かれて煙が上がっていくのをじいっと見ていた。

「ごめんなさい。お前さんの子を死なせちまって……」

するとこの人は、首を横に振って、ただ私の背をさすってくれた。

「一人で大変だったな。すまなかったな……」

その言葉を聞いて、私はもう堪えきれなくて、大声で泣いていた。この人の分まで私が泣いちゃうから、この人は泣けないんじゃないかって思ったくらい。

翌日、御屋敷からまた人が来てね。

「御用の途中である」

って、この人を連れて行っちゃった。私は長屋に一人で取り残されちまってね。こんな狭い部屋なのに、小さなまあ坊がいないっていうだけで、何だか伽藍《がらん》みたいに広く感じる。布団を敷く気もなくなって、眠ろうにも眠れず、日がな一日ぼんやりと座り込んでいた。自分のおなかを満たすためにおまんま炊くのも馬鹿馬鹿しくて、食べることさえ止めちゃった。そんな有様を見たお千さんが粥を炊いてくれたけど、それもろくろく喉を通らない。

「お前さん、後なんか追っちゃいけないよ。分かるね」

追おうと思っているわけじゃない。でも、追えたらいいと思っている。

「まったく、どこのお偉い御方か知らないけれど、こんな時に亭主を連れていくなんて人でなしもいいところだよ」

お千さんは怒ってくれたけど、私はもう、そんなことで怒る気力も残ってない。

眠れないけれど、さすがに七日もそんな調子でいると、知らずにうとうとすることもあってね。縁側で倒れ込んで眠っていたら、ふと耳元で、チチチチチって声がする。薄っすら目を開けると、縁側にふっくらした雀が一羽、私のことをじっと見てる。

何って言うんじゃないんだよ。

でもその雀を見た時に、まあ坊が来たって思った。わって起き上がると、その雀は空に羽ばたいて行っちゃった。

「まあ坊」

心配していたんだ。おっかさんが不甲斐ない有様で、困った目をしてた。

そう思ったら、こんな風にしているわけにはいかないって思ってね。

久方ぶりに土間に立って、薄い粥を炊いて啜った。

その夜、この人が御用を終えてようやく帰って来た。

「粥しかなくて……」

私が言うと、うん、って頷いた。黙って粥を啜る音だけが長屋の中で聞こえていてね。

「雀がね……来たのよ」

この人は何のことか分からないみたいで、首を傾げて私を見た。

「お前さんが彫った雀によく似てた。あの子にも似てた」

「……うん」

こんな時にも阿吽の久蔵なんだけどね。

その、うん、って声が低くて温かくて、私はちょっとだけ救われたんですよ。

それからというもの、何とか気を取り直して、おまんま炊いて、洗濯して。日々の暮らしを送り始めたんですけどね。今度はこの人がすっかり気落ちしちまって。ひと月くらいは何処にも出かけずに、狭い長屋の一室でぼんやり。

元々口数の少ない人が、より一層、喋らない。それだけじゃなくって、肩先から上る気配まで沈んじまって動かない。

おかげさまで御用のお金が入ったものだから、しばらくこの人が仕事をしなくても二人で暮らすのに不自由はなかった。でもこのまま、この人が立ち直れなかったらどうしようって思ってた。

お千さんのご主人が、小さな仕事を回してくれて、少しずつ外に出ていたけれど、戻って来るとぼんやり。

「芝居でも行ってみようか」

って私が声をかけてね。久しぶりに森田座に足を運んだんですよ。

丁度、十一月の顔見世興行で『太平記《たいへいき》御貢船諷《みつぎのふなうた》』っていう太平記ものをやっていた。芝居の筋はあんまりよく覚えていなくて、ただ三味線の音色や附け打ちの音、大向こうの声を聴きながら、ぼんやりとまあ坊があの日、桐座で見ていた「車引」のことを思い出したりした。

すると三河屋《みかわや》の部屋子が桟敷《さじき》にやってきてね。

「久蔵さん、うちの旦那がお前さんに話があるっていうんで」

当時の三河屋の旦那といえば、市川團蔵《だんぞう》丈のことでね。五十半ばくらいの年頃で、実事《じつごと》の上手い役者で大看板だった。武勇を表す荒事《あらごと》や、優美を表す和事《わごと》と違って、実事っていうのはその心の内を表す芝居をすることでね。型だけじゃできない。例えば、『忠臣蔵』の大星《おおぼし》由良之助《ゆらのすけ》なんかは、実事が得手な役者でなければやれないものだけど、團蔵丈はそれを見事に演じて見せると評判のお人。その團蔵丈に何か頼まれるっていうのなら、この人にとってもいいことだろうと思ってさ。

「ほたるさんの手伝いでもして待っているから、ゆっくり話しておいでよ」

その頃から、森田座の衣装部屋には、先だって御武家様がお話を聞いたほたるさんがいつもいてね。私も時折、手すきな時には裁縫仕事を手伝ったりしていたのさ。ほたるさんは数年前に先代を亡くして気落ちしていたから、私みたいなものが行っても気晴らしになるって言ってくれてね。

ほたるさんを訪ねると、私の手を取って、

「お与根さん、来てくれたかい。こっちへおいで。大丈夫かい」

まあ坊を亡くした私を案じてくれて。

「三河屋の旦那が、うちの久蔵に話があるって」

「ああきっと、五月にやる『菅原伝授手習鑑』の小道具の話さ」

『菅原伝授手習鑑』と聞いて、私は何だか胸が詰まってね。だって、まあ坊が「車引」を見て、ほっぺた赤くしてあんなに喜んでいた。

帰り道、私は久蔵と並んで芝居小屋を後にした。この人は相変わらず何にも言わない。

「『菅原伝授手習鑑』の小道具の話じゃないかって、ほたるさんが言ってたよ。そうなのかい」

　私が聞くと、驚いたように黙り込んでね。ようやっと絞り出すような声で、

「ああ」

　って答えた。まあ坊が「車引」が好きだったのは、この人だって知っている。それなのに、渋い顔をして押し黙っているのが何だか腹立たしくって。

　それから数日の間、この人はせっせといろんなものを拵えては葛籠《つづら》に入れていた。さっきの鶏なんかも、そのうちの一つでね。出来上がった時には、大したもんだと驚いたくらい。でも、年を越して二月に入った頃になると、ぴたりと手が止まっちまった。もう仕事が終わったのかなと思っていたけれど、どうやらそうじゃないらしい。

「どうしたんだい」

　って聞いても、相変わらず、

「ああ、うん」

　しか言わない。まあ、そのうち仕事を始めるだろうと思っていたけれど、そのまま半月経っても手は止まったまま。余所の仕事も断っているみたいで、流石に心配になってきた。だからと言って胸の内を喋ってくれるような人じゃない。明らかに、森田座の仕事で悩んでいるのは分かっているんだから、これはもう行って聞くしかない。とはいえ私なんぞが大看板の三河屋の旦那に話を聞くことができるわけがない。だから、まずはほたるさんのところに行ったんです。

「うちの人の様子がおかしいんだよ。三河屋の旦那は一体、何を頼んだんだろう」

　するとほたるさんは、

「今、旦那の衣装の裾直しをしているから、衣装合わせの時にそれとなく聞いてみるよ」

って請け合ってくれた。翌日、ほたるさんから遣いの小僧が来てね。すぐに森田座に来いって。行ったら木戸でほたるさんが待っていて、すぐさま中へ通された。そして奥の楽屋に連れていかれて、暖簾《のれん》の中へ入ったら浴衣で支度している團蔵丈がいた。

「お前さんが久蔵のお内儀かい」

太くて低い、いい声でね。私はびっくりして膝を折って頭を下げた。こちとら小道具やっている職人の女房で、大看板と直に話なんかしたことない。

「久蔵の様子がおかしいって、ほたるの奴から聞いてね」

「はい」

「すまん」

そう言って團蔵丈は私に向かって頭を下げるじゃありませんか。呆気にとられて、ただその大柄な体を折り曲げるように下げられた月代をじっと眺めちまって……はたと我に返って、

「やめてくださいよう。どうしたって言うんです。お仕事を頂戴して、謝られたんじゃ畏れ多くって」

するとと旦那は顔を上げて私を見てね。

「亭主から何も聞いていないのかい」

「ええ、あの通りの人ですから」

「阿吽の久蔵ってのは、本当だったたんだなあ」

ははは、と笑われる。でも私には一体、何の話かまるで分からない。旦那は笑いを納めると、ふうっと一つ大きな息をついた。

「俺は久蔵に、切り首を頼んだんだ」

切り首というのは、芝居で使う首のこと。例えば『忠臣蔵』の高師直《こうのもろのう》の首なんかも、あれは細工ものでしてね。桐を使った木彫りだったり、布を張り合わせて作った張り子だったりするんです。小道具としては珍しいものじゃない。これまでにも、うちの人は何度も作っていました。私は、はあ、と頷くと、旦那は首を傾げて私を見ます。

「『菅原伝授手習鑑』は、通しで見たことがあるかい」

「いいえ。うちの子を連れて『車引』を見たことがあるだけです。松王丸、梅王丸、桜丸が華やかで。旦那は今度は松王丸をなさるんでしょう」

「ああ、実はな、あの芝居には『寺子屋』っていう段がある。松王丸は菅原道真に敵対する時平に仕えているが、その実、道真への忠心を抱いていて、その子、菅秀才《かんしゅうさい》を守るために、己の子を身代わりとする策を巡らせるという話でね」

そこまで言って、旦那は息をついた。

「つまり、菅秀才の首を出せと時平に迫られ、松王丸は代わりに己の子、小太郎の首を差し出すのだ」

いくら忠義のためとはいえ、我が子の首を斬る親がどこにいましょう。そこまで思ってはたと気づきました。

「まさか、その松王丸の子の切り首を作れとおっしゃったんですか」

旦那は深く頷きました。私は、言葉を失くしました。だってそうでしょう。我が子を亡くしたばかりの親に、芝居のためとはいえ、子どもの切り首を作らせようって言うんです。

「なんていう……」

ひどいことを、と言いたくても、声が出ない。ただ目の前の旦那を敬う気持ちが散り散りに消えてなくなるような心地がして、きっと私は般若《はんにゃ》のような顔で睨んでいたことでしょう。旦那はそんな私の視線の先でも、揺らぐことなく真っ直ぐ私を見返します。

「手前は芸の鬼だと思ってくれて構わねえ。俺は、久蔵が魂込めて作り上げた切り首で、痛みを越えて尚、忠義を果たす松王丸を見せてやる。だから久蔵に、お前さんが一番可愛いと思う、愛しいと思う子どもの切り首をくれって言った。お内儀には恨まれても呪われても仕方ねえ。だが久蔵はぐっと息を呑み込んで、はい、って請け負った。それだけは覚えておいてくれ」

森田座からどうやって帰り着いたのか分からない。歩きながら、おいおいと声を上げて泣く様は、さぞや不気味なものだったろうと思いますよ。帰り着いても長屋の戸を開けることができなくて。

はい、って請け負った……。

旦那はそう言ったけど、うちの人は阿吽の久蔵なんだ。言いたいことも言えないに違いない。だから、はいって言ったんだ。私が代わりにいやだって断ってやる。きっとそうする。

そう思って、私は長屋の戸を開けた。

するとそこから縁側に一人座り込んで、まだ一刀も彫っていない木の塊を抱えているこの人が見えた。声を掛けようと思ったのに、何でか足が動かない。ただその横顔は優しくて、小さな子どもを撫でるみたいに木の塊を撫でている。私は見ちゃいけないものを見たような心地がして、また長屋の戸を閉めた。自分のうちなのに、入るに入れずに外に座り込んでいた。

芸の鬼だと旦那は言った。うちの人も芸の鬼なのかもしれないと思ってね。私が母としてまあ坊を思う気持ちをどれほどぶつけたとしても届かない久蔵の心の奥底に、三河屋の旦那の声は届くのかもしれない。

その時、長屋の中で、カンと、槌《つち》の音がした。それがひどく胸に響いてね。私は胸を押さえてしばらくそこで蹲《うずくま》っていたっけ……。

それからひと月余り、この人は籠って彫り続けていた。最後に白い胡粉で色塗りをして、紅を差す。私はその間、一度も見なかった。あの子が死んだことさえようやっと受け入れたところなのに、切り首なんざ見たくない。でも、この木彫師久蔵が魂込めたものを見てみたいって心のどこかで思ってもいた。

「お与根」

久しぶりに名で呼ばれた。振り返ると、この人は、手にした切り首をそっと私に差し出した。

それはねえ……目を閉じているけれど、本当に可愛くて穏やかで、安らかに眠っているような、まあ坊の姿そのままだった。私はそれまで病で苦しんで喘いでいた姿が脳裏に焼き付いていていて、それを思い出す度苦しくって、夜中に人知れず泣いていた。でもこの久蔵の作ったまあ坊は、生前の一番可愛い、幸せそうな寝顔そのままだった。

私はそれを抱えて、声を上げて泣いた。

確かにこの人は芸の鬼だ。だけどその芸がこんな風に私を救うんだって思った。

五月、『菅原伝授手習鑑』の幕が開いてね。

私は初めて、「寺子屋」の段を見た。

團蔵丈演じる松王丸は、我が子小太郎の首を菅秀才の首と偽り、首実検で、

「菅秀才、討ち取ったり」

と、歓喜の声を上げるんです。しかし実は身代わりとなった我が子の首。その悲しみを押し隠した芝居は、初めて見た私なぞでも胸を突かれました。次の場では、遂にその子が自らの子であることを明かし、妻のお千代と共に子の弔いに旅立ちます。

小屋の中のそこここで、忍び泣く声が聞こえていました。私はもう、最初に切り首を見た時に散々泣いてしまったせいか涙も涸《か》れていて、ただじっと切り首ばかりに目を向けていたんです。

そしてふと隣を見ると、何も言わない久蔵が、ぐっと唇を嚙みしめて静かに涙を流していました。

私は、この人が泣くのを初めて見たんですよ。

ずっと胸の奥に仕舞っていた悲しみを、ようやっと表に出すことができたのかもしれない。私はその泣き顔を見ないふりをして舞台に目を向けました。

千秋楽を終えた日、私は再び森田座に足を運びました。久蔵にはほたるさんの仕事を手伝うと言って家を出たんです。そしてほたるさんの手伝いにかこつけて、團蔵丈の楽屋に向かいました。

先だって切り首の話を聞かされた時、私はどうやってこの楽屋を出たのか記憶がなくってね。悪態をついてはいないだろうけど、無礼をしたんじゃなかろうかって思ったら急に怖くなっちまって。そっと引き返そうとした。

「おや、久蔵のお内儀じゃないかい」

声がして、暖簾の向こうから旦那が出て来た。私は慌てて頭を下げたんだけど、何を言っていいか分からない。

「来てくれたのかい、ありがとうよ。こっちへお入り」

旦那に手招きをされて、楽屋に足を踏み入れました。白粉や髪油のいい匂いがして、ご贔屓からの差し入れらしき品物が、端に積んでありました。その最奥の棚の上に、桐箱が。旦那はそれを手にすると、うやうやしく捧げ持ち、私の前に差し出します。

「お前さんの家に置いておいておくれ」

箱書きに、「切り首　小太郎　久蔵」と書かれています。間違いなくあの首でした。

「お気に召さなかったということですか」

「いや違うよ。もしも俺がまた松王丸をやる時は、間違いなくこれを使わせてもらいたい。しかし、おいそれと道具部屋なんぞに置いとけねえ。そうだろう」

誰もいない芝居小屋の道具部屋に、これがぽつんと残される様を思い描いて、私は思わず桐箱を抱え込みました。旦那はそれを見て笑いました。

「お前さんの亭主が作ったそれは、俺をも食う役者ぶりだ。俺はこいつに引っ張られて、舞台の上で芝居の型を忘れかけた。これは久蔵と俺の芸の勝負だったよ。流石に坊はおとっつぁんの味方だったなあ」

まるでまあ坊が生きているかのように言われ、私は泣きながら笑いました。

「幕の開いた日、初めてこの芝居を見た時、うちの人は涙を流していました。これまで一度も泣けなかったあの人を泣かせたのは旦那の芝居が流石だからだと思っていましたが……坊こそ千両役者で、そのおかげだったということですね」

私が言うと、團蔵丈は舞台もかくやというほどの大音声で、かかかと笑いました。

團蔵丈は今はもう世を去られましたけれど、その後も三河屋が出る芝居では、坊の切り首が使われることがあります。出番のない時は、ほらあそこ。うちの神棚のところに置いた桐箱に入っています。

うちの人は今では、芝居の仕事ばかりしていますよ。口数は相変わらず少ないんですけどね。一度だけ話してくれたことがありました。

「あんなに心血注いで造った御屋敷の造作は、結局、御武家の家の中でほんの少しの人にしか見てもらえねえ。俺は坊に仕事を見せたくて頑張って来た。だから余計に、あの仕事のせいで傍にいられなかったことが悔しかった」

ってね。その点、芝居小屋の仕事は興行があればずっと人目に触れる。坊も生きていれば、喜んで見ていただろうと私も思うから、もう御用のお仕事なんかどうでもいいんです。

それ以来、小道具一筋でここまでやってきました。先だっても一生懸命、切り首を彫っていましたっけ。大抵の場合は役を演じる役者に似せるから、いつぞや大和屋の首が家の中に転がっていたりするんで、おっかないったらありゃしない。

そんな風に無口なこの人と暮らしていた静かな日々に、ふいっと現れたのが菊之助さんでした。

きっと、うちの坊が生きていたってあんな風に上品な若様に育たないだろうけどね。でも、優しい目元とかふとした時に笑った顔がそこはかとなく似ている気がして。生きていれば今頃こんな風だったかしらと、思わず胸が痛くなった。お世話ったって、おまんま食べさせるしか能がない、ただの長屋のおっかさんだけどね。どうにか力になりたいって思っていたんですよ。

聞けば、御父上の仇討を立てているって言うじゃありませんか。しかも御国元には御母上も待っていらっしゃる。それは何としてでも仇討を遂げてもらい、一刻も早く御母上の元に帰って安心させてあげなければいけない。他人事ながらこんなに可愛い子を仇討に送り出さねばならなかった御母上の気持ちを思うと、胸が痛くなりました。

しかし一方で、菊之助さんが家にいてくれることが嬉しくてね。

何でも立師《たてし》の与三郎さんと朝に稽古をするからと、早々に出かけていくんですけれど、その時に持って行ってもらおうと握り飯を拵えるのさえ楽しくて仕方ない。

「私のことはお気になさらず」

菊之助さんは礼儀正しくそう言ったから、もしかしたら却って迷惑だったのかもしれないね。でも、そんな些細なことが幸せだった。

久蔵も何にもしゃべるわけじゃないいんだけどね。鰯なんかを焼いていると、一番大きいのを見て、

「これを、あれに」

なんて言う。

「分かってますよ」

って答えると、うん、って頷く。鰯なんざ、多少大きくたって菊之助さんの腹の足しになるかどうか分かりゃしない。でも、うちの人も、どこかであの子をまあ坊と重ねる気持ちがあったのかもしれないなあって、そんな風に思ってね。

ある晩のこと。

二階の菊之助さんが夜半にそっと下りて来た。何だろうと薄目を開けて見ていると、土間で水を一杯飲んで、それから外へ出て行った。

冬の寒い日なのに、あの子は半纏《はんてん》も羽織っていなかったと気になってね。半纏片手に後を追ったら、近くの小さなお稲荷さんにお参りしている菊之助さんを見つけました。その横顔は心細げに見えました。私はどこかで、このままこの暮らしが続くのも悪くないんじゃないかって思っていたことが恥ずかしくなった。仇討なんてさぞや不安で仕方ないんだろうって、改めて感じてね。

そうしたら、私と同じように気になったらしい久蔵が、後ろにのそりと立っていて。

「お前さんまで」

私が驚いているのも気にせず、久蔵はずんずんと菊之助さんの近くまで行ってしまう。

「ちょいと、あんた」

潜めた声で呼びかけるけど、この人は気にしない。暗がりでお稲荷さんに手を合わせている菊之助さんの隣に立って、久蔵も手を合わせる。菊之助さんは隣を見て、

「久蔵さん……」

って、絶句してた。

そしてこの人は、菊之助さんをじっと見つめてね。

「話を聞こう。一人で抱えるな」

菊之助さんは、物陰に隠れている私にも気付いたようでした。それから一緒に長屋に帰ってね。火鉢に火を入れて、三人で囲んで座っていました。久蔵は何も言わずに菊之助さんが

話すのを待っている。それが分かるから、流石の私も黙ってました。菊之助さんは唇をぎゅっと噛みしめていましたが、ようやっと口を開きました。

「以前、切り首を見せて頂きました」

私は一度だけ、菊之助さんにまあ坊の話をしたことがありました。その時、あの切り首を見せたんです。

「『菅原伝授手習鑑』という芝居のものだと聞いたので、筋書を借りて読み、感服致しました」

菊之助さんは深く吐息しました。

「忠義とは、孝行とは、何であろうと改めて考えさせられました」

不意の問いかけに、私は思わず久蔵を見ました。久蔵はじっと菊之助さんを見つめたまま黙っています。菊之助さんはそんな久蔵を相手に、更に続けました。

「私が、死ぬべきだったのだろうかと……」

その言葉に私は血の気が引きました。

「何を言うんです。菊之助さんみたいな若い人が、どうしてそんな」

思わず声を張り上げた私を制するように、この人が肩を叩いて、重い口を開きました。

「死んじまった御父上の代わりにって、そう思うのかい」

菊之助さんは、ぐっと胸元を押さえるようにして、深く頷きました。久蔵は渋い顔で首を傾げます。

「俺らみたいな町人にとっては、手前の子を失うほどの不幸はねえ。御武家様はそうも言えないのかもしれないが、本音のところは同じだろう。してみると、お前さんが御父上の代わりに死んだら、それは親不孝ってもんだと思うがね」

私は、そうですよ、そうですよ、と何度も頷きました。

菊之助さんは、己の手のひらをじっと見つめて拳を固く握ります。

「父上は……私を斬ろうとなさったのです」

その声が掠《かす》れました。

私は何を聞かされたのか分からず、答えを求めるようにこの人を見ました。久蔵は目を見開いたままで、私もようやっと、菊之助さんが何を言ったのか分かりました。その瞬間、身の内から震えがくるような心地がしました。

初めて「寺子屋」を見た時、芝居という芸だと思えばこそ、團蔵丈の凄味も分かるし、久蔵の切り首の意味も分かる。しかし、それが果たして現《うつつ》の出来事なのだとしたら、何という残酷な話かと思いました。我が子を手に掛ける父、それを嘆く母。いずれも皆、不幸に思えたのです。

「一体、どうして……」

私は声を絞りだして問いかけます。すると菊之助さんは訥々と話しました。

「御家中において、父上が御家老のご不興を買ったというのが、そもそもの発端であったろうと思うのですが」

どうやら千代田からのお使者をお迎えする際に、御父上に不手際があった。それを御家老に厳しく叱責されたそうです。その一件以来、御父上は日に日に窶《やつ》れ細っていった。夜も眠れぬ日が続いて、御母上も、

「御城に上がり、戻られると、人相が変わっていらっしゃる」

と嘆いていらしたそうな。

その日も、御勤めから戻られた御父上は険しい顔つきで奥の間にいらした。しばらくして作兵衛と言い争う声がしたので様子を見に行くと、不意に襖が開いた。そこに抜き身を手にした御父上が仁王立ちされていた。

「菊之助を斬る」

そう言って、菊之助さんに向かって刀を振り上げられた。

「私は、這《ほ》う這うの体で逃げまどい、ようやっと刀を手にして向き合いました。父上を斬ろうとしたのではなく、ともかく思い止まって欲しかったのです」

しかし御父上は容赦なく刀を揮《ふる》い、菊之助さんは震える手でその刀を受けた。何合も打ち合ううちに、ふと御父上と目が合った。

「その時、父上が泣いているように見えて……」

どういうことか、と思うと同時に足元がもつれて、廊下に倒れ込んでしまった。いよいよ斬られる、と目を閉じた瞬間。

「旦那様、お止めください」

作兵衛が御父上の前に立ちはだかった。

「黙れ。どけ」

と、それでも斬りかかる御父上の手を作兵衛が抑えようと摑む。もみ合ううちに二人は縁側から庭に転がり落ちた。そして次の瞬間、パッと血飛沫が飛んだ。

「作兵衛」

菊之助さんは咄嗟に作兵衛の名を呼んだそうです。何せ御父上は刀を手にしていたけれど、作兵衛は丸腰。作兵衛が斬られたに違いないと思ったから。

しかし、起き上がったのは作兵衛で、御父上は倒れたまま。見れば首筋は真っ赤に染まり、倒れた地面には血だまりができた。刀は御父上の手に握られ、刃が御父上の首を斬っていたと……。

「作兵衛は悪くないのです」

菊之助さんは、ほろほろと涙を流しておられました。

それならばいっそ御父上が自害なさったことにすればいいと私なんぞは思いましてね。そう申し上げましたら、菊之助さんは黙って首を横に振りました。

「折悪しく、御家老からの御遣いとおっしゃる方が訪ねて参られた。そして争った跡と、返り血を浴びた作兵衛と、横臥している父上を見たのです」

御遣いが作兵衛を捕らえんとしたのを見て、菊之助さんは、

「逃げろ、作兵衛」

と、叫んでしまった。

「父を殺めた者を逃がすなど不孝の極み。御遣いにそう叱責されましたが、私を庇った作兵衛が捕らわれるのを見過ごしたのでは、あまりにも不義であろうと」

翌朝には、家に仕える作兵衛が悪心に駆られて主を殺し、その場から逃げ出したという話が出来上がっていた。

御家老と菊之助さんの叔父上は、「仇討せねばならぬ」とおっしゃった。御主殺しの作兵衛を逃した菊之助さんの為にも、それしか術はないのだと。

「届け出の折、委細は伏せておく。仇の作兵衛は下男ではあるが、そなたの父が刀を持たせ

ることもあった故、士分とすれば良い。仇討を成し遂げればそなたは名を上げこそすれ、不孝と謗《そし》られることはない」

　叔父上はそうおっしゃったとか。確かに、世間では仇討を成せば武士の鑑と言われますよ。私もこれまで芝居で見ていて、そういうもんだと思っていました。しかし目の前で萎れている菊之助さんを見ていると、何という酷な重荷をこの子は背負わされているのかと、叔父上のことを恨めしく思いました。

「仇討が決まっても尚、我が身に起きたことが何であったのかと悩んでおりました。父上は何故乱心なさったのか。生来とても静かで穏やかで、武士の誇りを持っておられた。間違っても安易に刀を抜く方ではない。ほかにも何か深い理由があったのではないか。家門を守るためか、不名誉を雪《そそ》ぐためか。その理由をこそ知るべきではないかと思えども、追い立てられるように旅立つことになりました」

　菊之助さんは、深いため息をつき、膝の上に置いた拳をじっと眺めておられました。

「父上の誠を信じるのであれば、私もあの『寺子屋』の小太郎のように、静かに目を閉じて討たれるべきではなかったか。それこそが孝行であり、忠義ではなかったのかと……」

　涙を隠そうともせず静かにおっしゃる姿を見て、私はもう胸が痛くて、苦しくって。出すぎたことと思いながらも、菊之助さんを抱きしめて、その背をずっと撫でていました。

「そんなことない……そんなことない……お前様が生きていてくれて、本当に良かったんだよ」

　拙い言葉でそんなことを繰り返していました。この人も私と一緒に菊之助さんを抱きしめて、じっとしていました。

もう仇討なんかどうでもいいじゃないかって思っていました。しかし、仇の作兵衛が見つかっちまってね。

しかし、命の恩人であったはずの作兵衛は、江戸に来て変わっちまった。義理堅い男は、どういう経緯かは知らないけれど、すっかりやさぐれた博徒に堕ちていた。私はあの作兵衛の様を見た時、菊之助さんから聞いていた優しい下男作兵衛とはまるで違う人のような気がしました。でも、あれだけ悪い男になってしまうと、いっそ仇討するのも気が引けなくていい。菊之助さんの心持も軽かろうと思ったくらいです。最早あの仇討は、ただの仇討じゃない。悪党をやっつける義侠心ってもんですよ。

あの雪の中、仇討を果たした菊之助さんの姿を見て、本懐を遂げられて良かったと思いました。やっと御国元の御母上の元に返してあげることができる。我が子の無事な顔が見られて御母上はさぞや嬉しかろう……って。一方で、雪明かりの中でぼんやりと見えた菊之助さんの顔が、寂しそうで泣きそうに見えた。それがどうにも哀れに思えてね……。

でも、今ではご立派に元服なさって、今度は嫁取りの話まであるんでございましょう。お辛い思いをなさったでしょうから、これから先は幸せにならなくちゃいけません。ところでその御家老は、今もいらっしゃるんですか。おやまあ、蟄居《ちっきょ》なさった。それは良かった。私にしてみれば、仇はむしろその御家老じゃないかって……あらやだ。御武家様の御家中のことを、長屋の女房に言われたって困っちまいますよねえ。全くもう、余計なことばっかりしゃべっちまってしょうがない。

ともかくもあの木挽町の仇討は、本当に立派なものでございました。それはこうしてあの日の朝まで寝起きを共にしていた私たち夫婦が証人です。ねえお前さん、そうだろう。

ああ、うん、って。

全くもう、ここまでしゃべっていたって、毎度毎度、阿吽の久蔵ですみませんねえ。

そうだ、折角なら筋書の金治さんにも会ってお行きなさいな。戯作者《げさくしゃ》だから、話上手ですよ。嘘も上手いけど。元々あんまり面倒見がいい人じゃないのに、菊之助さんのことは世話を焼いていましたっけ。珍しいこともあるもんだって、ほたるさんも笑っていたくらい。きっと菊之助さんの今の様子を知りたがっているでしょうから、すぐに会ってくれますよ。

あ、これをどうぞ。この人が彫った龍の根付です。菊之助さんにも差し上げたんですよ。見たことありますか。嬉しいねえあんた、あの子はいつも札入れにつけて下さっているって。いやだ、あの子、だなんてねえ……。

どうぞ、御国元に帰られましたら、くれぐれもお達者でと、お伝えくださいまし。

第五幕　枡席の場

なるほど、お前さんかい。最近、小屋の中をあちこち歩いて方々であの「木挽町の仇討」の話を聞いて回っているっていうのは。芝居小屋の舞台袖までやって来て、

「お尋ね申す」

って、こっちがお尋ね申しますよ。なんだって二年も前の話を聞いて回っているんでしょうねえ。二本差しってのはどうにも無粋でいけねえや。

おっと、そんな風に怪訝《けげん》な顔しなさいますな。御武家様をお相手に失礼ですかい。何分、手前も元々武家だから、御武家様を殊更敬おうっていう気がなくってね。無礼な口を利くようだけど、性分だと思って勘弁して頂きたく申し候ってな。

手前は戯作者としての名は篠田《しのだ》金治《きんじ》、劇評では七文舎鬼笑《しちもんしゃきしょう》、更には落語も嗜んで入船扇蔵《いりふねせんぞう》って高座名がついている。さてその正体は、ってほど大したもんじゃないが、元は野々山正《ののやましょう》二《じ》って苗字のついた旗本の次男坊だったのさ。当年とって五十。ますます脂がのって来たと言ったところかね。おや若く見えるかい。まあおよそ気楽な浮き草稼業、いつまで経っても、

若造の心持が消えなくってね。落ち着きがねえのが残念なところさ。それでも寄る年波で、最近は白髪が交じってきたところだ。それが余計に粋な色男に見えると評判なんだぜ。ま、俺のことはどうだっていいさ。

ほら、そんな舞台袖に立っていないでこっちへ来な。舞台を汚しちゃいけねえって、全く、菊之助と同じで、お前さんも生真面目な堅物なんだね。綺麗な足袋《たび》を穿いているから、横切ったって構わねえよ。大道具の連中なんて、土くれのついた足袋やら裸足やらで足跡つけるもんだから、森田座の座長にさんざっぱら叱られてやがる。それに比べりゃなんてこたないさ。

舞台に乗るのは初めてかい。客が引けた舞台ってのはいいもんだ。この真ん中に座って客席を眺めているだけで、ついさっきまで沸いてた客の様子が目に浮かぶ。手前は筋書だから、芝居の最中はお前さんがさっき立ってた舞台袖で客席をじっと眺めている。すると役者が見得を切った瞬間に、ずらっと並んだ大入りの客が目を見開いて口をあんぐり開くだろう。それがまるで花が咲いたみてえなのさ。それを見たくて俺は芝居小屋なんていう悪所に居座っているんだろうねえ。

筋書ってのは何かって。そりゃあその名の通り芝居の筋を書く。いきなり役者が舞台に上がって舞うわけじゃないってのは、さすがに芝居と縁遠そうな御武家様でも分かるだろう。いわゆる世情を描いた世話物もあれば、能を元に書く松羽目物《まつばめもの》もある。

あと俺は音曲も得手でね。三味線と合わせて浄瑠璃も書く。浄瑠璃の本場は何と言っても上方だ。一時は上方に行って学んできたこともあって評判は悪くないんだぜ。そいつを謡う節については色々あってね。常磐津《ときわず》ってのを知っているかい。三味線に合わせて太夫《たゆう》が謡って、それに合わせて舞を舞う。芸達者な芸者衆が時折お座敷で披露することもあるけれど、それをこういう大舞台で見せるとなると、それなりに筋がないと面白くないし客が呼べない。これぞっていう話を書いて、それを上手に三味線と合わせられた時には胸がすうっとする。最近では江戸で評判の太夫がいてね。清元延寿《きよもとえんじゅ》太夫っていうのさ。富本斎宮《とみもといつき》太夫の弟子だったんだが、三年前に独り立ちした。声も三味線も師匠に引けを取らないばかりか、昨今では師匠よりも声がかかる。美音っていうのはああいう声を言うんだろうね。今では、常磐津、富本と並んで、清元節って言われるくらい。俺の書いた浄瑠璃も幾つか唸ってもらった。近いうちに新作をかけようって話しているところさ。

って、そんなことを芝居を観ないお前さんに話したところで仕方ねえや。

そうそう、あとは役者たちの評も書いて、市中で売っているよ。どこの役者は何が得意で、この役が当たり役ってなことだね。それを見て町人たちは、

「なるほど、この演目ならばこの役者を見よう」

ってな具合に小屋を決める。これがなかなか実入りが良くてね。

それでお前さんはあの若衆菊之助の縁者だってね。一八からも話は聞いたし、菊之助から文も貰ったよ。

「あの仇討について聞きに来る者がいるだろうが、包み隠さず話して欲しい」

ってね。だから包み隠さず話してやろうって身構えていたんだが、俺の所が五番目だっていうじゃねえか。それなら大方、あの日の出来事については知っているんだろう。

これを見てごらん。仇討の翌日に出回った読売だよ。ああ、読売を知らないかい。江戸では町中で話題の出来事を木版で刷って売り歩くのさ。物騒な人殺しから人気の茶汲み娘の恋

まで何でもござれってね。ここにちょいと「鬼笑巷談帖《こうだんちょう》」って書いてあるだろう。鬼笑ってのは手前の号、俺が書いたんだ。おかげさまで飛ぶように売れて、一八の語りと俺の読売とで、仇討はすっかり話題になった。

「我こそは伊納清左衛門《いのうせいざえもん》が一子、菊之助。その方、作兵衛こそ我が父の仇。いざ尋常に勝負」

って、当時はこの辺りでは諳《そら》んじる人がいたくらいさ。

雪の降る中で、赤い着物で待ち構える若衆菊之助。そこへ芝居小屋からは三味線と小唄の音が漏れてきて、ベベンってなもんだ。

これ見よがしな悪党になっちまった作兵衛を、美しい若衆菊之助が迎え討つ。名乗りを上げて刀を交え、遂には首級を高く掲げて見せた。雪の中、ひらりひらりと舞うように刀を揮《ふる》う菊之助と、どうっと倒れる大男作兵衛の有様は、下手な芝居なんぞよりも余程の見ごたえがあったなあ。思わず知らず、高麗屋《こうらいや》とか音羽屋とか大向こうを掛けそうなところだったよ。

あの菊之助はいい役者になると思ったんだがねえ。無粋な御武家に戻っちまった。

それで、ここまで聞いてきたお前さんの見立てはどうだい。何が気になって何人も渡り歩いているのやら。

うん、確かに仇討が成ったのは認めると。それならそれでいいじゃねえか。だが菊之助の心持が分からないって、そりゃあ俺だって知らねえよ。そいつはお前さんが当の菊之助に聞いてくれなきゃ仕方ねえ。

おっと、御武家様の若衆のことを菊之助なんて呼び捨てにしちゃあまずいのか。失敬失敬。

それで、俺のことが気になるって言うのかい。一体どうして元武家の男が芝居小屋なんてところで筋書やっているかって。お前さん、そうやってここまで来る間も芝居小屋の連中の来し方を聞いて歩いているそうじゃないか。ふうん、菊之助がそれも是非に聞いてこいって言ったのかい。楽しそうに話していたから気になったとね。そいつは嬉しいねえ。あいつも懐かしく思ってくれているって言うのなら、ここで一緒に過ごしたひと時も悪くねえや。

とりあえず舞台を降りようか。そこの枡に座っておいで。菓子の余りが奥にあるからちょいと待ってな。

……さてと、召し上がれって、饅頭と出がらしの茶だけどな。ここの饅頭は薄皮で、餡子がなかなか美味いんだ。高麗屋辺りが好んでいるらしくって、ご贔屓がたんまり持ってくる。いつもは大部屋連中が袂に入れて持って帰るんだが今日は余ってら。

それで俺の話か。語るほどでもねえが、隠すことでもねえ。まあ俺は物書きだけど、口も達者なんでね。手前の来し方は、身内にとっちゃ恥らしいけど俺にとっちゃ誇りだから、ここらの連中は大抵知っているよ。何せ、旗本の御家を捨てて芝居小屋に来た酔狂な奴だってんでね。

そう。俺は旗本の生まれ。父は野々山大膳《だいぜん》って、そりゃあ大した名前の御武家様さ。母は元は町人。しかも蔵前に大きな蔵を抱える札差《ふださし》が実家だった。それをわざわざ御武家の養女にしてから嫁に出した。おかげで当家は金に困ったことがなくてね。

名は正二って、その字が示す通り二番目に生まれた次男坊で、しっかり者の兄がいた。跡取り息子ではない分、兄に比べて勉学についてもほどほどでも褒められ、やっとうについては竹刀《しない》の構え方さえろくに知らない。苦労とは縁遠く、何一つ不自由のない暮らしぶり。正に「旗本のぼんくら息子」っていうのは、俺みたいなのを言うんだろうさ。

継ぐ家がないのが唯一の悩みだったが、十になる頃に同じように羽振りの良い旗本の里田家に一人娘が生まれた。

「話を纏めて参ったぞ」

って、名前も決まっていない乳飲み子の娘がその日のうちに俺の許嫁《いいなずけ》に決まり、家も出来た。しかも既に結納の品の支度まで母方の叔父である札差が整えていた。

「これでお前も安泰だ」

喜ぶ親父様の顔を見ながら、それがどれほど喜ばしいことなのかは俺にはよく分かっていなかった。意味が分かってみると喜ばしいって言うより、むしろその乳飲み子にとってはとんだ災難だがな。

継ぐ家が決まっちまった次男坊なんていうのは気楽なもんでね。一応、四書五経の類は読んで、算盤もちょいと嗜み、道場で修練もしたけど、手前で何かを考えることなんかない。ただ死なないように毎日を生きてりゃそれでいいってね。子どものうちはそれで良かったが、年頃になってくればそうも言っていられねえ。

「いい所に遊びに行かないか」

十七の頃になると、年上で金回りのいい従兄の喜兵衛《きへえ》に誘われて出かけたのが、新橋、深川、吉原の芸者遊び。何せあちらは金がある上に気前がいい。お座敷遊びに舟遊び、花魁を呼んで夜通しの宴。世間様が憧れるお大尽みたいな遊びを若い時分にたんまりやった。

「まあいい飲みっぷりですよう」

なんて年上の綺麗な芸者に褒められれば、調子に乗ってどんどん飲んじまう。それで酔いつぶれて家に帰って広い屋敷で眠って起きる。むくりと起き上がると、枕辺には綺麗なべべが支度されていて、土間に行けば「若様どうぞ」って女中が酔い醒ましに味噌汁をくれる。

跡取りの兄がそんなことをしたら父も厳しく叱るだろうが、次男は気楽なもので、

「ほどほどにせねばならぬ」

と、ちょいと御小言食らうだけだった。

でもそいつが本当に楽しかったのかって言うと、よく分からねえ。酒も女も歌舞音曲ももちろん好きだ。どれも心が躍るけど、酔いが醒めるとぽっかりとした空しさだけが残る。このどうしようもねえ空っぽな感じは一体なんなんだろう……って、ずっと考えていた。

そんなある日、爽やかな風が吹く五月だったか。青葉の眩しさに似合わず、いつものように酔いどれた俺は、朝っぱらからゆらりゆらりと大川の川っぺりを歩いていた。その時、向こうから読経の声と鈴の音が聞こえてきて、ゆっくりと葬列がやって来た。棺桶を担いだ男たちの後ろを項垂れて歩く白い喪服の老婆と女子供がいる。何処ぞの御武家が死んだんだなと思った。

葬列が近づくと、道行く者はついと道を空けて目を逸らす。でも俺は、どういうわけかその葬列に目が釘付けになった。焚《た》き染《し》められた香が風に乗って鼻先を掠《かす》めた。寺町へと向かっていく見知らぬ誰かの棺桶を見送りながら、はたと己の空しさの正体が見えた気がした。

俺は生まれた時から何の苦労もなく婿入り先まで決まり、あとはただ大人しく生きてさえいれば大丈夫だと言われて来た。

「若様は大層、恵まれているんですよ」

繰り返しそう言われたし、そう思おうとしてきた。しかし、それは俺が望んだわけじゃない。俺の思いなんざお構いなしに授けられたもんだ。ただ生きて子でも拵えて、そいつに後を継がせることができれば万々歳。何にも考えず何にもせず、死ぬまで生きればそれでいい。目の前には曲がることのない真っ直ぐな道が伸びていて、その道の先には墓穴が口を開けている。その穴の中まで見えるような人生だ。棺桶に入れられて運ばれていく骸《むくろ》と何ら変わりねえ。

「退屈じゃねえか」

木漏れ日の下、通りすがりの葬列を見送りながら、腹の底からあふれたのはその一言だった。

それからも何とか退屈を紛らそうとして、いつものように酒を食らったところで、さほど楽しくもねえ。それでもお天道様とおまんまには事欠かない人生が約束されていると思うと、おかしなことに世間に対して恥ずかしいような、居心地の悪さすら感じられる。

「つまらないところが御武家くさくて野暮だねえ」

と、従兄の喜兵衛は笑う。野暮と言われたところで、居心地の悪さは変わらねえ。

「そりゃあ、お前さんが今いる処《ところ》が、お前さんに合っていないからじゃありんせんか」

小粋に応えてくれたのが、その頃よく通っていた吉原の総籬《そうまがき》の花魁。同い年で葛葉《くずは》って源氏名だった。いわゆる売れっ子の御職《おしょく》花魁というのではなくて、三番手くらい。可愛らしい顔立ちだけど、目がくらむような美女じゃない。座持ちが良くって、酒の飲みっぷりが良くって、舞も三味線も上手い。和歌なんかも詠めるっていう芸達者だった。

「生まれは信濃でありんす」

七つの時に女衒《ぜげん》に売られてこの町に来た。色白で見目も悪くないから、総籬に買われて、禿《かむろ》時代から歌舞音曲に絵や歌まで習い、いずれは花魁にと育てられてきた。

「おかげさまで里に来てからは若様と同じく苦労をしたことはござんせん。ここがあちきの居所でありんす」

からりと笑う。

遊里の中には、この世の不幸を全部背負ったような女もいる。それからすると葛葉は明るくていい。酒を飲んで酔って踊って、共に寝る。

「若様は葛葉さんのいい人だから」

なんて置屋の女将にまで言われて、いつしか手前がすっかり葛葉の男になったような気がしていた。しかし相手は御商売だ。半年も通っているうちに置屋の女将に呼びつけられて、火鉢の前に座らされた。

「日本橋本石町《ほんごくちょう》の油問屋の御隠居がね、葛葉を身請《みう》けして下さるって言うんですよ。若様がご贔屓して下さるのは知っていますが、流石に身請けはお考えではないでしょう」

煙管《きせる》を燻《くゆ》らせながら探るように問いかけられた。俺は葛葉と楽しく飲めればそれでいい。身請けするなんて考えたこともなかった。俺が絶句していると、女将は苦笑した。

「お若い方に聞くだけ野暮でしたよ。葛葉はお前さんにすっかり惚れているようだけど、こればっかりは仕方ないねえ」

惚れるとか惚れねえとか、葛葉とそんな話をした覚えはねえ。遊女と客だからやるこたやるが、そこに面倒くせえ情を交えねえのが葛葉のいいところだし、粋なところだ。女将は分かってねえなと思った。

　その足で葛葉の所に遊びに出かけ、

「お前さん大店《おおだな》の御隠居に落籍《ひか》されるってな。めでてえな。こういう時は御祝儀を包むのが筋なんだろうね」

　俺が言うと、葛葉は明るく、ははは、と笑った。

「お前さんと同じで、私もお天道様とおまんまがついて回る運なんでござんしょ」

　さらりと言う口ぶりが、未練もなくて気持ちいい。その日はいつものように酒を飲んで、三味線を爪弾きながら唄って、そのまま葛葉の部屋で寝た。

　ふっと夜に目を覚ますと傍らに寝ているはずの葛葉がいない。見ると、葛葉は俺の枕辺で身を起こして座ったまんま俺の顔を覗き込んでいた。俺が目を覚ましたのに気づいて目を細めて笑う。

「御祝儀はいらないからさ、時折、遊びに来ておくれよ」

　聞いたことのない掠れるような声で言う。何を言われているのか分からなかったが、情夫《いろ》になれっていうことか。ただ目を見開いて、

「……え」

　と問い返す。すると葛葉は俺の手を取って、自分の頰に押し当てた。葛葉の白い頰が濡れたように冷たい。暗がりの中で見る葛葉の目が黒く深く、光を孕んでいた。その奥に底知れない暗く静かな沼がしんと広がっているような心地がして、俺は不意に怖くなって手を引いてそのまま身を起こした。

　俺と葛葉は何も言わずに向き合ってた。葛葉は縋《すが》るような儚い顔を見せた。

抱きしめてやればいい。

いや、縋られても困る。

何より目の前にいるこの女は、俺の知っている葛葉じゃない。葛葉なら、こんな時はからから笑って「揶揄《からか》っただけさ」と言うから、こんな苦い間にはならない。

俺の額に冷や汗が浮かぶ頃、葛葉はついと目を逸らした。そして、ははは、と乾いた笑いを漏らした。

「御酒がきつうござんした。御水を貰って参りんしょ」

着物をさらりと肩から羽織って部屋を出て行った。そしてそのまま、戻って来なかった。

それからしばらく遊郭に足を運ぶ気になれなかった。行けばまた葛葉は陽気に出迎えてくれるかもしれない。でも葛葉の奥底にあの暗い沼が揺蕩《たゆた》っていると思うと、もう同じように飲んで歌って踊って寝ることはできない気がした。

旗本屋敷でぼんやりしている俺のところを喜兵衛が土産の鮨を持って訪ねて来た。

「お前さんが御無沙汰だって、幇間《ほうかん》の太一が言ってたぜ。葛葉が落籍されるって話だから落ち込んでいるのかって気にしていたけど、お前さん、そういう性分でもないだろう」

喜兵衛に言われて、言葉を失くす。

いっそ葛葉が落籍されて落ち込んでいるっていう方が、人として真っ当だろう。話はむしろ逆なのだ。

「葛葉に惚れられていると分かって、怖くなった……」

喜兵衛に笑われるかと思ったのだが、存外、ふうんと言って渋い顔をした。

「そりゃあ仕方ねえなあ」

俺は喜兵衛の答えを聞きながら、苛立っている自分にも気付いた。

「陽気に楽しく遊んでいたはずだったんだ」

金を払った遊びの場だった。それなのにどうして、こんな風に苦さや痛みを覚えなければならないのか。手前勝手な理屈だが、俺はそう思っていた。

すると喜兵衛は苦笑した。

「遊びだと割り切っていたとしても、ひょいと情が顔を出すことだってある。明るく楽しいだけの奴なんてこの世にいねえよ。どんな奴も手前の中の暗い闇やら泥やらと折り合い付けて、上手いことやっているだけだ。そいつを見せ合う相手が欲しいと思うのも情ってもんさ。それが葛葉にとってはお前さんでも、お前さんにとっては葛葉じゃなかった。それはそれで仕方ねえけど、情は情だと分かってやりな」

いつもは陽気な兄貴分の喜兵衛の声が、静かで落ち着いて聞こえた。

「兄さんにはいるんですか。そういう相手が」

すると喜兵衛は首を傾げた。

「さあ……いたり、いなかったり。こればっかりは、着物を脱ぐとか脱がねえとかとも違う話だ。見せ合う相手は女とも限らねえ。男かもしれねえし、木やら石やら、仏みてえなもんかもしれねえ。ふいとこいつに預けたいと思えた時に、少しだけ心持が楽になる。一時でも葛葉にとってお前さんがそういう男だったってことは悪いことじゃねえよ」

落籍が決まった葛葉は、置屋から旦那の待つ茶屋まで最後の花魁道中をする。

俺はその日、久方ぶりに吉原に出かけた。春のよく晴れた日。花吹雪を撒く禿に先導されながら、これ見よがしに豪奢な牡丹《ぼたん》が描かれた錦の打掛に、鼈甲《べっこう》の簪で着飾った葛葉がゆっくりと近づいて来る。男衆の金棒引《かなぼうひ》きの音と花魁の高下駄の音が響いて、さながら芝居の一場を見るようだった。

十にもならずに女衒に売られて来た葛葉に苦悩がないわけがない。

「苦労知らずで、お天道様とおまんまがついて回る」

って言ったのは、俺に合わせただけだ。いつぞや幇間が言っていたことを思い出す。

「葛葉さんの御里は、先の浅間山《あさまやま》が火を噴いた時にすっかりなくなっちまったそうですよ。可哀想に」

俺も気になって聞いたけど、葛葉は笑っていた。

「元から親には捨てられているから、これまでだって便りもありゃしません。達者かどうか気に病んだって仕方ありんせん」

それもそうかと、言葉通りに受け取った手前は阿呆だったなあと改めて思う。

そして行列を行く葛葉を眺め、この女はこんなに綺麗だったろうかと初めて見たような心地がした。己の内の闇も泥も呑み込んで、あの女は光の射す方を目指して進むんだ。

道中を行く葛葉は、視界の隅に俺の姿を捉えたようだった。ちらりとこちらを見ると、表情を変えることなくそっと瞼を閉じるだけの会釈をした。そしてついと顔を背け、そのまま真っ直ぐ前を見る。シャラン、シャランと金棒引きの音が通り過ぎ、葛葉の残り香が鼻先を掠めて行った。

葛葉は凜々しく、俺なんぞを振り返らない。

俺だけがどうにも情けない。ますます手前のことが嫌いになった。

だからといって手前の生き様を変えようって殊勝な心持にならないのは、性根が元から歪んでいるからかな。放蕩は止められねえ。それでもせめて芸事くらいは習ってみようと、歌舞音曲に落語まで師匠を見つけて通っていた。子どもの時分から謡《うたい》はやっていたこともあり、なかなか筋は良かったらしい。

「若様がそんなに芸達者じゃあ、私ら食い上げちまいますよ」

って幇間の太一に言われるくらい。お座敷に居た芸者衆も、

「ほんとですよう」

なんて笑ってた。

ただの道楽を褒められても恥ずかしいばっかりで手ごたえもねえ。相変わらず空っぽの手前を持て余して、退屈を拗《こじ》らせたまま気づけば二十六歳になっていた。

少し前から御老中の松平定信公が「卑俗な芸文を取り締まる」って唱えたとかで、かたっ苦しいことを言う儒学者どもが幅を利かせていた。放蕩息子の俺にとっては武家屋敷はますます居心地が悪いったらありゃしねえ。窮屈な野々山の旗本屋敷を出て、喜兵衛の持っている江戸市中の長屋の一間に転がり込んでいた。女中も下男もいない暮らしは存外気楽で、町に出れば屋台もある。お天道様とおまんまはついて回る運だけあって、何日かに一度は長屋の戸口に米に味噌に文まで添えられている。そこには「ともかく一度帰ってこい」と母の手蹟《て》で綴られていた。

ある夏の夜、夕涼みがてらに久方ぶりに吉原に行った。冷やかしで歩いていると金回りが良さそうに見えるのか、禿やら幇間やら白首の女たちが寄って来る。それにも少しうんざりしていたら、総籬の前で大騒ぎしている野郎がいた。

「だから買うんやのうて、話を聞きたいだけなんや」

年の頃は四十半ばくらいか。上方訛りでまくし立てているその男は、小柄なんだが動きが機敏で、職人にも商人にも見えない。古びた紬で首回りも薄汚れている。どう見ても総籬の客じゃねえのは分かるんだが、それが店先で男衆とおばさん相手に揉めている。

「どうしたんだい」

俺が声を掛けると、

「これは若様」

男衆が挨拶をした。喜兵衛と一緒によく遊んでいたせいか、しばらく遊里を離れていても顔は覚えられているらしい。

「この男が先ほどから、花魁たちに話を聞きたいとごねているんですよ」

男は俺を見るなり、ずいと寄って来た。

「おまはん、この店の馴染みか。そらええとこに来てくれはった。花魁の話が聞きたいねん。力貸してくれへんやろか」

奇妙なことを言う。辺りには人だかりができていて、お店の男衆もおばさんも困惑顔をしていた。俺はどうせ退屈で出て来ただけだから、この奇妙な男に酒を飲ませるくらいはいいだろうと思った。久しく来ていないから、義理のある花魁もいない。

「それじゃあ俺が奢ろうじゃないか。花魁の見立てはお前さんで構わねえよ」

すると男は目を皿のようにして籬の中を覗き込む。そして、華やかな八雲《やくも》太夫と、端っこでお茶引きしているちょいと鼻の低いそばかす顔の染野《そめの》を指さした。

「この二人で」

染野は驚いていたし、八雲太夫は染野と一緒に呼ばれたことが不服そうだった。

男は五瓶《ごへい》と名乗った。上方から来たのだという。

座敷に席を設けると、膳の上の酒も料理もそっちのけでいきなり八雲太夫ににじり寄る。花魁に初会で手を出せば店の連中に締め出されるぞ、と言おうとしたが、五瓶は八雲の手を握るのではなく、懐から帳面を取り出してにっこり笑った。

「あんさん、ええ顔してはるねえ。生まれは何処や。芸はなにが得意や。好物は何や」

色っぽい話をするわけでもなく、むしろ手前が花魁に酌をしながら矢継ぎ早に問いかける。そして八雲が一言でも答えるとわざとらしいほどに大きく頷いて、身を乗り出して話を聞いている。初めは怪訝そうに見ていた八雲も、ぽつりぽつりと話すうちに、次第に顔が綻んで、時折ふわりと微笑み始めた。

「八雲太夫、次のお座敷でありんす」

という禿の呼びかけにも、

「ちょいとお待ち」

と言って五瓶から離れようとしないくらい。

八雲が禿に引きずられるようにして座敷を出て行くと、今度は染野にも同じように詰め寄って、酌をして酒を飲ませながら話を聞く。

「そりゃあえらいこっちゃ。あんた、苦労したんやなあ」

そう言われた染野が、低い鼻をこすりながらううっと嗚咽を堪えるように涙を流す。五瓶はその傍らに座って背中を撫でさすりながら、

「ようこらえた、ようこらえたなあ」

と語り掛ける。俺はというと、盃を片手にその様を見ながら呆気に取られていた。

これまで遊び上手の旦那衆というのを何人も見て来た。連中は皆、

「いいわあ旦那、惚れちまいますよ」

なんて芸者衆に褒めそやされていた。今にして思えばあの褒め言葉は全部、金を払って買った上っ面の笑顔と一緒に吐かれた言葉だ。

だけどこの五瓶は違う。いきなりぐいっと詰め寄って、美貌で鳴らした花魁もそばかすだらけのお茶引きも、僅かな合間に素顔にした。

酒も肴もほどほどに、ひとしきり話を聞いて茶屋を出た帰り道。

「あんた、何者だい」

吉原の大門を二人で並んで抜けながら、俺は思わず問いかけた。それは我ながら厳しい声音で、さながら捕り物の誰何《すいか》の声にも聞こえるほどだ。五瓶はひらりと舞うように振り返ると、陽気な笑顔を満面に浮かべた。

「言いましたやん。五瓶ですわ。並木《なみき》五瓶。上方は大坂の中座《なかざ》辺りで筋書やってますねん」

芝居の筋書という生業の者がいることは、無論知っていた。しかし間近に会ったことはなかった。

「何で花魁と話したかったんだい。今日の様子じゃ、花魁に色っぽいことがしたいってわけでもねえ。とはいえ遊里に慣れない風でもねえ」

「芝居の為ですわ」

何でも今、五瓶が書いているのは上方で起きた事件に題を取っているという。

「五十年ほど前に、阿呆な薩摩のお侍が頭に血上ったまんま、曾根崎新地の遊郭で遊女を五人殺しましてん。ひどい話や……せやけど世間では商売女が死んだんやって、冷ややかに見

ているところもある。それがどうにも苦いんですわ」

「苦いって、何がだい」

「上方の新地や島原でも、花魁たちに話を聞きましてな、折角やから江戸は吉原の女の話も聞きたくて。こうして聞いてみると何処も同じじゃ。市中の女も苦界の女も、心の内は同じように痛くて苦しい。苦界の女だけ商売女と見下すことで、見えへんようになるものもある」

その言葉は、俺の心に針のようにぐさりと刺さる。俺もどこかで葛葉を苦界の女、商売女と割り切ろうとしていたのだろう。その浅ましさを見抜かれるような気がした。

しかし五瓶は、俺のそんなぐずぐずした性根なんぞ構いもせず言葉を継いだ。

「わしは手前の筆で五人の女を成仏させたろう、思うてますねん」

そう語る五瓶の目は、子どものようにきらきらと光って見えた。見目は貧相な中年男なのだが、そこから立ち上る潑剌《はつらつ》とした気配は眩しいくらいだ。

「楽しそうだね、お前さん」

「そらもう楽しいですわ。若様は楽しゅうないんですか」

「そうさなあ……楽しいことが何なのか分からねえ。金もあるし絹のやわらかもんも着ているが、手前の中が空っぽだからかね」

すると五瓶は、ははは、と声高に笑った。その笑い声は人気《ひとけ》の少ない吉原田んぼで鳴いている蛙の声をもかき消すほど響いた。

「人なんざみんな空っぽですやん。でも大抵の者は、明日の飯やら今日の寝床やら、そういうことに必死で空っぽに気いつかへん。それに気づくゆうことは、それだけ若様が恵まれているってこっちゃ」

「ああ、有難いと思っているよ」

「ちっとも有難くなさそうに言いはりますなあ」

そして、しみじみと俺の顔を眺める。その眼差しは探るような鋭さではなく、どこか包むように温かい。何だかほっとする……そう感じたことに俺は驚いて苦笑した。初めて会った野郎相手に、おかしな心地もあるものだ。すると五瓶は首を傾げた。

「胸に痞《つか》えがあるんなら、わしを相手に吐いてみたらよろしい」

痞えというほどのものじゃないと言おうとしたのだが、ふとこの男相手になら、胸の内を喋ってもいいような気がした。

「恵まれているってのは、手前で何にもしなくていいってことだ。それは生きている気がしねえ。空しくって仕方ねえ。わがままだとは分かっていても、それはそれで居た堪《たま》れなくなるものさ。そしてそんな風に感じる手前が誰より嫌いだ。どうすりゃいいもんかっていつも思うよ」

五瓶は、ふうむ、と唸って首を傾げて、丁寧にゆっくりと言葉を紡ぐように口を開いた。

「面白がったらええんとちゃいますか」

捻《ひね》りだされた答えに俺は苦笑した。

「容易《たやす》く言ってくれるじゃないか」

こちとら空っぽを抱えて退屈を拗らせて、十年余り燻《くすぶ》っているっていうのに。面白がるって一言で片づけられたらたまらない。

すると五瓶は、にかっと歯を見せて誇らしげに笑う。

「面白がる言うんは、容易いことやあらしまへん。それこそ芸や。わしゃ、芝居小屋の木戸番の子で語り草になるような人生はこれっぽっちも歩んどらん。それでも芝居だけは仰山見《ぎょうさん》ましてん。女に袖にされたって、世話狂言の二枚目を気取って面白がる。現《うつつ》で割り切れない話には、鬼や狐や幽霊が上手い具合に話を繋ぐ。わしの頭の中はそいつらが吐いた名台詞でいっぱいや」

「騒がしそうだな」

「そうですねん。せやけど退屈している暇もあらしません。若様、面白いもんはいつか誰かが何処かから持って来てくれると思ったら大間違いでっせ。面白がるには覚悟が要るんです」

「面白がる覚悟かい」

「そうですねん。面白がらせてもらおうったって、そいつは拗《す》ねてる童と一緒や。でんでん太鼓を鳴らせるようになったら、そこから先の退屈は手前のせいでっせ」

「俺のせいなのか……」

思ってもみないことを言われた。俺の退屈は、誰も俺を楽しませてくれないことに拗ねていただけなのか。

「それでお前さんはその芸が達者なんだな。そいつは楽しそうだなあ……」

「さいでっしゃろ」

五瓶は何の衒《てら》いもなくそう言った。

今まで、芸人たちを「羨ましい」「楽しそう」と褒めたことはいくらもある。その都度、芸人たちは、

「何をおっしゃるんです、若様」

と、謙遜しながら遠ざける。でもこの五瓶は俺の言葉をそのまま素直に受け止めて、満面の笑みを見せてくれる。

「俺はお前さんみたいになりてえ」

「弟子になりたいんやったら、いつでも上方に来ておくれやす」

そう言うと、何やら上方の小唄を口ずさみながらそぞろ歩く。小柄なその背について行きたい気持ちに駆られ、いそいそと五瓶の後を追いかけた。

それから数日、五瓶が「江戸の遊びを知りたい」というので一通り連れ歩き、一緒に酒を飲んで語らった。俺はしみったれた安い居酒屋で、この年上の貧相な男と飲んでいるのが、どんな豪勢な宴よりも楽しいことに気づいた。

しかし当の五瓶はその後、

「ほなまた」

の一言であっさりと、小さな荷物を背に上方へ帰って行ってしまった。

何とも言えぬ寂しさと共にいつものように長屋に帰ると、野々山の家から文が届いていた。相変わらず、帰ってこいと書いてある。次に帰ったらいよいよ、婿入りの話が進むのだろうと思うと、足は重くなった。許嫁である里田家のお妙《たえ》が十七になる年だった。最後に会ったのは、お妙が八つになったばかりの頃。それからは遊び歩いていたのでろくに会っちゃいねえ。お妙が五つ、六つの頃には兄様、兄様と慕って来るのが可愛くて、ままごと遊びに付き合ったこともある。しかしそれが自分にはめられた枷のように感じ始めてからは、無邪気に近寄られることが辛くも思えた。

秋も深まり始めたある日、髪結い床から長屋へ帰ると、路地の入口で近所の大工のおかみさんに呼び止められた。

「若様、えらいことですよう」

そう言って腕を引っ張って長屋へ連れていかれると、手前の戸口の前に、薄紅の振袖姿の娘が女中を連れて立っていた。寂れた路地に季節外れに満開の花が咲いたようだ。その娘は俺を見るなりぱっと明るい笑みを浮かべた。

「兄様、お久しゅうございます。里田の妙でございます」

「お妙……」

兄様と呼ばれて、ようやく己の許嫁だと気づいた。どんな顔でどう返すのが正しいのか分からずに目を逸らす。

「とりあえず、中へ」

長屋の野次馬連中を振り払って狭い部屋に招き入れ、草臥《くたび》れた座布団を一枚敷いて、そこにお妙を座らせた。年増の女中は上がり框《かまち》に遠慮がちに腰を掛けている。俺はというと居心地悪くお妙の前に座り、改めてその姿を確かめる。この部屋には甚だ不似合いな、大振りの牡丹を飾ったようだ。その場が明るくなって、狭くて汚い長屋であることを忘れそうになる。振袖が床の埃で汚れやしないか。そんなことばかり気になった。

「なかなかお戻りになられないと伺いまして、一目お会いしたく参りました」

大きな黒目がちの目でじっと俺を見る。そこには迷いも揺らぎもない。射干玉《ぬばたま》みたいなその目の中に、手前がどんな風に映っているのか考えると、恥ずかしくて居た堪れない。

「意地悪な女中たちは、きっと長屋に女の方がいるからだと言うのです。そうじゃなくてもいい仲の人がいるから妙と一緒になれないのだと。でも、こちらには女の方がいるご様子ではありません。何故に兄様はお戻りになられないのですか」

下世話な女中たちに唆《そそのか》されたらしい。それにしても余りにも真っ直ぐな問いかけに、俺は答えに窮してしまった。

いい仲の女はいない。正しくは、女はいたりいなかったりしているが、いずれも女のせいで婿入りできないわけじゃない。この婚礼を挙げたら最後、俺は墓穴まで運ばれるための棺桶に納まるような心地がするからだ……などと言ったところで、お妙には何のことか分かるまい。

しばらくの沈黙が続くと、お妙は首を傾げる。

「妙をお厭《いと》いでございますか」

「いや、そうではない。その、手前が里田の御家に相応《ふさわ》しいか否か、迷うていてな」

お妙の家も、野々山の家と違わず格のある旗本だ。その家を引き継ぐとなれば、これまでのような放蕩は許されぬ。何よりも里田の舅《しゅうと》殿の目もある。

「かようなことはお気になさらずともよろしいのです。兄様に恙《つつが》なくお暮らし頂けるよう、妙も努めて参ります」

ふわりと笑うその様は、真に愛らしく見惚《みと》れるほどであった。しかしだからこそ、手前が手を触れることさえ躊躇《ためら》われるような心地がした。この娘を手に入れたが最後、俺はこの娘のために生きたくなるだろう。まさか、幼い頃に涎《よだれ》を垂らしながら歩き始めた姿を見ていた相手にそんなことを思う日が来るとは思いもしなかった。

流石に逃げてばかりもいられないと、俺は渋々、実家の野々山を訪ねた。

「よう帰って参りましたね」

母は泣かんばかりであるが、ほんのひと月前にも長屋に届け物をしてきたときに会ったばかりである。

「そういうことではありません。この屋敷に帰って来たのが嬉しいのです」

相変わらず甘い人である。一方の父は気難しい顔をしていた。

「話というのは他でもない。里田のお妙殿との縁組のことだ」

遂に動き始めるのかと、ぐっと奥歯を噛みしめた。しかし、

「そなたが放蕩をしているうちに事の次第が少し変わって来たのだ」

思いがけない話を切り出された。

何でも、お妙の元には降るほどの縁談が舞い込んでいるという。許嫁がいるとはいえ相手は名うての放蕩息子であり、実家にも戻っていない。お妙は美しく聡明で、若い武家の間でも評判になっていた。

「そこへ来て、里田殿に妾腹《めかけばら》の息子がいることもあってな」

里田の舅殿は元女中との間に五つになる息子が一人いるという。姑《しゅうとめ》殿はいずれ何処かへ養子に出すつもりでいたのだが、舅殿としては放蕩三昧の婿より妾腹とはいえ実子に継がせたいのが本音だ。

「更にお妙殿に、さる大名家の若侍から求婚があった」

何でも藩の御前様にお仕えする御用人で石高も三百を越え、安泰の嫁ぎ先と言える。妾腹の子に家を継がせたい里田の舅殿にしてみれば、渡りに船である。

「他家の放蕩息子を婿にして苦労をするよりも、真面目な若侍に嫁がせた方がお妙にとっても幸せではないか」

そう舅殿は言い始めた。江戸番が終われば遠方へ行ってしまうから嫌だとごねていた姑殿であったが、その若侍に会ったところ思いのほかの好青年で心が傾きつつあるという。

「唯一人、お妙殿だけがそなたを婿にと言って下さっている。しかし当のそなたが逃げ腰では話にならん。どうするつもりなのだ」

これまで逃げ回って来たくせに、いざこうなると急に惜しくなってしまうのが、けちな人間の性というやつで。結局、俺の放蕩は覚悟も何もない、ただ己の道が決まっていたからこその甘えに過ぎなかったと思い知る。

ひとまず長屋に帰ってぼんやりと部屋の中を眺めていると、あの日、この小さな汚い部屋に牡丹が咲いたみたいに座っていたお妙のことが思い出される。

気を紛らす為に酒でも飲もうかと、秋の夜長に一人でふらりと居酒屋に入り、里いもの煮っころがしやら青菜のおひたしと共に酒を舐めていると、

「こちら、よろしいか」

と、目の前に一人の若侍が座った。

「おう、構わねえよ」

見るとまだ年の頃は十八、九といったところか。月代も青々として、色白細面の優男といった風貌なんだが、手には剣胼胝《けんだこ》があって、手首回りは筋張っている。背筋が伸びて目に力がある。芝居に出てくる善玉の侍を絵に描いたら、こんな風だろうな、と思った。

「野々山正二殿とお見受け致す」

そう言われた瞬間に、ああこいつか、とぴんときた。大名家の若侍で、お妙に求婚しているというのは。里田の姑殿は、舅殿に説き伏せられたのではない。この若侍にこそお妙を任

せたいと思ったのだろう。無理もない。この若侍とあのお妙が並んだら、内裏雛《だいりびな》のように見えるだろう。この男は武士道が墓穴まで真っ直ぐ続く道だとて、しゃんと背筋を伸ばして花道を歩くみたいに進んじまいそうだ。俺のように面倒くさく迷ったりしない。

　俺は女将に徳利をもう一つ頼むと、若侍にも猪口《ちょこ》を持たせてなみなみ酒を注いだ。

「お前さん、里田のお妙殿に惚れているのかい」

「はい」

　即答だった。

「眩しいねえ……」

　それが本音だ。俺は相変わらず、手前の心の内さえ分かっちゃいねえ。

「俺はね、あの娘が生まれた時からの許嫁なんでね。一応、聞いてみたいんだ。お前さんはあの娘の何を知っていて、そんなに迷いなく惚れているって言えるんだい。見目かい」

「違います。それだけではない。あの方は優しくて、淑《しと》やかで、真っ直ぐだ」

　ある時、道端で転んだ老婆を見つけたお妙が、袖が汚れるのも気にせずに助け起こした姿を見たそうだ。それを手助けしたのをきっかけに、どこの娘か気になった。その後、話をしてみて、ますます惚れてしまったという。

　綺麗すぎる恋物語は、ひねくれた手前にしてみりゃ嘘くさく思えるが、あのお妙は、衒いなくそういうことをしそうな娘でもある。

「それでお前さんは惚れたとして、お妙は何と言っているんだい」

「あの方は、許嫁がいるから縁はないものと思って欲しいとおっしゃった。生まれてすぐに決まった方で何年もお会いしていないけれど、お待ち申し上げていると……どんな方かと思っていたのですが」

「がっかりしたんだろう」

若侍は唇をぐっと嚙みしめて言葉を吞んだ。その顔にははっきりと「がっかりした」と書かれているように思えた。

「親の決めたことなんか捨てちまえばいいって思うよなあ。俺もそう思うよ」

俺の言葉に若侍は驚いたようだった。俺は手元の里いも煮を口に入れて酒で流し込む。

「あの娘は誠実だからこそ、俺を切り捨てることができない。お前さんに惚れているかどうかは知らねえよ。ただ俺に惚れているわけじゃねえのは、俺が一番よく知っている。せいぜい懐かれているだけさ。俺がお妙なら、お前さんを選ぶよ」

心の底からそう思えた。若侍は気負っていたものが拍子抜けしたせいか、急に少年のようなあどけない顔をして俺を見ていた。俺はもう、それ以上そいつの顔を見ることができなかった。どんどん惨めになるばっかりだ。粋がって銭だけ置くと若侍を残して店を出た。

ほろ酔いで歩いていると秋の風が身に染みて、ふと苦い思いだけ湧いて来る。申し分のない娘の婿に入り、旗本の家を継いで、何の不都合もない約束された人生を手前で反故《ほご》にしたくせに、どこかで悔しい、情けないと思っている。

「面白がったらええですやん」

不意に脳裏で五瓶の声が蘇った。

足を止めて見上げると、からりと乾いた秋の夜空にぽっかりと丸い月が銀に輝いている。手前の目の前に、墓穴まで続く道が真っ直ぐ伸びていると思った。それが怖くて逃げていたら、回り道の崖っぷち。全くもって情けねえけど、きりきり舞いするその様は、狂言の冠《か》者《じゃ》みたいに滑稽だ。

「面白いじゃねえか」

知らず肚の底から笑いが湧いた。ははは、と声を出して笑い、こんな風に笑うのはどれほどぶりかと思った。

俺はその足で野々山の家へ行った。

「父上、里田のお妙殿とは破談にしてください」

酔いどれの言葉を父がどう聞いたのかは分からない。母が泣いていたが、父は何処かでこうなることに気づいていたような気がする。

「随分と、すっきりした顔をしよって」

父は苦い顔でそう言った。

翌日、身ぎれいにして里田の家へも赴いた。

「それは真に残念だ」

舅殿はそうおっしゃったが、どこか嬉しそうにも見えた。

帰り際、屋敷を出たところで、

「兄様」

呼び止められて振り向くとお妙がいた。屋敷の塀の内から紅葉の枝が伸びていて、その紅い葉が、淡い黄の振袖の上にはらはらと散っている。その佇まいは、楚々として見えて芯のある赤姫のようで、そこだけ光がましているように見えた。

「どう考えても俺が引くのが筋だろう。お前さんにはいい話がたんとある」

「清《せい》様はそういう方ではございません」

清様というのはあの若侍だろうと、すぐに分かった。お妙は許嫁の俺を立てようとしているが、その一方であの若侍の一途さにも惹かれているのが、名を口にした声音から伝わる。俺がいなければ迷いなく嫁げるのだろう。

「お妙殿。俺は型にはまった生き方っていうのがどうにも性に合わねえんだ。それを言いたくて言い出せなくて、今日まで迷子になっていた。こんな野郎を婿にしたんじゃ、お前さんまで迷子になる。それは俺も望んじゃいねえ。だからいっそお前さんに袖にされた方が救われるんだよ。他のお人と幸せになっておくれ。それが俺の為になる」

嘘偽りのない本音だ。

黙って聞いていたお妙が俺の顔をじっと見つめ、目に涙をいっぱいに溜めたまま、はい、と深く頷いた。

「初めて兄様の胸の内を聞いた気がします。話して下さって、ありがとうございます」

思えば生まれた時から定められた許嫁だから、本音も何もあったもんじゃねえ。手前の中の闇も泥も見せることなく、ただぼんやりと縛られていた緩い糸がほろりとほどけてようやっと互いの姿が見えた。

ああ、この娘には誰より幸せになって欲しい。そしてその隣にいるのは俺じゃねえ。合点がいって心底、安堵したんだ。

母は手前の息子の不出来を棚に上げて、

「里田は薄情な」

と嘆いた挙句に、御家人株を買うなんて言い始めた。親父は養子縁組の話を改めて探そうとしたけれど、俺はそれを止めた。

「上方に行って、戯作者に弟子入りしたいと思います」

初めてはっきりと手前で道を決めた気がした。どの道を進んでも、いずれは墓穴に入る。それでも生きながら棺桶に詰められて知らぬ間に運ばれて行く人生よりは、曲がりくねった手前の選んだ道を進みたい。

母は泣いて止めたっけ。

「河原乞食にするために、育てたわけじゃありません」

随分な物言いをしてくれた。芝居小屋を悪所と呼び、近寄ることさえしない母にとってみれば、芸人なんてそんなもんなんだろう。父は、

「道楽を止めるつもりはない。堅苦しくない武家もあろうから」

武士という肩書を背負ったまま芸を嗜めばいいって話なんだろう。俺はともかくその「武」の字の見えないところに逃げたいんだ。

話し合っても分かり合えないのは分かっているから、それ以上は何も言わずに荷を担いでそのまま上方へと逐電した。

「お前さんの弟子にしてほしい」

大坂は道頓堀近くにある中座にいた並木五瓶は、俺を見て驚いた様子だったが、追い返そうとはしなかった。

「よう来はったなあ。ええで。ここにおったら退屈する暇あらへんで」

相変わらずの気楽さで、さらりと俺を受け入れた。

師匠だ弟子だって言ったって、何も指南してくれるわけじゃねえ。俺はただ五瓶師匠の後をくっついて歩いているしかなかった。

「書いてみ」

とだけ言われた。何を書けばいいか分からないと言ったら笑われた。

「そんなん何でもええやん。人の数だけ面白いことはある。誰かの為に書いてもええし、手前の為に書いてもええ。ただただ面白いと思うこと並べて書いてもええ。そいつがトンと誰かに届けば万々歳や。面白がったらええ」

その後、師匠は遊女殺しの話を『五大力恋緘《ごだいりきこいのふうじめ》』という戯作にして、上方で話題になった。その評判を聞いた江戸の芝居小屋から招かれたので、俺も師匠にくっついて江戸に戻った。同じ話を『江戸《えど》砂子《すなご》慶曾我《きちれいそが》』って江戸風に仕立てて上演したら、これまた大入りでね。

芝居はお上から「卑俗な芸文」なんて言われ、客足が遠のいたこともあるが、どれほどお上が取り締まろうとも、人が「面白がる」欲ってのは、そうそう廃《すた》れるもんじゃない。おかげで師匠と一緒になって、市村座、中村座、森田座と渡り歩いて過ごしていた。

「ちょいと、久しぶりに上方の水を飲みに行きますわ」

師匠は大坂に行くって言う。俺もついて行こうかと思ったが、

「何、すぐに戻るさかい」

と言うので俺は江戸に残ることになった。その頃には俺の暮らし向きも落ち着いていた。とはいえ筋書としてというよりも、すっかり羽振りの良い札差になった従兄の喜兵衛の助けのおかげでもある。そして上方で一仕事終えて江戸に帰って来た師匠は、

「また書きたいものをめっけた」

と、上機嫌だった。『五大力』をまた改作して『略三五大切《かきなおしてさんごたいせつ》』にしたばかり。相変わらず、面白がることにかけては右に出る者のないお人でね。芝居終わりに久しぶりに一緒に飲

んで、あれやこれやと話してた。今となっては何を話したのか具《つぶさ》に覚えちゃいないが、やっぱり楽しくてね。俺はこの人について来て良かったなあって思った。

その翌日、なかなか起きてこないって、大部屋役者が訪ねて行ったら、文机に突っ伏したまんまあの世へ逝っちまってね。あの人のことだから、悔いなんか一つも残しちゃいないだろうが、残されたこちとら寂しくって仕方ねえ。柄にもなくめそめそ泣いたっけ。

それからも俺は筋書を書いては劇評で役者たちに会い、時々、寄席《よせ》の高座に上がる。退屈だと愚痴る暇もありゃしねえ。ただ手前でも驚くくらい、中身は旗本ぼんくら息子のまま。苦労知らずってのは有難いものだが、成長するきっかけを見失うらしい。とはいえ見目には白髪も交じるし、肩は凝る上に深酒は翌日に残る。これが年の功ってやつかね。


そんな俺の所に懐かしい文が届いたのが二年半くらい前のこと。野々山の家に届いたそれは、二十年ぶりに見たお妙の手蹟だった。

お妙は俺が上方に発って間もなく、夫の清様こと清左衛門と共に御国に帰った。その後、子を授かったという話を風の便りに聞いていた。それ以来、お妙のことを気に掛けることはなくなっていた。時折ふと、達者かなと思うことはあれども、そのくらい遠い縁になっていた。

それが突然、文を寄越した。久方ぶりに江戸に来るということか、或いは芝居を見たという話かと思いめぐらせながら文を開いた。だが、そこに書かれていたのはそのいずれでもなかった。

夫の清左衛門が死んだということ。

息子の菊之助が仇討を立てたということ。

……ああそうさ。菊之助の母上が、お妙だ。

文の字は乱れていたけれど、だからこそそれが本当のことだとよく分かる。

文によれば、清左衛門が下男の作兵衛によって殺されたという。そのきっかけは、乱心した清左衛門が菊之助に斬りかかったこと。作兵衛は菊之助を庇って清左衛門ともみ合ううちに刺してしまい、その場から逃げ去った。それで、菊之助が仇討を立てて江戸へ向かった……と。

俺の頭の中には、涼やかで真っ直ぐな若侍の清左衛門の姿しかない。そいつが乱心し、我が子を襲い、あまつさえ死んだというのがすぐには信じられなかった。

俺は慌てて返事を書いた。確かに文を受け取った。事の次第を教えてくれってな。何せ、あて先さえも分からず野々山の家に寄越したくらいだ。詳しいことは何も書かれていない。

しばらくして今度は俺の住まいに文が届いた。最初のよりも大分分厚い。差出人は「ご存知」とだけ書かれていても、手蹟でそれがお妙と分かった。

そこには詳しい次第が書かれていた。

仇討を立てた菊之助を送り出してから、お妙は清左衛門の竹馬の友だった、加瀬源次郎って人に頼んで探ってもらい、少しずつ分かって来たことがあるという。

清左衛門が御前様からの命令でお上からのお使者の饗応役になった。しかしそのために帳簿を調べたところ、過去の饗応のための支度金の一部が、幾年かに亘って消えていた。清左衛門は源次郎に「おかしい」とこぼしていたという。やがて、その金が御家老とその一族によって着服されていた疑いが持ち上がって来た。

「証拠を集めなければ」

奔走している間に、城内では清左衛門こそが金を横領したという噂が広まり始めていた。

「このままではそなたが追い詰められる」

源次郎はここで手を引くように諭したが、清左衛門は首を横に振る。ならば共にと委細について尋ねても、

「そなたも巻き添えになるといけない」

と一人で抱え込んでいたという。やがて何かしらの真相に辿り着いたらしい。

「御前様への御目通りを願わねば」

しかしその機には恵まれず、ほどなくして清左衛門は乱心の末に息子、菊之助に斬りかかり、作兵衛に殺された。

「清左衛門は乱心したのではないかもしれない。何か意図があるのではないか」

源次郎はそう言ったが、当人は既に亡い。作兵衛もここにはいない。お妙はそれでも尚、探ろうとしたのだが、源次郎はそれを止めた。

「お妙殿が動くことで、却って菊之助を危うくすることにもなりかねない。ここは辛抱なされよ」

　確かに既に夫が命を落としているのだ。ここは耐えるしかない。とはいえ、我が子一人を苦難に晒し、のうのうと休んでいるわけにもいかない。その必死の思いが、文から滲むようだった。

「作兵衛は、旦那様に幼い頃から仕えて来た忠義者。此度の一件は、何かお考えがあってのことではないかと思うのです。旦那様が命を賭《と》してまで為そうとなさったことなのに、何も

知らない己が口惜しくもあります。このままでは、私も菊之助も先に進むことができません」

お妙の文の字は乱れながらもそう記されている。そして、更に言葉は続いた。

「菊之助は武士の世の習いとして、仇討を立てたからには成し遂げずには帰れません。しかしもし、あの子がその辛い務めに耐えられぬのであれば、武士の道を捨てても良いと思うのです。武士の世の理《ことわり》から離れた兄様であれば、あの子を御救い下さるのではないか。そう思えばこそ、私はあの子に江戸に参ったならば、貴方を頼るように言って送り出しました。何卒よしなにお頼み申し上げます」

ああ……あの若侍は死んだのか。真っ直ぐな若侍が、真っ直ぐすぎて死に急いでいったように思えた。そしてその子がまた、武士の理に押されて仇討を立てている。

もしかしたら武士の理を離れた俺だからこそ救えるものがあるかもしれない。お妙の文に込められた思いに、俺は応えたいと思った。しかし、江戸で仇討をしようと彷徨《さまよ》っている少年を見つけようったってそう簡単ではあるまい。

そんなある日、ふいっと訪れた木挽町の森田座で、一人の黒子がしゃんと背筋を伸ばして、忙しなく小道具を運んでいるその姿に思わず目が惹きつけられた。佇まいが絵になる少年だ。

「お、金治先生じゃないですか」

そう言って俺の後ろに立ったのは、木戸芸者の一八だった。元は幇間というだけあって、気さくで陽気な男だ。

「ありゃ誰だい」

俺が黒子を指さすと、ああ、と一八は笑った。

「つい先だって、この小屋の前にふらりと現れた訳あり風の御武家の若衆ですよ。このところ黒子で使っているんで。おおい、菊之助さん」

呼ばれて振り返った少年を見て、ああ、と思った。長屋の路地で不意に現れたお妙を見た時と同じだ。黒子頭巾に黒装束で顔しか出ちゃいないっていうのに、光がそこに集まっているような華やかさがある。一八に呼ばれて駆け寄って来た少年は、俺を見るなり深く頭を下げる。

「菊之助と申します」

「こちらは篠田金治先生。方々の小屋で筋書を書いているんだが、元は旗本の若様だったんだぜ」

一八がしたり顔でそう言う。菊之助は探るような目で俺を見つめた。

「一八、お前さんそろそろ木戸に出てた方がいいんじゃねえか」

「ああ、そうですね」

一八を追いやって、俺は菊之助と向き合った。

「篠田金治……元の名は野々山正二って言うんだ。分かるかい」

すると菊之助の黒目がちな目が、大きく見開かれた。俺の名前を知っている様子だった。その瞬間、勝気さを感じさせるその眼差しの奥が不安で揺れるのが見えた。俺は思わず手を伸ばし、その背に触れる。

「俺はお前さんの御父上にも会ったことがある。あれは気持ちのいい御武家だったよ。御母上のことも知っている。俺はお前さんの味方だ」

俺は未だかつて、こんなに迷いなく言葉を吐いたことがあったろうか。そう思うくらいに自然と口から流れ出た。何としても俺はこいつを救うんだって柄にもねえ覚悟みたいなものが出来ちまった。

そして菊之助は、お妙から俺への文をくれた。だが、そこには俺への挨拶と、菊之助の素性が書かれていただけ。うっかり間違った相手に見せてもいいようにしていたんだろう。当の菊之助は、父、清左衛門の死にまつわる委細をまるで知らないようだった。父親の葬儀からすぐに仇討に追い立てられたんだから無理もねえ。そこで俺は、お妙から届いたばかりの文を菊之助に見せた。そこに書かれた顚末を黙って読んでいた菊之助は、目に涙を浮かべていた。

「父上には、やむにやまれぬご事情があったのですね。ただ私が憎くて刀を揮われたのではなかった……」

菊之助は、ずっと痞えていたものが取れたような深い吐息をした。そりゃあそうさ。いきなりあの堅物な父親が、乱心して息子を斬ろうとしたんだ。そこに何か深刻な理由でもなきゃ、斬られかけた息子としては切ないばかりだ。

「まあ、あの御父上のことだ。本気で殺める気ならお前さんはとっくに死んでいらあ。何か事情はあるだろうよ。ともかくも作兵衛を探さなきゃな。しばらくここに居てみたらいい。存外、居心地がいいもんだぜ」

「はい……そうさせていただきます」

菊之助は、まだ悄気ていたけれど、声に力があった。それを見て俺は、こいつはここに留まらないだろうとも思っていた。何せ、あの若侍とお妙の子だ。俺と違って曲がりくねった道は似合わねえ。たとえ墓穴にまっしぐらに続く道だとしても、迷いなく進んで行っちまうような性根に見えた。

　俺は森田座だけじゃなく、中村座やら市村座にも顔を出す。しかしあの頃はどうにも菊之助が気になって森田座に入り浸っていた。

「小屋にばかりいないで、机にかじりついてでもとっとといい本を書かねえか」

　って、大看板の旦那たちに叱られたりもしたけれど、それでも小屋に居座っていた。

　そうやって菊之助を見ていると、木戸芸者の一八だけじゃねえ。立師《たてし》の与三郎やら衣装部屋のほたるやら、小道具の久蔵夫婦までもが、菊之助、菊之助ってあいつを可愛がっている。俺も含めてこの悪所に集うやつらはみんな、世の理ってやつから見放されて、はじき出されて転がり込んで、ようやっとここに落ち着いた連中だ。それが、まだ武士の理を引きずりながら仇討を立てているあいつに、どういうわけか心惹かれていく。

　それはあいつが、苦悩しているのが分かるからだ。

　何せ辛さも割り切れなさも人一倍知ってる連中だから、あいつを救ってやりたくて仕方ねえ。そこには、武士も町人もねえ。あるのは情だけだ。

　いつぞや芝居が跳ねた後だったな。ちょうど今、お前さんと座っている枡席に、菊之助と二人で並んで座って、空っぽの舞台を眺めながら話したことがあったたっけ。

「みんな、お前さんが好きなんだな」

　俺がそう言うと、菊之助はぐっと奥歯を嚙みしめて、

「かたじけないことでございます」

　って、堅い言葉で返してきやがる。

「お前さんがもし仇討なんか止めて、この芝居小屋に留まりたいって言うのなら、幾らでも

手はある。俺の弟子ってことにしてもいい。俺はお天道様とおまんまはついて回る運命だから、お前くらいは養えるぜ」

一瞬の躊躇の後に、菊之助はふるふると頭を横に振る。

「母上を一人残しております。帰らねばなりません」

孝行ってのはこういうことなんだろうね。腹の底から母を案じる想いが伝わる。膝の上に置いた手でぎゅっと拳を握りしめているのを見ると、痛々しくってね。

まだ十五……元服間近とはいえ、手前から見ればてんで子どもじゃねえか。

父親が、どれほど高邁な志を守るために為したことかは知らないが、菊之助にとっちゃ辛いことに変わりない。父親が死んだだけでなく、その直前に斬りかかられる芝居に巻き込まれ、挙句に小さい頃から見知った下男が、手前を庇った末に親父を斬った科《とが》で追われてる。それも辛かろう。なのにその下男を殺せと命じられ、果たせなければ故郷に帰ることすら出来ない。

考えてみればつくづくおかしな話だ。

「人として作兵衛を殺すのは忍びなくて当然さ。それでも斬れっていうのが武士の理ならば、俺はもう武士なんざ辞めちまってもいいと思う。お前さんはそうは思わないかい」

菊之助はしばらく黙り込んで、唇を噛みしめていた。それからゆっくり顔を上げると、目に涙が溜まってた。

「それでも私は武士でいたい」

絞り出すような声だった。俺は割り切れねえ。ちょいと意地悪な気持ちにもなって、改めてずいとにじり寄る。

「お前さんにとって武士とは何だい」

菊之助はまた、じっと考え込むように黙っていたが、やがてはっきりとした口ぶりで言葉を紡ぐ。

「人としての道を過《あやま》つことなく、阿《おもね》らず、義を貫くことだと思います」

お題目みてえなことを唱えやがる。でも、それが菊之助の本心なんだろうってことも分かる。俺なんかにすりゃ綺麗ごとだと、鼻で笑っちまうようなことを言えるのは、いっそ清々しいくらいだ。

「おう、その為にはどうしたい」

「父上の志を継いで不正を暴き、御前様をお助けしたい。その上で家名を守り、母上を守りたいのです」

ああ、こいつはあの若侍にもお妙にもよく似ている。武士なんて無粋な生業には勿体ねえと思うけど、それでもこいつにとって「武士」が居場所だというのなら、俺も力を貸してやるほかにない。

「よし分かった。お前さんの道理を通し、きっちり仇討を成し遂げな」

俺が言うと、菊之助はその時だけ苦い思いを呑み込んで、覚悟を決めた目つきになって、

「はい」

って答えた。

仇討を成し遂げるには、仇討が成ったことを御国にも示さなきゃならねえ。どうして証を立てるか、旗本の兄に委細を伏せて聞いてみた。

「昔は首級を抱えて帰ったらしいが、昨今では髷《まげ》を切って届け出るのが習いであろう。後は

仇討を見た人があれば、御国からお調べがあった時にも話が早い」

それならば、この俺が証人となろうと思った。しかし、

「一人、二人ではいくらでも嘘がつける。そのため、町の往来の人だかりの中で斬り合う仇討もあるとか」

という。一言で仇討と言ってもなかなかどうして、ただ討つだけではないのだ。いつどこでどう討つか。それも難題なのだ。

「いっそ、芝居の幕の後、引けてくる客が見ている中で芝居よろしく派手に見せようじゃねえか。赤い振袖でも被《かず》きにするかい」

冗談で言ったのだが、生真面目な菊之助は、そんなことまで懐から帳面を出して書き留めていた。

本来、父親が亡くなったことへの仇討なんだから、もう少し神妙になっても良さそうなものだ。だが、真剣であればあるほどにどこか滑稽にも思える。

「面白いじゃねえか」

俺は思わず呟いていた。

そんな調子であの日、木挽町の裏路地で仇討をすることになったのさ。赤い派手な振袖も目立って、通りを行く人も足を止めて見ていた。小屋からの明かりもあったから、仇討の様子がよく見えたって市中でもすっかり噂になった。

しかも、髻《もとどり》を落とすだけでいいって言ったのに、返り血を浴びながら首級を上げちまったんだからなあ……。でも、聞けば結局、生首を抱えて帰るわけにはいかなかったらしいな。街道筋で関を越える時に、腐っちまったから髻を切って頭はどこぞに埋葬してから御国に戻

ったって伝え聞いたよ。

無事に仇討が成って、故郷に帰ることができた。あいつの思う武士の理を通すことができたのか、俺が救いになったのかは分からない。

でも昨年だったか、その御家老が横領の責めを負ったらしいな。とはいえ罪人になったというわけではなく、御役御免になっただけだとか。権力を持った奴を追い落とすのはなかなか楽じゃねえな。

菊之助を仇討に追い立てた清左衛門の弟は、その御家老の覚えめでたく家を継ぐという腹積もりであったらしいけど、そいつも頓挫したってね。二人共武士道もへったくれもない連中だ。あまりに陳腐な企てで、芝居の筋にもお粗末な話さ。御武家ってのは悪役からしてなってないねえ。

ともあれ清左衛門の汚名を返上し、家名を守り、孝行を尽くしたいという菊之助の志を遂げられたのは良かったよ。

これでお前さんの聞きたい話は大方、聞けたんじゃないかい。

ん……と、ああ、そうか。小屋を見物して帰りたいってね。菊之助が見てこいって言っていたのかい。仕方ねえから案内してやらあ。ついて来な。これから奈落を見せてやるよ。

面白い絡繰《からく》りが見られるぜ。

終幕　国元屋敷の場

総一郎《そういちろう》、江戸から戻られたか。お勤めご苦労でござった。ささこちらへ。ああ、父上の仏壇にお参り下さるか、かたじけない。

此度は初めての江戸番であったな。この里にいては見ることの叶わぬものも多くある故、堪能して参られたであろう。ん、そうでもないとな。忙しかったのであれば致し方ない。

その合間に木挽町にも参られたそうだな。先だって金治さんから文が届いていた。

「かの仇討について聞いて回っている男がいる。お前さんの縁者と名乗っているが真か」

と。胡乱《うろん》な奴だと、芝居小屋では大層話題になっていたらしい。相変わらずその武張《ぶば》った装いで参られたのなら、木挽町では浮いて見えたであろうな。ほたるさん辺りにはさぞやその堅物ぶりを揶揄《からか》われたであろう。

方々《かたがた》はお達者であったか。それは何よりだ。

それであの仇討について聞いて来たのだな。

仇であった作兵衛は我らが幼い時分から当家の家人であり、私はもちろんそなたやそなたの妹、お美千《みち》の世話もよくしてくれた。見目は武骨で大きいから、はじめのうちはお美千が泣いて……だが、不器用ながらも優しく、面倒見がいい。しまいにはお美千もすっかり懐いて、桜の季節には肩車をしてもらっては花びらを浴びていたのを覚えている。そなたと私が戦ごっこをする折にはいつも敵役で、我ら二人に竹刀で叩かれても、嫌な顔ひとつせず大仰に倒れてくれた。

……その作兵衛を私が斬った。

そなたもお美千も、仇討から帰って来た私に委細を尋ねようとはしなかった。それは親しかった作兵衛を仇とはいえ殺めてしまった私を慮ってのことと思う。私もあの頃、何を問われたとて上手く語ることはできなかったであろう。それがそなたにいらぬ疑いを抱かせ、縁組を手放しで喜べないのも知っている。お美千もまた不安を覚えているのであろう。

されど、あの仇討から歳月が経った今ならば、話しても良いと思えた。いや、むしろ心底ではずっとそなたら兄妹には知っていて欲しい、分かって欲しいと願っていたのだと思う。それでも自ら口火を切る勇気がなくてな。故に江戸番の折に、木挽町にいる方々を訪ねて欲しいと思ったのだ。

皆の来し方もしかとうかがって参ったか。与三郎殿なぞはさぞや渋い顔でお話しなさったであろうなあ。されど方々の数奇な人生は、私の狭い了見を大きく広げて下さった。それ故にこそそなたにも聞いて欲しかったのだ。

芝居小屋の見物もさせてもらったか。ほう、金治さんが案内して下さったと。あの方は母上とも所縁《ゆかり》の方でな。ああ、ご本人がお話しなさったか。それで舞台の下の奈落まで見せてもらったと。あれは面白かろう。場面がくるりと入れ替わる回り舞台も、あそこで人の力で回しているのだ。舞台の真ん中で消えたと思った役者が、花道のスッポンから飛び出してくるという絡繰りだ。

うむ、さすれば話はそれまでだ。仇討について一通り聞いて、芝居小屋の様子を見て来たのなら、それ以上は何も……とは参らぬか。

致し方ない。委細、包み隠さずお話ししよう。


父上が亡くなられたあの日のことは、今でも思い出すと、かように手が震えてしまう。これればかりはどうにもならぬな。

あの日、抜き身の刀を手に奥の間から出てこられた父上は、

「菊之助を斬る」

と言うなり、刀を振り上げた。はじめは何かの冗談かと思った。だが違った。本気でそれが振り下ろされた時、心底から恐ろしいと思った。私は這う這うの体で部屋にあった刀を取った。すぐさま鞘を抜いて身構えたが、本気で斬り合うつもりはなかった。知っての通り、そなたよりも剣は不得手だ。父上との竹刀での修練でも負けてばかり。ただ、思いとどまって欲しい一心だったのだ。

しかし父上は止まっては下さらず、振り下ろされる白刃を、ようやっと受け止めた。しかし初めての真剣は余りに重く、腕がしびれて跳ね返すことすらできない。それでも力ずくで押し返し、何合か打ち合った。

「父上、お止めください」

必死で懇願した。押し合う刃の向こうに見た父上のお顔が泣いているように見えてな。ど

うして……と、戸惑った瞬間、足がもつれて廊下に転がった。万事休すという時、

「旦那様」

と、作兵衛が大きな背で私を庇ってくれた。作兵衛の肩越しに見えた父上の目は、今も脳裏に焼き付いている。深い闇のような暗さと、慈しみ。その双方がない交ぜになったようであった。

やがて作兵衛と父上は、互いに言い争いながらもみ合ううち、共に縁側から庭に転がり落ちた。「助かった」と思った。

しかしその刹那、ぱっと血飛沫が上がった。

「作兵衛」

と、思わず叫んだ。無理もなかろう。作兵衛は丸腰だったのだ。

だが、起き上がったのは作兵衛だった。手を真っ赤に染め、顔にまで返り血を浴びた作兵衛は、茫然と私を振り返る。見ると、庭に倒れた父上は、首筋から血を流していた。作兵衛の手が震えているのが分かり、私も崩れるように縁に座り込んだ時、

「何事だ」

という声が響いた。それは御家老からの御遣いで、この騒動を見られたのだと分かった。このままでは、作兵衛が捕らわれてしまう。

「逃げろ、作兵衛」

思わず口をついて出た。作兵衛が駆け去った後に残されたのは、廊下で泣き崩れている母上と、立ち尽くしている御遣い。そして、庭に倒れている父上だ。先ほどまでは恐ろしいほどの殺気で向かって来た父上が、まるで動かない。

「父上……」

私は震える足で立ち上がり、縁から降りて、父上の傍らに座って手を取った。まだ温かかった。しかし、息をしておらず、その顔は眠っているように見えた。

「御用人殿は亡くなられたのか」

御遣いの問いに、私は頷くことができず、ただ縋るように御遣いを見上げた。御遣いは私を押しのけるようにして父上の脈を取る。

「亡くなられておる」

その言葉を聞いた時、私の中に湧き起こったのは、悲しさよりも、申し訳なさだった。

父上が倒れた時、助かったと思ってしまった。作兵衛に逃げろと言ってしまった。私は父上に取り縋って泣いた。が、それは悲しみだけではなく、己を責め苛む思いもあったのだ。

それからどうしたのか……。私も母上も、混乱の中で日々を過ごしており、御前様へのご報告などは、全て加瀬殿と叔父上がして下さった。

父上の葬儀のことは、思い出そうとしても靄がかかったようだ。弔問には、加瀬殿もいらして下さったが、あまり覚えていない。その時、叔父上が言ったのだ。

「やはり仇討を立てねばなるまい」

私は、はい、と答えた。

作兵衛を憎むつもりはない。何故なら、乱心した父上を止めて、私を助けてくれたのは作兵衛だからだ。それでも仇討を立てると決めたのは、いっそ、不孝な私を殺してもらいたいと思ったからだ。

「思いつめてはなりません。父上がそなたに刃を向けたのは、何か理由があるはず」

母上は、父上が御役目に悩んだ末の乱心だとお思いであった。確かにそうかもしれない。しかしそれだけではなく、私の至らなさも理由だと思っていた。

出立する朝。母上は人目を避けておっしゃった。

「仇討は遂げずとも構わぬから、達者で」

私が命を絶ちかねぬような、暗い顔をしていたからであろう。そして、

「江戸へ行きなさい」

と。

「御父上に何があったか、私も調べます。何か分かった折に報せが届けられるように、母の旧知の御方を訪ねなさい。野々山正二様とおっしゃいます。芝居小屋におられますから、この文をお渡しなさい」

そう言って、文を持たせて下さった。

何故に母上が実家ではなく野々山正二殿、つまり金治さんを頼れと言ったのか。それを考えることとさえ億劫だった。

視界はずっと灰色のまま。どう歩いて街道に出たのかさえ朧《おぼろ》だ。ただあの時、街道筋の大きな紅葉の下まで、そなたとお美千が見送りに来てくれていたのはよく覚えている。

「きっと帰って来て下さいね」

お美千が涙ながらに言ってくれた言葉と、そなたが強く握った手の温もりで、ああ、旅立つのだと初めて思った。そして紅葉の赤い色だけがやけに鮮やかに心に残った。

旅の道中は、ただ一歩一歩足を前に出すことだけを考えた。そうしないと耐えられそうになかったからだ。江戸を目指して作兵衛を探すのか。だが、そこに作兵衛はいるのか。もし

出会えたとして私は作兵衛を殺すのか。考えたとて、いずれも幸せな想像にはならない。心が凍って動けなくなるのが怖くて、ただ歩くしかなかった。しかしそれでもまだ、やることがあるだけ良かった。国元の母上のことを思うと、身が裂かれるような痛みがあった。

ようやっと江戸にたどり着くと、そこはまるで祭りでもやっているのかと思うほどの騒がしさ。灰色に染まっていた視界に否応なく鮮やかな色彩が飛び込んでくる。大勢の人が行き交い、威勢のいい物売りの声がそこかしこに響いている。国元であれば御城の御女中か姫君が纏うような着物を、町の娘たちが着て闊歩している。そこに居ると、抱えていた憂さを忘れそうだった。

しかし夜になると父上の死に際のことを繰り返し夢に見ては、魘《うな》されていた。安宿で雑魚寝していた同宿の者に、

「お前さん、夜な夜な唸るのを止めてくれ」

と、怒られたこともあった。

宿代を払うだけでも懐は寒いのだが、飯を食うとなるとこれまた金がかかる。江戸に着いてわずか三日でその有様だ。どうにかせねば近いうちに路銀は底を突きそうだった。

「旧知の御方を訪ねなさい」

と、母上に言われた言葉を思い出した。旧知の方というのがどれほど頼りになるか分からぬ。ただあまりにも腹が減っていて、この先を考えることすらままならなかったから、芝居小屋を目指すことにしたのだ。今思えばあれほどの空腹でなければ、あの方々に会うことはなかったやもしれぬ。

残り少ない金で屋台の蕎麦を手繰《たぐ》ってから、屋台の親父に、

「芝居小屋は何処にあろうか」

と問うてみた。すると、

「森田座かい、市村座かい、中村座かい。それとももっと小さいのかい」

と逆に問われた。正直その違いは分からない。母も分かっていなかったのであろう。

「ここから一番近いのはいずれでしょう」

「ああ、それなら森田座さ」

教えられた木挽町へ行ってみたら、木戸の外で心地いい節回しで台詞を言っている人がいる。その周りにぐるりと人垣ができていることから、名うての役者かと思ったのだが。そう、それが木戸芸者の一八さんだった。軽い調子の人ではあるが、何かと面倒を見てくれた。

「食う寝るところはあるのかい。ないならしばらくここにいればいいさ」

芝居小屋に話を通し、黒子として働かせてもらうことになった。小屋に寝泊まりしてもいいと言われたので大部屋の片隅で座布団を並べて寝た。それまでの旅は孤独であったので、ここへ来て久方ぶりにちゃんと人と話をしたような気がした。そのせいもあってか、父の死から初めてぐっすりと眠れたような気がする。

「よく眠れたかい。そいつは良かった。しかしいつまでも小屋に寝泊まりしてたんじゃ、そのうち風邪引いちまう」

一八さんと小屋の方々が話し合ってくれて、小道具の久蔵さん夫婦の長屋にお世話になることになった。あの御夫婦には、真に親切にして頂いた。

おかげで当面の暮らしは何とかなったのだが、そも江戸に来たのは仇討のためである。

作兵衛を探さねばならぬが、探したくない。これまで寝食のことで気忙しかったのだが、ここへ来て再び、元の問題に戻ってしまった。

討つのか、作兵衛を……。

ある日、自問しながら久蔵さんの家から芝居小屋へ向かうと、なんと芝居小屋の前に作兵衛が立っているではないか。

月代は伸び切って髭も生えている。汚れた着物の上に菰を巻いた乞食のような身なりだ。だが、その大柄なくせに腰が低くて、体を縮めたような丸い背中から、一目で作兵衛と分かる。分かってしまったことに驚いた。そして会えたことが嬉しくて、思わず駆け寄りそうになったが、そこで足を止める。

作兵衛は私が仇討を立てていることなど知る由もない。私が江戸にいることすら知らぬのだ。今、ここで声を掛けて何とする。

「仇討を立てて参った。そなたを討つ」

とでも言うのか。それはあまりに酷であろう。

だが、父上の御乱心の理由について、作兵衛ならば知っているやも知れぬ。聞くならば声を掛けねばならぬ。

逡巡の末、私は逃げるように芝居小屋に滑り込んだ。その日、黒子として立ち働きながら、迷いは消えない。

「どうして見つけてしまったんだ」

これほど人の多い江戸で、一目で作兵衛と分かってしまった己を恨んだ。

夜になって芝居小屋を出ると、同じところにまだ作兵衛が立っていた。

困惑したまま木戸の傍らで立ち尽くしているといつしか人込みが消え、私の姿が露わになってしまった。すると作兵衛はすぐさま私を見つけて駆け寄って来た。

「若様」

昔と変わらない温かい声音で私のことを案じるように見つめている。一体、どこでどう寝起きしているのか知らないが、足は泥に塗《まみ》れて体中が汗臭い。顔も窶《やつ》れ、ほんの少し会わないうちに老け込んだようにも見えた。

「お会いできて良かった。以前、奥様から江戸の芝居小屋に所縁の方がいらっしゃると聞いていたので、或いは若様もこちらを頼られるかと。三座を日ごと巡り歩いていたのです。お達者でしたか」

つぶらな黒い目から向けられる真っ直ぐな眼差しがじわりと胸に沁みた。故郷を離れた江戸で、旧知の作兵衛に会えたことが嬉しくて、

「作兵衛……無事で良かった」

何とも格好がつかないことに、私は作兵衛の腕に取り縋って泣いてしまった。

これからこの作兵衛を斬らなければならないなんて出来るはずがない。すると作兵衛は辺りを気遣うように見てから、

「若様、こちらへ」

と、小屋の裏路地へ一緒に行った。

「作兵衛はどうして私が江戸に来ていると知っていたのだ」

私の問いに、作兵衛は苦い顔をした。

「もしも旦那様が亡くなられれば、恐らくは仇討を立てることになるだろうと思っていたのです。そうでございましょう」

私は答えに窮して息を呑む。しかし作兵衛は頷いて微笑んだ。

「旦那様が仰せでした。自らが死ねば、弟は己が家を継ぐために、策を立てるに違いないと」

妙な話だ。まるで父上は死ぬことを知っていたように聞こえる。怪訝な顔をすると、作兵衛は一つ大きく息をついた。

「旦那様はお若い時分から、御勤めでのお悩みなどを私に話して下さいました。近しい同胞や、奥様や若様には明かせぬことも、しがらみのない私になら話せるとおっしゃって下さったのです。それは私にとっても誇らしくあったのですが……」

そこまで言って、作兵衛は眉を寄せて堪えるように奥歯を嚙みしめる。そして私を真っ直ぐに見た。

「旦那様は、御役目で大きな悩みを抱えておられました」

父上は、江戸からのお使者を接待する饗応の御役目にあった。その支度に関わる中で、過去の帳簿を見た父上は、御用金が饗応役を介して御家老の元に流れていることに気付いてしまった。そのことを察した御家老は、最初は父上にも横領の金を摑ませようとした。

「これもまた饗応役の報酬と思い、受け取られよ」

しかし父上はそれを拒んだ。

「かような所業は、不忠でございます」

御家老を諫めるも、聞き入れるはずもない。

「綺麗ごとを並べて何とする。これも全て、御前様の御為なのだ」

御前様の御為という言葉を軽々しく口にする。父上は怒り心頭でいらした。

「御前様は菊之助と同じ年ごろ。賢い方でおられるが、未だ年若い。しかも、御指南役も皆、御家老の息のかかった者ばかり。御為を方便に、御家老は好き放題するつもりだ」

それは帳簿を見れば明らかだ。御家の財政は逼迫《ひっぱく》しているのに、御家老は、自らの近しい家臣を集めて酒宴に興じている。そのおこぼれに与ろうというさもしい連中が、御家老の元に集い、虎の威を借りて、御城や役場で大きな顔をしている。

父上は、御家老の金の流れについて一人で調べ始めた。

すると、饗応の金だけではなく、馬場や陣屋の整備の金など、見えにくいところから少しずつ御家老の懐に流れ込んでいることが分かった。しかもその金の一部を、帳簿の上では御用の品を買ったことになっているが、実際は綿花の相場につぎ込み、儲けも懐に入れていた。その上、数年前には大損をして、御用金を補塡に充てていたのだ。

それを手伝っていた御用商人、桐屋は、叔父上が御家老に引き合わせたのだという。そして、叔父上はその見返りに金を懐に入れていた。

「御用の金に手をつけるとは何たること」

父上は詰め寄ったが叔父上は悪びれる様子もなかった。

「兄上は堅物でいけない。難しいことは考えずに、上手いことやっていきましょうよ。兄上が此度の御役を賜ったのは、私の兄だからなのですよ。ご存知ありませんでしたか」

と、嘲笑ったという。叔父上は昔から賢い人であったが、才気が勝ちすぎるあまりに周りを見下すところもあった。父上はその気性を案じていたのだが、まさか御家老に取り入って横領にまで手を染めているとは知らずにいた。あまつさえ、己も又、弟と同類と見做されていたことに憤慨していた。

「身内だからと庇い立てするわけにもいかぬ」

全てを詳《つまび》らかにせねばならぬと考えた父上は、更に確かな証拠を求めていた。すると、その動きを知った桐屋の手代の一人が、隠れて父上に会いに来たのだという。

「御主《おしゅう》を裏切りたくはありませんが、このままでは御店の皆が悪事に加担することになります。どうか、御力を貸してください」

そう言って、これまでの御家老と桐屋の取引を記した裏帳簿を手渡した。

「しかと受け取った。然るべく処断しよう」

父上は、裏帳簿を受け取った。

しかしその翌日、桐屋の手代が遺体で見つかった。川に浮いた遺体には刀傷もあったというのに、お調べらしいものはない。酔って転落したという話になっていた。

「義を貫いた者が、憐れなことを……」

父上は手代の無念を思い、尚一層、事の真相を暴く覚悟を新たにした。

「御前様に直訴せねば」

真相をお知りになればきっと分かって下さると、父上は信じていた。しかし、御前様の御目通りの場にも御家老が同席するのが常である。御用人である父上でも、二人きりでお会いするのは難しかった。故に、次の鷹狩の時に、直訴を申し上げるつもりであった。

だが、御家老もそのことを察して、鷹狩を中止。更には、父上こそが御用金を横領したのだと、城内で噂を流し始めた。家中の者は、御家老が悪事に手を染めていることは従前から知っていた。そのため御家老の不興を買っている父上はむしろ、潔白と考える者もいた。とはいえ、御家老に逆らってまで父上の味方をする者はいない。

「このままでは、そなたが追い詰められてしまう。一旦は手を引け」

そう助言して下さったのが、加瀬殿……そなたの御父上だ。しかし、一度でも目を瞑れば同罪となるからと加瀬殿に申したそうな。

苦悩する父上に追い打ちをかけたのは、叔父上であった。

「私が身内にいるからには、兄上がどれほど潔白を唱えられたとて、ご無理がありましょう。御家老様は恐ろしい御方。抗うよりも従われた方が、身の為、家の為というものです。御身だけではござらん。奥方や菊之助の為にも」

それでも父上は恭順を示せなかった。

「菊之助の為にも、父として恥ずかしい真似はできない」

そうお思いであったという。

だがある晩のこと。務めに追われて深更になっていた。御城から退出する道で、背後から二人掛かりで斬りかかられた。父上はそれに応戦し、辛くも逃げおおせた。危ういところであったと、急ぎ屋敷に帰り着いた。屋敷は寝静まっていた。そっと寝所に向かった父上が見たのは、母上の枕元に突き立てられた匕首《あいくち》であった。

「奥」

父上は母上を揺り起こしたが、母上は何も気付いておられなかった。

「お帰りなさいませ。今宵はお城にお泊まりかと」

慌てて起きた母上に、

「よい、寝ていなさい」

父上はその匕首を隠された。

かくなる事の次第を作兵衛に相談した父上は、すっかり憔悴しきっていた。

「私が狙われるのは致し方ない。覚悟を決めている。されど、奥や菊之助を狙うと脅されたのでは、どうすることもできぬ」

忠義の為にも御家老の悪事を暴かねばならぬ。しかし、自らに着せられた濡れ衣を晴らす機会すらない。その上、この一件で目を瞑らねば妻子を殺すことさえ厭わぬと脅されている。そも、既に身内が汚職に関わっている。

父上は八方塞がりに陥っていた。そして遂には自らの命を絶つことで、事態の打開をしようと考え始めてしまった。

「私が腹を切ることも考えた。だが、罪を認めたのだと言いがかりをつけられれば、菊之助の行く末にも関わる。また、帳簿の行方について、奥や菊之助が問い詰められることにもなりかねぬ。ならば、いっそ不慮の出来事を装って斬られて死のう」

どういうことかと作兵衛が問うと、父上は頭を下げた。

「どうか私を斬ってくれ。そして、帳簿を持って遠くへ逃げてくれ」

作兵衛はあまりのことに驚き、抗った。しかし、父上の覚悟は変わらなかった。

「私が死ねば、弟は恐らく菊之助を仇討に立たせるだろう。作兵衛は、帳簿を御家老に命じられて盗み出したと嘘の証言をし、菊之助に討たれてくれ。仇討を遂げたとあれば、家門の誉れとして菊之助は無事に後を継げる。それをして、いずれ御前様が長じられた後に御家老の悪事を断罪し、ご家中を纏めて頂きたい」

余りのことに絶句する作兵衛の手に取り縋り、父上は涙した。

「そなたにしか頼めない。申し訳ないが、後生だから」

そんな父上の姿を初めて見た作兵衛は「はい」としか言えなかったという。

そしてあの日、御家老の御遣いが来るからと、父上は己の策を実行に移そうとした。

「既に、そなたに預ける文と帳簿は、街道筋の毘沙門堂に隠してある。私を斬ったらすぐさま逃げよ」

そう言って、作兵衛に刀を差しだした。作兵衛は刀を受け取ろうとしたのだが、いざとなると手が震えて受け取ることができない。

「申し訳ございません。出来ません」

すると父上は、

「ならばそなたを斬る」

と恫喝した。作兵衛はいっそその方が良いとさえ思った。その覚悟を察した父上は、そのままの勢いで奥の間を出た。作兵衛が後を追うと、あろうことか父上は私を斬ろうとしていた。

私が逃げまどうのを見て、作兵衛はいよいよ父上が真に気が触れたのだと思ったという。

何とかして止めねばならぬと、

「旦那様」

と、間に入ったのだ。

そして、あの日の顚末の如く、父上は命を落としてしまわれた。

作兵衛はそこまで語り終え、目に滲む涙を、拳で無造作に拭った。

「刀を握る旦那様の手を押さえた時、目が合いました。その眼差しは強く、されど狂ってはおられない。そのまま私の手を摑み、後ろに下がられると、縁側から後ろに転がり落ちながら、自らの手で、刃を首筋に当てられたのです」

作兵衛は返り血を浴びながら、父上を見つめた。

「後は頼む、と、おっしゃったのです」

そうして作兵衛は、私の「逃げろ」という声に後押しされるように街道筋の毘沙門堂に隠された文と帳簿を抱えて、江戸へと駆けたのだという。

「旦那様のご無念はいかばかりかと存じます」

「しかしそれでは作兵衛には何と酷な策か。盗人《ぬすっと》の汚名を着て、斬られろなどと……」

「旦那様を責めてはなりません。計り知れぬご苦労が御城の中にはあるのでございますよ」

御家老は私腹を肥やすことに余念がなく、それに追従する者を重用しているため、城内は「魔窟のようだ」と父上は作兵衛に漏らしていたという。筋を通そうとした父上が追い詰められたのも無理はない。

「だからといって、そなたの命を犠牲にしていい理由にはならない」

「いいんですよ、若様。旦那様への御恩を思えば……」

作兵衛は、元は領内の小作人の子であった。不作の年に幼い作兵衛が二親を亡くして行き倒れているのを、元服前の父上が見つけた。今は亡き祖父がそれを助け、行く当てのない作兵衛を下男として抱えた。それから作兵衛は二十年以上の歳月を父に一途に仕えてくれた。

「身分が違う私を旦那様は友と言って下さった。大恩ある旦那様の為、出来ることは何でもしたいと思っておりました。どうにかその御命をお守りしたいと思っていたのに、それが叶わなかったのです。その旦那様がお望みとあれば、私は喜んで命を差し出す覚悟。そうでなければ、旦那様をお守りできなかった償いができません」

父上は家門の為に、作兵衛にもなんという重い荷を負わせてしまったのか。その上、盗人という汚名を着せて殺せというのだ。もしもそれが御前様の御為であり、御家の為にもなるのだとしても甚だ人の道を外れている。

「作兵衛、父上はどうかしていたのだ。最早そのような無理は聞かずとも良い。いっそこのまま共に江戸で暮らすのはどうだろう」

私は詰め寄るが作兵衛は静かに首を横に振る。

「それでは奥様はどうなりますか。お一人で御国に残すおつもりですか」

作兵衛は腰に巻いた風呂敷から、丸めた帳簿を取り出した。それは油紙で丁寧に巻かれており、その身なりからは考えられないほど綺麗なままであった。

「私を斬った後には御国元へ戻り、無事に元服して御城にご出仕下さい。然る後にこの帳簿を示して御家老を断罪する。それしか道はございません」

私はそれを受け取ることが怖かった。そもそも年若い御前様に力がないというのに、作兵衛を盗人に仕立て上げたくらいで御家老の悪事に片が付く話ではない。作兵衛を殺して帳簿を差し出したところで、御家老が知らぬ存ぜぬを貫けば、結局は私も追い詰められるだけのこと。御家老を断罪するにはいくつもの壁が立ちはだかることは必定。となれば、作兵衛が無駄死にになる。

「他にも道はあるはずだ」

私は言い募るが、作兵衛は私に構うことなく再び丁寧に帳簿を油紙に包んで丸めると、薄汚れてはいるが家紋が白抜きされた風呂敷でくるんで私の背に巻き付ける。

「これで、思い残すことはございません」

その場で膝を揃えて座ると、手を合わせて目を閉じた。

私は慌てた。

「これでは駄目だ」

私は声を張り上げた。

「若様、御覚悟を」

まるで作兵衛こそが討手であるかのような台詞である。私は何とかしてこの場を切り抜けたかった。

「そうではない。覚悟はある。しかし見ろ。この人気のない場を」

芝居が終わってからしばらく経っており、辺りには人っ子一人いない。つい先ごろまで漏れ聞こえていた囃子の修練も途絶え、台詞を読み合う声もない。真っ暗な裏路地に乞食の男と芝居小屋の黒子がいるだけだ。

「仇討というのは人目のないところでやったとて後々証が立たぬ。しかも今のそなたはどうだ。乞食のような有様ではないか。これで仇討をしたと名乗り出たところで、あれはただの乞食を斬っただけだと難癖をつけられれば、父もそなたも死に損というもの。仇討には仇討に相応《ふさわ》しい作法なるものがあるはずだ。それをそなたは知らぬのか」

咄嗟の出まかせであるが我ながら一理あると思った。作兵衛もまた、ふむと頷く。

「確かに。では、如何致しましょう」

私は背にしていた帳簿を下ろし、それを再び作兵衛の腰に巻き付ける。

「これはそなたが持っておれ。そなたが仇である証にもなろう。これから人に色々と聞いて、仇討を為すには何をするべきかを教える。そなたは今は何処におるのだ」

「永代橋の下で寝起きをしております」

「よし分かった。さすればそこに私が参る故、しばし待っておれ」

こうして、その日は何とか仇討を免れたのだ。

しかし仇討に相応しい作法などと言い放ったは良いが、そんなものがあるのか。

「仇討というのは、如何なものでございましょう」

芝居が跳ねた後に、舞台裏で問いかけると、一八さんなぞは、

「仇討っていやあ、曾我物か忠臣蔵さ」

と言って滔々《とうとう》と芝居の節回しを聞かせてくれた。すると役者連中が集まってきて、あの役は誰が良かった、あれが良かったと芝居噺《しばいばなし》になってしまい、まるで話が進まない。しかし明るい方々のおかげで陰鬱な気持ちが少し晴れた気がした。

とはいえ問題は何一つ片付いてはいない。

そうしている間に年は明け、江戸の町は正月のめでたさに満ちていた。久蔵さんの家では、お与根さんがお節料理を振舞ってくれて、それは大層美味しかったし、町を歩けば獅子舞やら萬歳やら芸人たちが賑やかだ。この喧騒の中にいると、ふいと己が何をしに江戸に来たのか忘れそうになる。

芝居小屋の裏手に流れる川を眺めながら、深く吐息した。

「元服するはずであったなあ」

昨年の正月、父上は「そなたの元服の支度をせねば」と嬉しそうに言っていた。しかし、ほどなくして饗応の御役目で多忙となり、遂には亡くなってしまった。この正月で十六になるのに未だに前髪を落とすこともできず、国に帰ることとて叶うかどうか……。

すると、

「悩んでいるそうじゃねえか」

声を掛けて来たのは筋書の篠田金治さん、母上の旧知の元旗本で野々山正二殿というあの方だった。

「一八から聞いたぜ。お前さんが仇討について聞いて回っているって。何でも仇を見つけたそうじゃねえか」

この人は今まで私が会ったことのない類の御仁で、苦手だった。或いはかつて母上と縁があったというのが、どうにも私の中に引っかかっていたのかもしれない。しかし母上はこの人に事の委細を記した文を認めており、それを私も読ませてもらった。作兵衛の話と齟齬《そご》もなく、父が苦境にあったことを改めて知ったと同時に、母上がこの人を信頼していることも。

一人で江戸に出て分かったことの一つは、時には誰かを信じて頼るという勇気も要るということだ。何もかも背負う覚悟は勇ましいが、それでは何一つ為せないのだと気付かされた。だから私もこの人を信じて、話してみようと思った。

「仰る通り、作兵衛を見つけました。しかし、まだ斬る覚悟ができていないのです」

「怖いかい」

怖いなどと武家に生まれた者が言っていい言葉ではない。だが、この人には言ってもいいような気がした。それでも口にはできずただ黙って頷いた。すると金治さんは、私の頭をぐいっと手のひらで包むように撫でた。

「怖くねえって言ったら、俺はそいつのことを化け物だと思うよ。人を殺すのなんて怖くって当然さ。俺も血を見るのは苦手だ。ちょいと指先を棘で刺しただけだって身震いすらあ」

私が苦笑すると、金治さんは肩を叩いてくれた。

「まあ、ただ怖いだけじゃねえな。親しい人を殺せって……そいつは無体だ」

この人は、なんと衒《てら》いなく迷いを言葉にするのだろう。私が言いたくても言えないこと、押し込めている気持ちを、軽々と露わにして見せつける。私は少し身を離し、きっと真っ直ぐ金治さんを見据えた。

「それでもやらねばなりません。私が覚悟を決めさえすれば、仇討は成し遂げられるのです」

金治さんはしばらくじいっと私の顔を眺めてから、不意に手を伸ばして私の両頬をつねった。

「面白い顔して、何を粋がっているのやら」

からからと笑われ、私は金治さんの手を振り払う。

「揶揄わないで下さい。私とて義理ある作兵衛を斬りたくなんぞない。それでもやらねばならぬのが武士なのです。あなたが捨てた武士なのです」

子ども扱いされた悔しさから、何とか一矢報いたい思いで叫んだ。しかし、金治さんはその言葉に何の痛みもないようで、哀れむような優しい眼差しで私を見ていた。

「何ですか」

「いや……親父さんにそっくりだ」

どちらかというと顔かたちは母上に似ていると言われていたので、思いがけない言葉に面映ゆい心持になった。金治さんは何かに納得したように、一人でうん、と頷くと、

「よし分かった。お前さん、しばらく仇討のことは忘れな」

私の背をバンと叩くと、そのまま立ち去ってしまった。

忘れな、と言われたとても忘れることなど出来るものではない。そもそも仇討の為に江戸に来たのであって、芝居小屋で黒子として働く為ではないのだ。武士の身分を捨てた金治さんにとっては大したことではないかもしれないが、家名を守るという重責は私の肩に重く伸し掛かっていた。

同じ武士の身分を捨てた御方でも、立師《たてし》の与三郎さんはもう少し話が通じた。元は剣術の指南をしていたということもあり、刀の扱いにも長けていた。

「御指南を願いたく候」

と申し出ると快く引き受けてくれた。

長らく親しんだ作兵衛を斬るというのに、無様な真似はできない。作兵衛の命を無駄にするわけにはいかない。そう思えばこそ刀の素振りにも力が入る。

「なかなか筋が良い」

与三郎さんにも褒められたのだが、誇らしいと思うほどには心が追い付いていなかった。だが、このまま先延ばしにしたところで国には帰れず、作兵衛は橋の下で乞食となり、母上は国元で独り残される。最早、仇討を成さねば事は膠着するばかりである。

私はいよいよ覚悟を決めて橋の下へと向かった。しかしそこに作兵衛の姿は見当たらない。

「作兵衛という男はご存知ないか。大柄で三十路ほどの男なのだが……」

同じように橋の下に暮らす乞食に問う。

「まあこのところ寒いから、この辺りの連中も暖を求めてあちこち移って行くけど」

するとそこにいた一人の老爺が、ああ、と思い出したように言った。

「一昨日だったかな、なんだか騒がしい幇間《ほうかん》を連れた粋な縞紋の旦那と、小太りの中年女に連れていかれたよ。そうしたら深川辺りの賭場で派手に稼いだらしく、急に羽振りが良くなったのか、博徒みたいななりで永代橋を闊歩していたよ。びっくりしたねえ」

作兵衛に一体、何があったのか……。

私はわけが分からないまま、永代橋の上で夕刻まで待っていた。すると作兵衛が派手な黒と白の弁慶格子の着物に黒羽織、煙管を片手に歩いてくるのが見えた。つい十日程前には月代も伸びきっていたというのに、それは綺麗に剃られている。常とは違って背筋も伸びて堂々と歩いていると、元々体が大きい分、派手な装いと広い肩幅が目立ち、周囲にいる者たちも道を空けるような有様。

「やくざ者だよ」

道行く者が囁く声が聞こえていた。作兵衛は驚く私に気づいたようだが、素知らぬ顔で通り過ぎて行く。駆け寄って声を掛けようかとも思ったのだが足が竦《すく》んだ。それは作兵衛が怖かったからではなく、何が起きているのか分からなかったから。

芝居小屋に戻って、今日あったことをそれとなく話したところ、一八さんは、ははは、と笑った。

「そいつは賭場で儲けたね。乞食が稼いだなけなしの小銭をえいやっと賭けて大儲けした話てのは、絵空事みてえだがたまにあるのさ。金は人を変える。とりわけ金が物言う江戸ならな。着るものが変わり、周りにいる人間も変わる。そうなりゃ手前の立ち振る舞いも人となりだってあっという間に変わっちまう。そいつはもう、お前さんの知っている作兵衛じゃねえってことさ」

そういうこともあるのかもしれない。やはり私や父上の為に命を犠牲にするのが馬鹿らしくなったのではないか。当然と言えば当然のことだ。

江戸にやって来て芝居小屋に居ついてからというもの、それまでの己が如何に世間を知らなかったのか思い知らされるばかりだった。国元では、武士の他は出入りの商人と領民の数人と会うほかは、異なる出自の人に会うことは稀であった。だがこうして芝居小屋にいると身上もそれぞれに違う。一八さんは吉原生まれの元幇間。与三郎さんは元御徒士《おかち》。ほたるさんは隠亡《おんぼう》に育てられたみなしごで、久蔵さんは職人。金治さんは元旗本。それ以外にも役者や絵師も武士とは全く違う生まれ育ちだし、お客たちも物乞いのようななりをした人から御大名のように豊かな町人たちまで様々だ。

作兵衛も江戸は初めて来たのだろう。私と同じように世間の広さを思い知ったのかもしれない。さすれば小さな我が家の為に命を賭すことなど嫌になっても仕方ない。賭場で儲けて金回りが良くなれば、この江戸ならば幾らでも生きる道はある。

私は元より作兵衛を殺したくないのだ。このまま仇討など止めよう。

しかし、残された母上はどうなるだろうと考えると、やはり討たねばと思う。堂々めぐりとはこのことだ。同じ問いを自らに投げ、答えはいつも違う。

せめて今一度、作兵衛に会って話をしなければならない。もしも作兵衛が、仇討からも私の家からも逃げたいと望んでいるというのなら、それはそれで仕方ない。たとえ博徒に堕ちようとも、生きていてくれた方がいい。幼い頃から可愛がってもらった恩義がある。

あくる日、私は町人の風体で刀も持たぬ丸腰のまま、永代橋の上で作兵衛を待っていた。するとと橋の向こうから、肩に羽織を掛けて風を切るように歩いて来る作兵衛の姿が見えた。

作兵衛は私に気づいて、ぐっと奥歯を嚙みしめるように口を引き結び睨んだ。

黄昏時に辺りが赤く日に染まる中、私と作兵衛は互いを見つめて佇んでいた。やがて私がゆっくりと作兵衛に向かって歩み寄る。

「おや若様、ようやっと仇を討ちに来たんですかい」

作兵衛が私に問いかけた。今まで見たことがない嘲笑うような顔を見て、やはり作兵衛は、私たちとの縁を切りたいと望んでいるのだと思った。そのことに思いの外、傷ついていることを隠すように、一つ大きく息をした。

「今日は丸腰だ。そなたと話がしたかった」

「何を話すことがあるって言うんです。仇討をしなきゃならないってのに」

私は泣きそうになるのを堪えて、努めて笑うことにした。

「そなたが私たちと縁を切り、ここで生きて行くことを望むなら、それでいい」

それが本心だ。

父上のことは懐かしく慕わしい。家のことと己で背負う覚悟があった。母上のことも案じられる。しかし作兵衛を殺してまでも為したいかと問われたら、やはり違う。いずれにせよもう、父上は帰らないのだ。それならばどれほど風体が変わろうと、博徒となろうと、私の中にある作兵衛への慕わしさは変わらない。

「これまで父に母に、私に……尽くしてくれたことに礼を言う。達者で暮らしてくれ」

作兵衛との別れを決意し、国に帰らぬこと、母とも別れることを決めた。父が無駄死にだと言われたとしても、それは最早致し方ない。

永代橋の上で踵を返して歩き出そうとした時、腕をぐいっと摑まれた。

「若様」

それは先ほどまでとはまるで違う、困惑を浮かべた作兵衛であった。見覚えのある優しい眼差しに戸惑い立ち止まった。

「ここは人目がございます。少し、よろしいでしょうか」

連れていかれたのは深川の煙草屋の裏長屋。寂れた部屋の中には、古びた火鉢と破れた枕屛風、平たい布団の他には何もない。どうぞ、と勧められて中へ入り向き合って座った。正座した作兵衛は大きな体を縮めるようにしている。

私はますますわけが分からなくなった。乞食のようななりで永代橋の下にいた作兵衛が、羽振り良い博徒になったというのも驚いたのだが、いつの間にやら寝床も見つけて暮らしていた。

「こんなところに暮らしていたのか」

問うと、作兵衛は頷く。

「短い間ですから」

それはここ数日の間、町中で見かけた博徒作兵衛などではなく、私が良く知る作兵衛そのままだった。

「一体、どういうことだ」

「橋の下に、奥様の御知り合いだという篠田金治さんという方がいらしたのです」

聞けば、私が仇を見つけたことを話したその日のうちに、金治さんは永代橋の下に作兵衛を訪ねて来たらしい。

「まずは風呂に行こうや」

と声を掛けられたという。

「金治さんという御方と一八さん、あとほたるさんという、その、女形ですか」

作兵衛は国元では見慣れぬ女形に戸惑ったようであった。その三人に湯屋へ連れていかれ、着ていた汚れ物は捨てられ、下帯一つで出て来たら、床屋が月代を剃って町人髷に結いなおした。そうしている間にほたるさんに格子柄の着物を羽織らされ、

「もう少し、裄丈を伸ばすかね」

着たままで寸法を直された。

「こんな大層な着物は困ります」

作兵衛が遠慮すると、

「何、いがみの権太《ごんた》のお下がりさ。尾上栄三郎が袖を通したものだから、有難く着たらいい。舞台で着るにはちょいと草臥《くたび》れているけれど、町中で見る分には十分だろう」

いがみの権太というのは、『義経千本桜』という芝居に出て来る無頼漢。無法者として振舞いながらも、改心の後に平維盛《これもり》を助ける忠義者なのだと聞かされたという。

「芝居なぞはとんと存じませんが、忠義者のお衣装と聞かされまして、それならばと」

着慣れぬ様子の弁慶格子なぞを着ていたのは、ほたるさんからもらったお古だった。

「しかし、一体どうして三人はそなたに会いに来たのだ」

「仇ならば、仇らしくしろとお三方はおっしゃいました」

戸惑いながらも着物に袖を通すと、その様子をじっと見ていた金治さんは、うんうん、と納得した様子で頷いた。

「お前さん、さっきの格好じゃあ菊之助だって討つに討てねえ。ましてやこの仇討で御家に

戻ろうって話だろう。通りすがりの乞食を仇と偽って殺したって吹聴されたら、武士として如何なものかってさ。菊之助みたいな見目良い若衆が討つに相応しい仇ってものの有り様とか、佇まいとか、そういうもんがあるだろうよ。しかも人の口の端に上るくらいの悪党に成り下がっていたら尚のこと良い。お前さんは善人だけど、江戸に来て零落《おちぶ》れたほうがいいな。女遊びは得手かい」

「滅相もない」

作兵衛が言うと、ほたるさんがふふふと笑う。

「聞くまでもないじゃないさ。お前さん、世辞も言えまい」

するとー八さん。

「いやいや存外こういう男は情に厚くって、下手に遊女にモテて始末に悪い。博打の方がいいんじゃないかい」

「そうさな、それじゃあ博打がいい。これから賭場に付き合え」

今度は深川の賭場へと連れて行かれた。壺振りなんぞ初めて見る上に勝手が分からない。すると、

「お前さん、こいつを賭けな」

小判二枚を金治さんから渡された。作兵衛は固辞しようとしたが、

「いいから賭けてみな」

と言われるままに賭けてみた。そうしたら面白いように勝って、小判が四枚になった。

「さて、ずらかろう」

金治さんに言われて帰ろうとすると、胴元から、

「勝ち逃げは感心しませんねえ」

と、止められた。

「何、しばらく通うから心配するな」

金治さんはそう言い残し、作兵衛を連れて賭場を出た。

「次に来るときは、小判なんぞ賭けるなよ。小銭をちょいとずつ賭けておきな。今の小判の賭けで勝ったことで、お前さんはここらの博徒の目を集めた。あとはよく見かけてもらえばそれでいい」

一八さんは、

「面白そうだから、私が付き合いますよ」

と、明るい調子で言って、事実、ここ数日は夕刻近くになると迎えに来て、一緒に賭場に行っているのだという。

この長屋については、金治さんのもので、

「先だって、ここの店子が家賃を踏み倒して逐電したんで、使っていて構わねえ」

という話だったので、ここで寝起きしている。

「正直なところ、博打が楽しいとは思っちゃいません。でも皆さんがおっしゃるように、博徒に零落れた者を討つ方が仇討として通りが良いというのは確かにその通りな気がしたんで。だから賭場に出入りして町中を闊歩しているうちに、若様に仇討をしていただくという筋書だったのです。それがまさか若様が仇討を諦めることに繋がろうとは思いもせず」

作兵衛はがっくりと肩を落としている。悪党の欠片もないような作兵衛の様子を見て、私は張り詰めていた気が抜けてしまった。そして次第に可笑しくなり、ははは、と声を立てて笑った。

「もう、やめてしまおうか」

「何をおっしゃるんですか。それでは旦那様が無駄死にです。これをどうするおつもりか」

やおら立ち上がり、畳一枚を持ち上げてその下からあの帳簿を取り出した。

「国元の御家老は、変わらず私腹を肥やしているのです。それを止めようとなさった旦那様の御志を受け継いで、御前様の御為、御国の民草の為に力を尽くして頂く。そのために私は決死の覚悟でいるのです」

作兵衛はやはり作兵衛だ。生まれは武士の身分ではないが、私腹を肥やそうとする御家老や叔父上に比べて、余程肚が据わっているし清廉なのだ。

「そなたの思いは分かった。私も情けないな。しかし今は丸腰。日を改めてまた来よう」

この日の仇討も見送ったが、いよいよ退くことはできないとも思った。

その日は真っ直ぐに久蔵さんのところに帰ることができず、当て所なくふらふらと江戸の町を歩いていた。笑いながら通り過ぎる陽気な人々を見ていると、ただそれだけで羨ましく妬ましく思えた。

木戸が閉まる前に久蔵さんの家に帰り着くと、案じるようなお与根さんの眼差しから逃げるように二階へ行き、布団に倒れ込んだ。しかし、どうにも目が冴えて天井を睨んでいるうちに、涙が溢れて止まらない。母や友が待つ故郷に帰りたいという思いと、作兵衛を亡くしたくないという思い。そして父への思慕が波のように押し寄せて、嗚咽の声を堪えるように腕を口元に宛てていたけれど、体が震える。

少し気持ちを落ち着かせようと階下で水を飲み、外へ出るとひんやりとして気持ちいい。

近くの稲荷に手を合わせて一心不乱に祈る。ふと気づいたら久蔵さんが隣に立っていた。お内儀のお与根さんも私を案じてくれていて……二人と共に長屋へ戻って火鉢に当たりながら、聞かれるともなく喋った。

「父上の誠を信じるのであれば、私もあの『寺子屋』の小太郎のように、静かに目を閉じて討たれるべきではなかったか。それこそが孝行であり、忠義ではなかったのかと……」

父が私に斬りかかったのは、作兵衛に殺される為の芝居であったと今となっては分かっている。しかしいっそあそこで私が斬られていれば、父も作兵衛も死なずに済んだのだ。そう思うとまた、涙がほろほろ零れて来る。こんな仇討に出なければならなかったのは、親不孝故の罰ではないかとさえ思えた。するとお与根さんが、

「そんなことない……そんなことない……お前様が生きていてくれて、本当に良かったんだよ」

泣きながら抱き締めて下さった。久蔵さんまで私を抱え込み、じっとしている。他人の私を父母のような慈愛で包んで下さり、どれほど心強かったか。

翌日になるとお二人はいつもと変わらず、共に朝餉《あさげ》をとってくれた。お与根さんは努めて陽気に振舞い、笑顔で芝居小屋へ送り出してくれたのだ。それが有難くも申し訳なかった。

芝居が跳ねた後、小屋の片付けをしていた。久蔵さん夫婦に心配をかけたくないからどうにか笑顔で帰りたい。しかし気は晴れないままで、仕方なく空っぽになった枡席に一人でぼんやり座っていた。

「どうした、魂でも抜けたかい」

笑いながら声を掛けて来たのは、金治さんだった。

「作兵衛から聞きました。博徒に堕ちた作兵衛を斬るって筋書だったそうですね」

「露見しちゃしょうがねえ。お前さんは博徒の作兵衛を斬れなかったんだな」

金治さんは声を立てて笑った。その声は芝居小屋によく響く。

「それだから、みんなお前さんのことをほっとけないんだな」

この頃には私はこの金治という御仁のことが苦手ではなくなっていた。父とは全く違うが、傍らに居てくれると頼もしく思えた。

「人として作兵衛を殺すのは忍びなくて当然さ。それでも斬れっていうのが武士の理ならば、俺はもう武士なんざ辞めちまってもいいと思う。お前さんはそうは思わないかい」

なんとまあ、軽やかにおっしゃることか。

しかしそれも良いかもしれぬと思った。金治さんも与三郎さんも、お二人共に理由はともあれ、武士という身分を捨てて生きておられる。無論うかがい知れぬ苦悩はあろうが、幸せそうに見える。しかし……

「それでも私は武士でいたい」

と絞り出すように答えた。すると今度は、

「お前さんにとって武士とは何だい」

と問われた。

「何……って」

「花は桜木、人は武士って『忠臣蔵』の台詞でも唱えようってかい」

金治さんは揶揄するような口ぶりで、意地悪な笑みを浮かべる。かつての私は、武士以外の身分に関心もなかったし、武士になることに何ら疑いすらなかったのだ。それはある意味、蔑むよりも非情なことやもしれない。しかしこの芝居小屋で出会った人々と共にいると、武士だという理由だけで威張っている様が滑稽に思えることがある。ほたるさんは己が隠亡だったということを蔑まれた過去を語り、一八さんは吉原の女たちの苦悩を知っている。それを聞いていて私は、そも「身分」とは何かと何度となく自問した。これまで当然のように受け入れてきた世の絡繰りは、歪《いびつ》で奇妙なものではないかと思った。

それでもその中で生きていくしかないのならば、どうしたいのか。

それでも武士でいたいと願う理由は何なのか。

一つは単純明快だ。母の元に帰り、安心させたい。

そしてもう一つは、父の遺志を遂げたいという思いだ。

父は、不正を正そうとしていた。そしてそのためには己を曲げることを厭い、命に代えても主への忠義と家を守ることを選んだ。忸怩《じくじ》たる思いもあるが、その志を継ぐことが己の役目でもあろう。

「身分としての武士に拘《こだわ》るつもりはありません。ただ、幼い頃より見て来た父に倣《なら》いたい。人としての道を過つことなく、阿らず、義を貫くことだと思います」

「その為にはどうしたい」

「父上の志を継いで不正を暴き、御前様をお助けしたい。その上で家名を守り、母上を守りたいのです」

「なるほどね」

「しかし……」

金治さんの語尾にかぶせるように、続けた。金治さんは驚いたようにこちらを見た。

「作兵衛を殺したくない」

腹の底から声が出た。その声は空っぽの芝居小屋で、大看板の役者の大音声の如く響いた。全くもって、矛盾している二つの本音だ。その狭間でただただ苦しくて苦しくて仕方ない。そのことを金治さんに伝えることに、どんな意味があるのか分からない。ただ、弱音をそのまま口にしても、この人になら許されると思った。

金治さんは大きな手のひらで、あやすように背を撫でた。しばらく黙ったままそうしていたのだが、やがてふうっと一つ大きく息をついた。

「よし分かった」

背を強く叩かれ、むせ込みながら金治さんを見た。

「分かった……って、どういうことですか」

「いやなに、お前さんの本心がさ」

金治さんは口の端を上げて笑った。それは私を励まそうと微笑んでいるというわけではない。どこか企みを感じさせる笑みだった。そして問いたげな私を置いて、意気揚々と鼻歌交じりにその場を去り、私は一人、枡席に残された。

それからしばらく経ったある日、芝居が終わってから一八さんにほたるさん、与三郎さんに金治さんらに田楽屋に連れて行かれた。

「仇討するなら、人目につかなきゃしょうがない」

まず切り出したのは一八さんだった。

「『忠臣蔵』だってそうでしょう。わざわざ同じ揃いのだんだら羽織を着て、総出で行列組んだのは何の為かって、目立つ為でしょう。やってやったぞって見せびらかさなきゃ討った甲斐がない」

一八さんらしい物言いだった。しかし私としては作兵衛を討った後に、そんな風に誇らしい気持ちになれるとは思えなかった。

「殺生を犯したくないと思うのはよく分かる」

そう言ってくれたのは、剣術を教えてくれていた与三郎さんだった。与三郎さんは何処か父と似ている。「堅物で融通が利かない」と小屋の人々からは散々揶揄われているが、それでも動じることがない。その人が私が躊躇《ためら》っていることを認めてくれる。それだけでも幾らか救われる気がした。

「まあ、千秋楽までには片をつけねえとな。金もかかるしな」

と、金治さんが言う。作兵衛が博徒のふりをするための元手を金治さんが出しているし、長屋も貸し出せずにいる。

千秋楽まであと十日足らずといったところだった。

「分かりました。皆様のお心遣いはかたじけなく存じます」

「だからさ。討つ時にはここへ連れて来な」

金治さんの言葉に私は首を傾げた。

「博徒を通りで討つという話ではないのですか」

するとほたるさんがため息をつく。

「あの人はせっかくの衣装も粋に着こなせちゃいない。襟元をきっちりし過ぎるんだよ。当世風に着崩して、粋な博徒として人目を集めたところで、綺麗な若衆に斬られなければ」

ほたるさんのこだわりがあるらしい。私は何だか滑稽に思えて笑ってしまった。

「すみません、神妙な話のはずなのに可笑しくなってきた」

するとと、四人は共に笑ってくれた。ほたるさんは自分の皿から私の皿に、丸々とした里いもの田楽をとってひょいと置く。

「私はあんたの味方だ。それを忘れなさんな」

ほたるさんが言うと一八さんも蒟蒻の田楽をのせる。

「ほたるさんだけじゃないぜ。この一八さんのことは、兄貴分だと思ってくれていい」

与三郎さんが、

「某《それがし》も……」

と口を開くと、金治さんが、

「ああもう暑苦しい。小屋の連中はみんな、お前さんが無事に国元に帰ることを祈ってるってこった。だから要らない遠慮はするんじゃねえよ」

笑いながら、猪口に酒を注ぐ。

「酒は……」

「飲んだことないのかい。酒ってのはこういう時にこそ飲むものさ」

酒というのは有難い。理由もなく笑うことができる。何の解決にもならないけれど、心持が軽くなるような気がした。久蔵さんの家に戻ると、お与根さんがあきれ顔で、

「おやまあ、こんなに飲まされて」

と介抱して下さり、何とも幸せな心地で眠りについたのだ。

翌朝、空が白み始めた時にはもう芝居小屋の裏手に向かっていた。与三郎さんの指南の通り竹刀の素振りをしながら考えた。

武士らしく、斬るというのなら斬られる覚悟もなければなるまい。作兵衛にはせめて、一方的に私に斬られるのではなく、真剣にて立ち合いをしてもらおう。それならば私も覚悟ができる。思い立って、その足で深川の長屋まで駆けて行った。作兵衛は元より働き者で、朝も早くから庭を掃き清めているような人だった。それはどうやらこの江戸でも変わらないらしく、浴衣を尻端折《しりはしょ》り、長屋の路地を丁寧に掃いている。洗濯をしている長屋のおかみさんたちは作兵衛の様子を見て、

「いつもご苦労さんだね。あんた、強面だからやくざ者かと思ってたけど。根がいい人なんだから、博打なんか止めておきな」

と話しかけている。作兵衛は困り顔で頭を掻いていた。

「作兵衛」

声を掛けると、作兵衛は、ああ、と顔を上げた。待ちわびた人が来たような嬉しそうな顔を向けられて、私はまた苦しくなる。それでも覚悟を決めた。

「今宵、森田座に来てくれ」

「承知しました。それではこちらを」

作兵衛は例の帳簿を差し出す。私は一瞬の躊躇の後にそれを受け取った。

「一つだけ頼みがある」

「何でございましょう」

「真剣にて立ち合ってもらいたい。手加減は無用。さもなくばそなたを斬ることはできぬ」

作兵衛は一瞬、驚いたように目を見張る。しかしやがてゆっくりと深く頷いた。

「畏まりました。さすれば私も覚悟を決めて出向かせていただきます」

しばしの間、作兵衛と向き合い、互いの目の中に覚悟があるのを確かめ合った。それは悲しい覚悟ではあるが、互いの定めと受け止めることはできた。

夕刻、芝居が幕となった。

小屋の外に出てみると、空は曇天。雪でも降りそうな気配である。そこには地味な木綿の着物に身をやつした作兵衛が立っていた。

「作兵衛」

私が声を掛けると、作兵衛はそそくさと歩み寄る。

「ここまで来る道中で目立ってはいけませんから。ほたるさんから頂いた衣装はこちらに」

手にした風呂敷包みを示す。

「そうか。皆さんが立ち会ってくれるそうなので、こちらへ」

私は出て行く客の目を避けるように、作兵衛を裏手から芝居小屋へと招き入れた。するとそこに一八さんが待っていて、

「ささお二人さん。ちょいとこっちへ」

私と作兵衛は顔を見合わせ、導かれるまま階段を下りて舞台下の奈落へと入り込んだ。

「おう、来たな」

そこには金治さんにほたるさん、与三郎さんに久蔵さんが待っていた。

「仇討に立ち会って下さるとのこと、かたじけなく存じます」

作兵衛は大きな体を丸めるように頭を下げる。私も並んで頭を下げた。

「それじゃあ、始めようか」

金治さんが声を掛ける。

「ここで、でございますか」

私が戸惑う隙に一八さんがひょいと作兵衛の後ろに回ると、縄でくるりと舞台下の柱に縛りつけた。

「何を」

作兵衛が慌てるのも無理はない。驚いて駆け寄ろうとすると与三郎さんが刀をすらりと抜いて、切っ先を私の首元に向けて行く手を阻んだ。

「お静かに」

金治さんは腕組みをしたまま、固まった私と作兵衛の間をゆっくりと歩く。

「さてと。もう一度確かめたいことがあってな」

金治さんは作兵衛の前にしゃがみ込み、匕首を取り出して刃をちらつかせる。

「作兵衛、お前さんはこの菊之助の父である清左衛門《せいざえもん》に恨みつらみがあって殺したのかい」

「滅相もございません。大恩人でございますれば」

「しかし長年家人として仕えていりゃあ、多少の憎たらしさもあろうよ。何せあいつは真っ直ぐで堅物だ。腹の立つこともあったろう。だから殺しちまったってことはないかい」

「何をおっしゃるのか。旦那様は、奥様と一緒になる時にも、野々山殿に申し訳ないことをしたと気遣っておられた。その貴殿がかようなことを仰せられるとは」

作兵衛はそう声を張り上げた。私はここへ来て金治という人が難癖をつけて来た理由が分からない。

「作兵衛は私を守るために父上を止め、父上は自ら命を絶たれたのだ。そして父を殺めた罪を被ってくれた。父の無体な頼みを聞き入れてくれたというのに」

金治さんは、ふうん、と気のない相槌を打つ。そして今度は私に歩み寄る。与三郎さんの切っ先は相変わらず私に向けられている。

「で、菊之助。お前さんはこの作兵衛を殺すんだろう」

金治さんの問いかけは、ひどく酷薄なものに聞こえた。

大義のための仇討なのだ。それを下種《げす》の殺しと同じ文脈で語られたくない。

「殺したくて殺すのではない。これは武士としての大義なのです」

「知ったような口を利くじゃねえか」

ははは、と金治さんは嘲笑う。

「ここまでの話だと、お前さんの父上は御家老の不正を正そうとして、却って返り討ちに遭いそうになった。そこで急場の策として自らの命を絶って、お前さんに再興の道を託したってことだったな」

「左様」

「で、仇は誰だって」

私は苛立ちで目を剝いた。

「真の仇は御家老だ。私腹を肥やす御家老を倒すことこそ、真の仇討だ。しかしその為には私が家を継ぎ、御前様の家臣とならねばならぬ。それには父を殺めた作兵衛を斬らねばならぬ」

「下らねえ」

金治さんは唾棄《だき》するように言った。

武士の身分を捨てた人というのは、かくも無礼なものか、まさか母と縁が切れた恨みを、今ここで晴らそうとしているのかと怒りが湧いて来た。

「下らぬとは無礼な」

「だったら御家老の爺を斬れよ」

「そんなことをしても、家が潰れるだけだ」

「潰れちまえよ、そんな家」

　私とてそう考えなかったわけではない。しかし、闇雲に御家老を狙ったとて返り討ちに遭って終わるだろう。父上の死はいよいよ無駄になる。すると金治さんは更に言葉を継いだ。

「いいかい。ここでお前さんが作兵衛を斬ったって、そいつは御家老にとって痛くも痒くもねえ。ただ裏帳簿とやらのことが引っかかるだけのことさ。だが、お前さんはこれから先も父上の死と共に、作兵衛の命を奪った業を背負って苦しみながら生きて行く」

「それも覚悟の上だ……」

「そんな泣き出しそうな面で、覚悟もへったくれもねえや」

「ならばどうしろと言うのだ」

「簡単なことさ。業を負わねえ仇討をしようじゃねえか」

　何を言われているのか分からず、答えを求めるように柱に括られた作兵衛を見やる。作兵衛も又、困惑を満面に浮かべたままで私を見た。

　気迫も毒気も抜かれ、呆けた私を見ながら金治さんは笑う。与三郎さんは刀を納めたが、作兵衛は縛られたままだ。

「さてと、千秋楽までに片をつけるぜ」

　すると、私と作兵衛の当惑をよそに、

「おう」

と、皆が声をそろえた。


そうして迎えた千秋楽。

その日は夕刻から雪が降り始めていた。

「いよいよ、今日か」

傍らに立っていた与三郎さんは、私よりも緊張した面持ちで、芝居小屋の稽古場の小窓から外を眺めていた。

「お世話になりました」

頭を下げると、与三郎さんは、いや、と首を横に振る。

「某は、武士とは何かを問い続けて参った。その答えの一つの形が今宵は見られるやもしれぬと思っている」

与三郎さんに肩を叩かれ、私は肚にぐっと力を込めた。衣装部屋に行くとほたるさんが待っていた。

「さ、こっちへおいで」

手招きして、予め採寸して私にぴったりに造られた白装束を着せてくれた。そして白粉を手に取ると、パタパタと私の顔にはたく。

「薄化粧だよ。暗がりでも顔が見えるようにしなきゃ、お前さんが仇討した様が見えないだろう」

更に目じりに薄っすらと紅を差した。

「これでいい」

それから、古びた赤姫の衣装を私に寄越した。

「行っておいで。大名跡の旦那たちには悪いけど、今日の千秋楽はお前さんが主役だ」

私はほたるさんに頭を下げて、衣装を片手に楽屋口へ向かう。すると、

「おう、もう刻限かい」

と、一八さんが問う。

「まだ少し間があります」

「そのはずだよ」

一八さんは芝居小屋の裏手の窓に、桶に明かりを仕込んだ龕灯《がんどう》を置いている。中に火を灯すと、ちょうど小屋の裏手の辺りに丸い光が当たり、仇討の様が遠目にも分かるようになるという。

「漏れて来る明かりくらいじゃ、ただの喧嘩に見えちまう。この龕灯の光の下で仇討しろよ」

一八さんは光の当たるところを見せた。頷くと、

「よし」

と言って私の背を押した。その時、ちょうど楽屋口にお与根さんが来ていた。

「お与根さんは何も知らないから、今は何も言うなよ」

と、一八さんに念を押された。私は一言挨拶だけでもしたかった。しかし会えば余計なことを言ってしまいそうだから、その目を避けるように唐傘を片手に裏口から外へ出た。一八さんがお与根さんと喋っている声がして、やがて一八さんも外へ出て来た。尻端折りに股引、

綿入れという無頼な装いで肩を竦めて近づいて来ると、

「それじゃあな」

通りの向こうへ去っていく。

私は一八さんの仕掛けた龕灯の明かりが当たる近くまで来た。手にした赤姫の衣装をぐっと強く握り、小屋を見上げる。すると龕灯のすぐ脇で、金治さんがこちらを見ているのが分かった。私は金治さんに小さく礼をした。

その時、遠くから、

「いやあ、親分。今日も勝ちましたねえ」

と景気の良い声がした。その声を合図に、私は赤姫の衣装を被《かず》いて傘を差し、龕灯の光の下に入る。その様子を、通りを行く芝居帰りの客がちらちらと覗き見ていた。しばらくして、

「若い娘がこんな時分に一人でいちゃあ、危ないぜ」

と、作兵衛の声がした。

そこへ小屋の中から三味線の音が漏れ聞こえて来る。爪弾いているのは金治さんだ。私は頭の中で音の拍子を数えながら、振り向きざまに作兵衛の腕をぐいっと摑む。それを引き寄せながら鼻先を傘で強か打った。作兵衛がよろめいた隙に、赤姫の振袖をばさっと宙に投げ上げた。それはひらひらと舞いながら、作兵衛の頭の上にかぶさった。

「手前、何しやがる」

作兵衛は振袖を払いながら、凄んだ。私は白装束となり背筋を伸ばした。

しばらく作兵衛と向き合ったまま、私は腰の大小を確かめる。そうしているうちに、喧嘩の声を聞きつけた野次馬が、バラバラとこの小屋の裏手に集まり始めた。

そこでぴたりと三味線の音が止む。

それを合図に私は大刀を抜いて正眼に構え、腹に力を込めると口を大きく開いた。

「我こそは伊納《いのう》清左衛門が一子、菊之助。その方、作兵衛こそ我が父の仇。いざ尋常に勝負」

この声が遠くまで響かねば、仇討を見に来る人はいない。

「しっかり声を張るってのは、実は喉じゃなくて腹の仕業さ」

一八さんの指南のおかげもあって、声は朗々と響いた。人々がざわめく気配がして、森田座の裏窓が開け放たれた。

尚も人が集まった頃合いを見て、作兵衛も又、自らの腰の長脇差を抜いた。

龕灯の光の下、互いの真剣が光を浴びてぎらぎらと光る。

ここまで衆目を集めてしまった以上、仕損じましたでは済まされない。一手たりとも過つことがあってはならない。

「やあ」

作兵衛が声を張り上げ、勢いをつけて私に斬りかかってくる。私はその刃の重みを受けて足を踏んばり、作兵衛を龕灯の明かりの下から闇へと押し返す。しかしすぐに作兵衛に押されて再び光の下へと入り、何度となく打ち合う。刀同士がぶつかる甲高い音が辺りに響く。

どれくらい打ち合った頃か。ひどく長い時に感じていた。作兵衛は肩で息をしている。私と作兵衛は互いの目を睨み合う。そして、

「やあ」

私がひと際高く、気合の声を上げて斬りかかった。作兵衛はその刃を受けると、押されて

後ろに下がり、龕灯の明かりから外れた。作兵衛の体を芝居小屋の外壁に叩きつけると、どん、という音がする。私は壁を背にした作兵衛を真っ直ぐに見据え、刀を大きく袈裟懸けに振り下ろした。その瞬間、作兵衛は奥歯を噛みしめてから、

「ぐわあぁ」

と、声を上げた。真っ赤な血飛沫が勢いよく飛び散り、私の白装束を染めて行く。作兵衛はどうと後ろに倒れ込み、立てかけられていた書割《かきわり》が、ガラガラと重なるように倒れた。

私は手の甲で額の汗を拭いながら血染めの白装束のまま龕灯の明かりの下へ入った。通りにいる野次馬たちが、声にならない叫び声を上げている。手が未だ震えているのを感じるが、ここで止まるわけにはいかない。

作兵衛の連れである三下が、

「親分」

と、声を張り上げ、作兵衛に駆け寄った。

私がゆっくりと歩み寄ると、三下は、

「こっちへ来るなよ」

と、よく通る声で言う。三下……に扮した一八さんは、背負っていた風呂敷包みを作兵衛の胸の上に落として這うようにしてその場を離れると、私と野次馬の間に遮るように立ちながら、更に言葉を継ぐ。

「そんなア、もう勘弁してやってくれよ。まだ足りないのかい。うわあああ」

一八さんは大仰なほどに声を上げる。私は、作兵衛の首を斬る……所作をしながら、作兵衛の胸の上に置かれた風呂敷包みを開いた。

その結び目の間から、もさっと覗く髪の毛を見て、ぞっと身を竦める。その風呂敷がはらりと落ちると、そこには苦悶の表情を浮かべ、青ざめた作兵衛の顔があった。

……いったいどういうことか、と、問われるのも無理はない。

そんなに眉根を寄せて睨んで下さるな。

時は少し遡る。奈落にて、作兵衛が柱に括りつけられたその日。

「業を負わねえ仇討をしようじゃねえか。それには作兵衛が死なず、お前さんが国元に帰ればいいんだろう」

と、金治さんは言った。

「仇討ってのは、要は仇を討ったと証が立ちゃいい。そいつを立てるのは、まあ一昔前は首級だったって話だが、昨今のお奉行は物騒なものを嫌うらしく余り具《つぶさ》に見やしねえ。それよりも首を取った様が大勢の目に触れればそれに越した仇討はねえ」

何を言っているのか。首を取ったら死ぬだろう。そう言いたげな私を察して、金治さんはにやりと笑う。

「お前さん、この芝居小屋には大した匠《たくみ》がいるんだぜ」

金治さんは久蔵さんの背を叩いた。久蔵さんは何も言わずに奥へ引っ込み、次いで四角い木材を持ってくる。それを柱に括られた作兵衛の頭の近くへ持っていき、巻き尺で測り比べている。

「まさか、久蔵さんが作兵衛の切り首を作るって言うんですか」

私が問うと、金治さんをはじめ皆頷いた。

「そんな無茶な……」

するとと金治さんは首を傾げて見せる。


「それならばお前さんに聞こう。お前さんは父上が死ぬ様を見ていただろう」

「はい」

「そいつをはっきりと覚えていて、ここで同じようにやって見せられるかい」

そう言われると即座には答えられない。ただ父が倒れた瞬間の、血の気が下がるような感じだけが体に残っている。

「与三郎さんも人が人を斬るところを見たことがあるだろう。どんなもんだい」

与三郎さんは首を横に振る。

「何とも呆気なく余りにも空しく恐ろしく……正直どう語ってよいか」

「そういうもんなのさ」

一体何が、そういうものなのか分からない。

「実際に人殺しを見たことがある奴も上手く話せない。そしてこの泰平の江戸にあって、そうそう人斬りなんて起きるもんじゃない。するってえと、人の頭の中にある人斬りってのは、芝居の中に出て来るものなのさ。ここで斬った、倒れた、死んだ。そうやって芝居と同じ型をしっかり見せれば、芝居好きなら話の筋を勝手に頭の中でくみ上げる。更に事の顚末を一八辺りが語って歩けば、いつしかそいつが真になる」

金治さんはそう言って、パンと手を打った。

「こいつは真の仇である御家老を騙し討つための謀《はかりごと》だ。木挽町の仇討ならぬ徒《あだ》討ちってやつさね」

金治さんが空に書いた「徒」という字を見ながら、私は呆気にとられた。目を幾度か瞬くうちに、はたと我に返って声を張り上げた。

「徒で済む話ではありますまい。芝居ではないのです」

「芝居を馬鹿にするんじゃねえよ」

金治さんの大音声が響いた。その迫力に押され、私はびくりと身を縮める。

「芝居ってのは、大の大人が本気でやってこそ面白いんだ。花枝だって、鬼気迫る白刃に見せられるのが芝居の力よ。それは時に、真剣を揮《ふる》うより、人を斬るより難しい。お前さんにそれをやり抜く覚悟があれば、望みは叶うんだ」

「望み……」

「忠義を尽くしたいってのと、作兵衛を殺したくないって、二つの望みさ」

いつぞや私が言った矛盾する二つの望みを、金治さんは口にした。私は戸惑いながら居合わせた人々を見回す。一八さん、与三郎さん、ほたるさん、久蔵さん、金治さん。皆が私に向かって、深く頷いた。私は作兵衛を振り返り、その傍らに寄った。

「作兵衛……共にやってくれるか。徒討ちを」

作兵衛は、ぐっと奥歯を噛みしめながら、はい、と頷いた。

それから私は与三郎さんに剣術ではなく、殺陣《たて》を習うこととなった。人目につかぬように芝居終わりに奈落に行って、与三郎さんが刻む鯉口の拍に合わせ、まるで舞を舞うように作兵衛と動きを合わせた。与三郎さんは当日、野次馬に紛れて鯉口を切る音で調子をとってくれていたのだ。

木挽町の裏手では念入りに立ち合う場所を決めた。倒れ込んだ時に頭が隠れるようにしないと首を斬っていないことが露見してしまう。そのために壁に立てかける書割の位置を何度となく探った。作兵衛は久蔵さんが拵えた卵の殻に蛇の血を詰めた血糊の袋を、奥歯でかみ砕いて血飛沫を飛ばす修練をした。はじめのうちは血糊を呑み込んで渋い顔をしていたことが度々あったが、終盤はすっかり慣れたものになった。

話の筋を過つことなく流していく為に、一八さんが作兵衛の傍らに三下として付き従うことになっていた。そして仇討の大詰めでは久蔵さんの作った切り首を、作兵衛の胸の上に仕込む役目でもあったのだ。

私は作兵衛の胸の上に置かれた切り首に触れながら、作兵衛の胸が大きく動いていることに安堵する。

「若様、お早く」

掠れた声は書割の下から聞こえる。私は小さく頷いて、袖の中に隠してある血糊の袋を、作兵衛の切り首の頭上でぐしゃりと潰す。すると錆のようなつんとする血なまぐささが鼻腔を掠める。切り首は血だらけになり、顔はまるで作兵衛そのものだ。私はそれを両手に抱え込むと、書割の下で顔が見えない作兵衛の手を取る。何も言わないがその手が温かい。ぎゅっと握ると同じだけの力で握り返してきた。

「達者で……」

小さく告げると、私は切り首を抱えて立ち上がった。そのまま龕灯の明かりの下に入ると切り首の髷を摑んで腕を掲げる。

「父の仇、討ち取ったり」

自らも血だらけならば、掲げた首も血だらけだ。凄惨なその有様は、血糊の臭いと相まって陶酔にも似た心地がした。

野次馬の中には悲鳴を上げている者がいる。

「菊之助さん」

そう叫んで泣きそうな顔をしているのは、久蔵さんと並んで立っているお与根さんだ。

三日前、金治さんは、

「お与根さんは嘘がつけない人だ。事の次第を知ってしまえば黙っていることが辛くなる。だからいっそこの顚末を見て、一番驚いてもらうことにしよう。いいかい久蔵さん」

と提案した。久蔵さんははじめ渋い顔をしていたが最後は頷いた。

「役に立つなら、あれも良いと言うだろう」

ほたるさんは笑って久蔵さんを宥めた。

「全て終わってから、私がしっかり話すから大丈夫さ」

お与根さんには悪いことをしたと思いながらも、致し方ない。

私はそのまま、血なまぐさい切り首を抱え込んだまま、敢えて野次馬の中へ突っ込んでいき、宵闇の中へと駆けて行ったのだ。


……そうだ。作兵衛は生きている。

皆の目が私の駆け去る方に向いている間に作兵衛は小屋の中に身を隠し、代わりに作兵衛とそろいの着物を着せかけた首のない木偶《でく》を一八さんが抱えて、大仰に泣きわめく。

「こいつはいけねえ、早く弔ってやれ」

小屋から飛び出した金治さんが大声を上げると、ほたるさんが、

「隠亡の知り合いに掛け合ってくるよ」

と、手際よく弔いを進めた。木偶は棺桶に詰められさっさと焼き場へ向かったそうだ。私はというと、その夜のうちに番所に駆け込んだ。もちろん血染めの布に包んだ切り首を抱えて行った。これで露見したら、その場で死んでもいいと思っていたのだ。

しかし役人は漂う血の臭いと、返り血を浴びた私の姿、布から覗く苦悶の作兵衛の顔を行《あん》灯《どん》の薄明かりの下で細目で見た。

「お検《あらた》め下さい」

首実検を申し出て布をほどくと、久蔵さん渾身の作にうっと顔を顰《しか》めた。触ることも近づきもせずに、

「委細分かった。仇討が成っててめでたい」

と口先だけで祝った。

木挽町の仇討については、すぐさま一八さんが吹聴し、金治さんが読売を刷ってくれたおかげもあって、あっという間に評判になった。仇討が成ったことを言上《ごんじょう》するために藩邸に赴くと、既に話は通っていた。

「首級を上げたそうだが」

国元の役人に問われた。流石に国元の者に昼日中に見せたのでは、切り首と露見すると思ったので、私は目に涙を浮かべ、肩を震わせながら役人に深々と頭を下げた。

「仇とはいえ、元は家人。私なりの情もございます故、懇《ねんご》ろに弔いました。遺髪にてご勘弁を」

ここの台詞回しも連日、金治さんに稽古をつけられた。そして、予め作兵衛から受け取ったべったりと血糊のついた髷をおずおずと差し出した。これにて、あだ討ちは成ったのだ。

先に江戸で芝居小屋を訪ねた折、奈落に参られたであろう。そこで大柄な男に会ったはずだ。そう。あの権太というのは、作兵衛だ。金治さんは、

「消えたと思った役者が現れる、正に奈落の絡繰りってね。身を隠すにはぴったりだ」

などと言っておられた。

作兵衛は生真面目にもあれ以来、一切、自らが作兵衛であると名乗らない。この前そなたが訪ねた時もついぞ名乗らなかったであろう。そなたに迫られて、冷や汗をかいていたと、金治さんの文にあった。芝居小屋の奈落で働いているのだ。力がありすぎるのではじめのうちは回り舞台が早く回ってしまい、役者が舞台上でふらついたと聞いたのだが、今では力加減が上手いと評判らしい。

今では髭を蓄えて人相を変えているという。元々、博徒のふりをしていたのだから、素顔に戻った方が露見しなそうなものだと思うのだが、国元の人に見つかってはいけないと気を張っていると金治さんが言っていた。当初は日の高いうちに奈落を出るのも躊躇していたそうだが、最近は皆が飯や酒に引きずり出して下さっているというからありがたい。

小屋の皆さんも肝心なところは上手く隠して話すように、日ごろから心がけて下さっているという。そなたが訪ねた時にもそうだったはずだ。一八さんなんぞはあの仇討について虚実織り交ぜて、最早持ち芸になっていると聞いている。そうか、なかなか軽妙な語り口であったか。私もいずれは聞いてみたい。

父上と作兵衛が守ってくれた裏帳簿は私が自ら国元に持ち帰った。しかし当時は、御家老の耳に入れてはならなかった。何せそれを知らぬことこそが私の命を守ることになると、父上は考えておられた。

あの徒討ちを終えてから半年後。そなたと共に元服をし、初めて御前様に御目通りが叶った。

父上が守ろうと努めておられた御方だ。一方で、御家老は父上こそが横領の主犯であるとの嘘を吹聴していたというから、或いは御前様はそれを信じておられるのではないかと、恐れてもいた。

しかし御前様は年の近い我らのことを大層、お気に召し、

「二人とも、これよりは近習として頼りにしている」

とお言葉を下さったのは、幸甚であったな。

そして、初めて鷹狩に御供で赴いた時のこと。他の家臣のおらぬところで馬を並べてお話をすることができた。

「そなたの父は、真に清廉な人であった。家老は悪口《あっこう》を並べていたが、かような者ではないことを、重々承知しておる。惜しい人を亡くしたが、どうか以後も私に仕えて欲しい」

私はその言葉を聞いて、父上のことを改めて誇らしく思った。父上の忠義は確かに伝わっていた。それと同時に、御前様は正しく忠義を尽くすべき君子であられると思えた。

そのことを機に、私はあの帳簿について御前様にお伝えし、御家老の御用金着服についても訴えた。御前様は私の話に耳を傾け、そして力強く頷かれた。

「委細、相分かった。共に手を携えて参ろうぞ」

そうして、そなたにも力を借り、遂には御家老を蟄居させることが出来た。御家老と共に悪事に手を染めた叔父上は、国を追われた。今は何処で何をしておられるかは知らぬ。

これでようやっと、真の仇討が成ったのだ。

しかし、仇討が叶ったとて、父上はもう帰らない。それがやはり口惜しい。

私も城に上がり、御家老たちの狡猾さを見ると、何としてもこれを正さねばと思い詰めた父上の心中が分かる。悪事を暴こうと足掻くほどに、焦りも募った。

だからと言って作兵衛の命を奪うことは間違いだ。そこには父上の武士としての驕りもあり、作兵衛への甘えもあったろう。もし、父上の言う通りに作兵衛を討っていたとしたら、私はどうなっていたか。父上と作兵衛の死という二つの業を背負い、その重さに耐えきれず、己を見失っていたかもしれない。ともすれば、焦って御家老を追い落とそうとして、父上の二の舞になっていたかもしれぬ。

だが、作兵衛は今も生きている。私と父上とで、作兵衛の帰るところを奪ってしまったことは、幾重にも申し訳ない。作兵衛の側には今もあの木挽町の方々がいて下さると思うと、それだけでどれほど救われることか。だから真の仇を討つ好機を待つことが出来た。

今思えば、仇討に立った時の私は幼かった。父上への敬慕があればこそ、見えなかったものもある。だが父上もまた、一人の人として苦しんでおられた。

それが今は分かる。もし今少し私を信じ、胸の内を語って下さっていたら。恥を忍んで、周りに助けを求めて下さっていたら。私が木挽町の方々に助けられたように、救う道があったかもしれないと、思わずにはいられない。

悔いがないと言えば嘘になる。しかし近頃、ようやっとそなたらと笑い合えるようになってきた。己を許し、これから先を考えてもいいかもしれないと……故に、お美千との縁組を申し出た。だがお美千が、作兵衛を斬ったことを悔いる様子のない私を見て、人が変わってしまったようだと言っていると耳にした。そなたも訝しんでいたであろう。

だから、真のことを話したいと思ったのだ。

そなたがこの「木挽町の仇討」ならぬ「徒討ち」をどう思うか……。

そのことが気がかりであった。或いは武士として怪しからぬと、怒るのではないかと案じていたのだ。

私は今も作兵衛を斬らなかったことを、武士として人として恥じていない。そう胸を張れるのは、あの人たちに出会えたからだ。それまで国元から出たこともなく、父母の慈愛を受けて恙《つつが》なく生きていた。己が武士として御前様に仕えていくことに微塵の疑いも抱いたことはなかった。それは高潔なのではなくただ世間知らずであったのだ。己の想いを貫くことの難しさも、道理のままに行かぬ割り切れなさも、この世の中には数多ある。それを嘲笑うのではなく、ただ愧《は》じるのでもなく、しなやかに受け止め生きる人々がいる。そのことが私の背を押し、己の心に従う力を与えてくれた。

だからそなたにもあの木挽町で、仇討の話だけではなく、皆様の来し方を聞き、異なる生き様を知った上で、私のあだ討ちを受け止めて欲しいと願っていたのだ。

愚か者、と、さように大声で言わずとも良かろう。

もっと早うに話せと申されたとて、そなたにまで累が及んではいけないと、ここまで堪えて参ったのだ。泣くか笑うか、いずれかにしてくれ。こちらもどうして良いか分からん。いや、私は泣いてはおらぬ。これはほら、涙ではない。汗だぞ。

ああ……これでようやっと胸の痞《つか》えが取れたようだ。帰って来られて良かった。こうしてそなたと向き合えて良かった。

然らば義兄上《あに》。次の江戸番では木挽町に参り、方々と会って芝居見物をしたいと思うのだが、共に行って下さるだろうか。

初出
「小説新潮」二〇一九年十月号、二〇二〇年四月号、七月号、十月号、二〇二一年四月号、七月号

装画　村田涼平

木挽町《こびきちょう》のあだ討《う》ち

二〇二三年 一 月二〇日 発 行
二〇二四年 四 月二五日 六 刷

著 者 永《なが》井《い》紗《さ》耶《や》子《こ》

発行者 佐藤隆信
発行所 株式会社 新潮社
東京都新宿区矢来町七一
郵便番号 一六二—八七一一
電話（編集部）〇三—三二六六—五四一一
（読者係）〇三—三二六六—五一一一
https://www.shinchosha.co.jp

装 幀 新潮社装幀室
印刷所 株式会社光邦
製本所 加藤製本株式会社

価格はカバーに表示してあります。

乱丁・落丁本は、ご面倒ですが小社読者係宛お送り
下さい。送料小社負担にてお取替えいたします。

ISBN978-4-10-352023-8 C0093